C. M. Spoerri

Kathleen – Dein Weg zu mir

Kathleen – Dein Weg zu mir

Abschalten vom stressigen Alltag und eine unbeschwerte Zeit in paradiesischer Landschaft genießen. Das sind die Vorsätze von Kate, als sie für einige Wochen ins Napa Valley reist, um ihre Freundin Emilia zu besuchen. Da kommt ein Weinfest gerade gelegen – ebenso wie ein heißer Gutsherr namens Jordan in einem dunklen Weinkeller. Wäre dieser Kerl doch nur nicht so ein Griesgram … aber hey, sie muss ihn ja nicht wiedersehen. Dass die Begegnung mit Jordan jedoch höhere Wellen schlägt als gedacht, erfährt sie kurze Zeit später. Denn das Leben des Weingutbesitzers ist nicht nur kompliziert, sondern auch düster.

Die Autorin

C. M. Spoerri wurde 1983 geboren und lebt in der Schweiz. Sie studierte Psychologie und promovierte im Frühling 2013 in Klinischer Psychologie und Psychotherapie. Seit Ende 2014 hat sie sich jedoch voll und ganz dem Schreiben gewidmet. Ihre Fantasy-Jugendromane (›Alia-Saga‹, ›Greifen-Saga‹) wurden bereits tausendfach verkauft, zudem schreibt sie erfolgreich Liebesromane. Im Herbst 2015 gründete sie mit ihrem Mann den Sternensand Verlag.

C. M. Spoerri

Kathleen

Dein Weg zu mir

New Adult Liebesroman

STERNENSAND

www.sternensand-verlag.ch | info@sternensand-verlag.ch

1. Auflage, Dezember 2018

Umschlaggestaltung: Rica Aitzetmüller
Korrektorat: Sternensand Verlag GmbH | Jennifer Papendick
Satz: Sternensand Verlag GmbH
Druck und Bindung: Smilkov Print Ltd.

ISBN-13: 978-3-03896-025-6
ISBN-10: 3-03896-025-6

Für alle Paradiesvögel
und jene, die sich manchmal so vorkommen.
Bleibt, wie ihr seid,
denn ohne euch wäre die Welt um vieles farbloser.

1

Jordan

»Papá! Hör auf! Bitte! «

Meine Schreie schienen ihn nicht zu erreichen – ebenso wenig wie meine Tränen. Ich kauerte in einer Ecke, die Arme schützend über meinen Kopf gelegt, versuchte, den Schmerz, der meinen ganzen Körper durchzuckte, nicht zu nahe an mich heranzulassen. Aber er ging *nah. Sehr nah. Drang tief in mein Innerstes, setzte sich dort als zähe, dunkle Masse fest … würde mich von innen heraus zerfressen, alles abtöten. Zurück bleiben würde nur eine leere Hülle … doch der Schmerz würde nicht aufhören und in dieser Hülle widerhallen …*

»Marco! Hör auf!«

Meine Mutter … sie winselte förmlich um Gnade, bettelte, schrie … aber mein Vater schlug nur noch härter zu. Ich spürte bereits die Striemen auf meinen Unterarmen und meinem Oberkörper, die ich trotz der heißen Temperaturen wieder mit einem langen Pullover verbergen müsste. Mein Vater zwang mich dazu … niemand sollte Verdacht schöpfen. Niemand wissen, was er Mamá und mir zu Hause antat …

Ich schloss die Augen und begann zu beten. Ich betete zum lieben Gott. Zur Heiligen Jungfrau. Zu Jesus. Doch keiner hörte mein Flehen. Die Schläge brachen nicht ab … sie dauerten so lange, bis ich bewusstlos wurde … so war es immer …

Ich keuchte laut auf und bemerkte, dass ich kerzengerade in meinem Bett saß. Mein ganzer Körper zitterte und mir war eiskalt, obwohl der Schweiß über mein Gesicht und meinen Rücken lief. Es dauerte eine Weile, bis ich begriff, dass ich nicht mehr fünf Jahre alt war … dass Papá mich nicht mehr mit seinem Gurt schlug.

Ich war erwachsen, ein junger Mann von siebenundzwanzig Jahren.

Mein Herz raste dennoch und mein Atem ging flach und unregelmäßig. Zum Glück brannte mein Nachtlicht (ohne Licht schlief ich nie), sodass ich sofort erkannte, wo ich mich befand.

Hunter, der auf meinem Bett lag, hob träge blinzelnd den Kopf. Er war mir damals vor sechs Jahren als abgemagertes Kätzchen zugelaufen und vom ersten Moment an hatten wir einen Draht zueinander gehabt. Ich hatte ihn aufgepäppelt und großgezogen. Er übernachtete meist in meinem Bett und gab mir zumindest ein bisschen das Gefühl von Sicherheit … so auch jetzt. Ich strich ihm fahrig mit den Fingern durch den pechschwarzen Pelz, was ihn leise schnurren ließ.

Das Klopfen, das an der Tür ertönte, die nicht zu meinem Wohnzimmer, sondern zum Gang führte, ließ mich mit einem Keuchen zusammenfahren.

Verdammt … diese Schreckhaftigkeit … diese Hilflosigkeit … ich hasste sie! Ich hasste sie so sehr!

Langsam wurde die Tür geöffnet und das hellere Licht aus dem Flur dahinter drang durch den Spalt.

Ich konnte die Umrisse des Mannes erkennen, der zögernd mein Zimmer betrat und musste mich zusammenreißen, nicht panisch aus dem Bett zu springen.

Es war nicht mein leiblicher Vater, sondern Álvaro, der dort stand. Mein Stiefvater.

Mein Verstand wusste das, aber meine verbrannte Seele schrie mir zu, zu fliehen, so lange ich noch konnte.

Ich strich mir mit der Hand über die schweißnasse Stirn und vergrub die Finger dann wieder in Hunters Fell.

»Wieder Albträume?«, fragte Álvaro leise.

Ich stieß ein leises Stöhnen aus und schüttelte den Kopf. »Mir geht's gut.«

Das war gelogen. Mir ging's beschissen. Aber ich wollte meinen Stiefvater nicht mit meinen Sorgen behelligen. Er hatte genug um die Ohren mit den Ereignissen der vergangenen Wochen. Als sich mit einem Mal ein Mädchen bei ihm als seine leibliche Tochter vorgestellt hatte …

Noch immer spürte ich den Ärger, wenn ich daran dachte, wie sie sich aufspielte und ich kämpfte gegen den Drang, das zu verteidigen, was mir etwas bedeutete – auch vor ihr. Aber nach und nach versuchte ich, mich für Álvaro zu freuen. Er war seither wie ausgewechselt, lachte wieder, machte Scherze. Regungen, die ich bei ihm seit Mutters Tod nicht mehr gesehen hatte …

»Willst du darüber reden?« Die Silhouette meines Stiefvaters blieb unschlüssig in der Tür stehen.

Er war ein stattlicher Mann, doch sein Herz machte nicht mehr ganz so mit wie früher. Ansonsten war er aber kräftig und packte auf unserem Weingut an.

Erneut schüttelte ich den Kopf. »Geh schlafen, morgen wird ein anstrengender Tag.«

»Gut.« Ich vermeinte, ihn nicken zu sehen. »Aber wenn etwas ist, dann …«

»Dann komm ich zu dir«, vollendete ich seinen Satz. »Danke.«

»Ich liebe dich, Jordan«, murmelte er.

Ich starrte in die Dunkelheit und wartete, bis die Tür wieder geschlossen war, ehe ich mich zurück in die nassgeschwitzten Laken fallen ließ.

Ich liebe dich …

Worte, die ich nie irgendjemandem sagen würde. Nie. Denn LIEBE war das hässlichste Wort, das ich kannte. Es war hinterhältig, egoistisch, grausam …

Meine Mutter hatte meinen Vater geliebt. Sie hatte es immer wieder beteuert, wenn er sich voller Reue in ihrem Schoss ausgeheult hatte. Immer und immer wieder hatte sie ihm aus Liebe verziehen. Nur, um einige Tage später erneut von ihm geschlagen zu werden.

Wenn DAS Liebe war, dann wollte ich mit ihr nichts zu tun haben.

Wäre Álvaro damals nicht auf unser Weingut gekommen und hätte er meinen Vater nicht irgendwann aus dem Haus gejagt … wer wusste schon, wie lange Mamá und ich noch hätten leiden müssen? Vielleicht unser ganzes Leben … aber Álvaro hatte uns gerettet, hatte meine Mamá geheiratet und mit ihr Kevin, meinen jüngeren Bruder, bekommen.

Ja, ich mochte Álvaro. Und auch Kevin. Und ich würde sie mit allem, was ich hatte, beschützen. Aber LIEBE. Nein, die empfand ich nicht. Für niemanden. Und ich wäre auch nicht so dumm, mich jemals von jemandem so sehr um den Finger wickeln zu lassen wie Mamá es bei Papá getan hatte. Nie.

Ich atmete leise ein und aus, versuchte, in den Schlaf zurückzufinden. Aber meine Angst vor erneuten Albträumen verhinderte das.

Irgendwann sah ich auf den altmodischen Wecker, der auf meinem Nachttisch stand. Es war bereits vier Uhr früh. In zwei Stunden würde ich ohnehin aufstehen, das konnte ich auch jetzt gleich tun.

Mit einem Ächzen wälzte ich mich unter Hunters leise maunzendem Protest aus dem Bett und zog mir ein Hemd sowie eine Hose an. Ich tat es im Dunkeln, da ich meinen Körper nicht mochte. Die Striemen auf meinem Rücken und meinem Oberkörper waren das Einzige, was Vater mir hinterlassen hatte … er hatte mich gezeichnet. Mit seiner LIEBE. Und jedes Mal, wenn ich meine Narben ansah, spürte ich wieder diesen unbändigen Hass in mir, die Wut auf den Mann, dessen Lenden ich entsprungen war. Und den Ekel. Vor ihm, vor mir … nein, das wollte ich mir nicht geben.

Daher hatte ich mir angewöhnt, morgens im nahegelegenen Weiher eine Runde schwimmen zu gehen – egal bei welcher Temperatur, selbst im Winter. Denn dies war meine einzige Körperhygiene für den Tag, abgesehen von Deo und Rasierschaum. Mein Bruder Kevin lachte mich immer aus deswegen, aber der hatte ja auch nie das erlebt, was ich erdulden musste. Und ich würde alles daran setzen, dass das so blieb, denn sein Lachen war noch echt. Fröhlich.

Glücklich. Gefühle, die ich niemals hatte und auch nie haben würde. Dafür war ich inzwischen zu kaputt.

Also stapfte ich aus dem Haus und schlang die Arme um den Körper, denn es war Spätherbst und wurde morgens merklich kühler. Wie immer hatte ich ein Handtuch über die Schulter geworfen und ging den schmalen Weg zwischen den Weinreben entlang, der zum See führte, in welchem ich schon als kleiner Junge gern badete. Die Vögel waren gerade dabei, zu erwachen und zwitscherten noch nicht so motiviert wie sonst – auch ihnen schien kalt zu sein.

Der Weg führte mich schließlich zu dem Gewässer, das von einigen Bäumen und Büschen umgeben war und mein Badezimmer ersetzte. Letzteres benutzte ich nur, um mich ab und an zu rasieren, mir war aber ohnehin egal, was die Leute über mein Aussehen dachten, also vergeudete ich selten Zeit im Bad.

Ich zog mich splitternackt aus und sprang ins kühle Wasser, ehe ich zu viel von meinem eigenen Körper sehen musste. Es tat gut, die Kälte in meine Poren dringen zu spüren. In diesen Momenten fühlte ich mich lebendiger als irgendwann sonst.

Zügig drehte ich eine Runde durch den Weiher, der ungefähr fünfhundert Fuß Durchmesser besaß. Am Ufer wuchs Schilf und ein kleiner Bootssteg war sogar zu finden – allerdings kein Boot, denn das war bei einem Unwetter gekentert und ich hatte keine Muse gefunden, es zu bergen oder ein neues zu kaufen. Nun diente der Steg dazu, dass ich mich hinsetzen und nachdenken konnte … über mich, mein Leben … die beschissene Vergangenheit … einfach alles. Hier störte mich niemand, da der Weiher zu unserem

Grundstück gehörte, und meine Familie wusste, dass sie mich alleine lassen sollte, wenn ich mich hier aufhielt.

Es war wahrscheinlich der einzige Ort auf dieser Welt, an dem ich so etwas wie Frieden empfinden konnte. Und gerade heute hätte ich die Energie nötig, die ich hier tankte, denn Álvaro wollte zu Ehren seiner neuen Tochter ein Fest geben.

Ich hasste es, wenn irgendwelche Fremden im Haus waren, die sich aufführten, als wären sie unsere besten Freunde. Wenn es nach mir gegangen wäre, hätte es gereicht, im kleinen Kreis zu feiern. Nur mein Stiefvater, Kevin und meinetwegen auch Selena, die ja nun irgendwie dazugehörte.

Aber nein ... Álvaro hatte das halbe Sonoma Valley eingeladen – und dazu noch die Freunde von Selena aus dem Napa Valley. Das einzig Gute daran war, dass auch Armando Pérez herkommen würde, einer der bekanntesten Weinhändler der Region. Mit ihm wollte ich mich ohnehin seit Wochen treffen, aber leider waren uns immer wieder Termine dazwischen gekommen. Er hatte vor einiger Zeit unseren neusten Jungwein für sich entdeckt und wollte ihn nun groß rausbringen. Es galt, ihn auch von unseren anderen Weinen zu überzeugen, denn Pérez hatte – trotz seines jungen Alters – Beziehungen weit über die Region hinaus und sogar nach Europa, wo man bisher meist nur die Weine aus dem Napa Valley kannte. Er hatte einfach ein Händchen für die richtigen Kunden und womöglich konnte er uns helfen, bekannter zu werden. Ich würde zumindest alles daran setzen, dass er unsere Trauben ebenso schätzen lernte wie ich.

Pérez war also der einzige Grund, wieso ich überhaupt zugesagt hatte, am Fest teilzunehmen. Normalerweise hielt ich mich von solchen Anlässen fern, suchte irgendeine Ausrede, wieso ich unpässlich war. Aber die Chance, die sich damit auftat, konnte ich nicht von der Hand weisen.

Fröstelnd verließ ich das Wasser und rubbelte meinen Körper trocken, ehe ich wieder in meine Kleider stieg. Es gab noch einiges zu tun, bis die Gäste ankamen und ich wollte Álvaro so gut es ging entlasten. Er sollte den heutigen Tag genießen und sich über seinen Besuch freuen – wenn ich es schon nicht tat.

2

KATHLEEN

»Kate!«

Emilias Stimme hätte ich unter Tausenden erkannt, auch ohne ihr freudestrahlendes Lächeln zu sehen, das sie mir schenkte, als ich aus dem Taxi stieg und über den Innenhof auf sie zuging.

Das dunkle Haar trug sie zu einem Pferdeschwanz zusammen genommen, die ebenso dunklen Augen, die ihre lateinamerikanische Herkunft verrieten, glänzten vor Freude. Seit der Geburt ihres Sohnes Enrico hatte sie ein paar Kilos zugelegt, was ihr aber äußerst gut stand. Sie war früher meiner Meinung nach viel zu dünn gewesen.

»Emilia!« Ich stellte meinen Koffer mitten im Hof ab, breitete die Arme aus und rannte ihr das letzte Stück entgegen. »Waaah, wie ich mich freue, dich wiederzusehen!«

Als ich sie in meine Umarmung zog, spürte ich tatsächlich mein Herz schneller schlagen. Ich liebte Emilia von ganzem Herzen. Wir hatten uns in New York kennengelernt, wo sie ein paar Jahre verbracht hatte, ehe sie ins Napa Valley zurückkehrte, um das Weingut ihrer verstorbenen Eltern zu leiten.

Ich erinnerte mich noch ganz genau an den Abend, als wir in dieser Bar in New York saßen und sie die schreckliche Nachricht vom Autounfall erhielt. Damals hatte ich meiner Freundin beigestanden, war mit ihr ins Napa Valley gefahren und hatte geholfen, die Beerdigung zu organisieren. Auch wenn ich leider nur kurze Zeit bei ihr sein konnte, so hatte ich alles in meiner Macht stehende getan, um ihr zu helfen. Seither hatte ich sie besucht, wann immer mein Beruf es zuließ.

Und aktuell hatte ich mir kurzerhand eine Auszeit genommen, da ich endlich mal etwas Energie tanken musste. Die Arbeit war anstrengend und zehrte an meinen Kräften.

Die wenigsten, die mich sahen, hätten mir wohl zugetraut, dass ich eine erfolgreiche Kunsthändlerin war. Meine Frisur, deren Farbe ich alle paar Wochen wechselte, das Piercing in meiner Augenbraue und mein (zugegeben) verwegener Kleidungsstil, der wohl am besten als ›Punk, der in einen Regenbogen gepurzelt ist‹ beschrieben werden konnte, ließen aber auch eher auf eine exzentrische Künstlerin als eine Geschäftsfrau schließen.

Aber DAS war genau mein Ass im Ärmel. Viele unterschätzten mich, glaubten, ich würde nichts von dem verstehen, was ich tat – und genau denen konnte ich mit meinem Fachwissen imponieren. Es war nun mal beeindruckender, wenn eine junge hippe Frau einem die genauen Eckdaten eines ›Renoir‹ herunterbeten konnte, als wenn es ein verstaubter Frackträger tat.

Ich hatte zudem schon einige junge Künstler entdeckt und mit Ausstellungen in New York gefördert, sodass ich mir einen richtig guten Ruf in der Szene erarbeitet hatte. Außerdem besaß ich einen kleinen Kunstladen, in welchem ich seltene Sammlerstücke verkaufte. Er wurde von meinem treuen Mitarbeiter Hannes geleitet, der mir auch jetzt den Rücken freihielt, sodass ich meine Auszeit genießen konnte. Im Napa Valley bei meiner Freundin, die mich gerade so fest drückte, als wolle sie mich nie wieder loslassen.

»Wo hast du denn deinen sexy Latino?«, fragte ich lachend.

Nun ließ sie mich doch los und grinste. »Der ist in den Weinreben. Als er hörte, dass du heute schon kommst, ist er geflohen und meinte, er wolle bei unseren Frauengesprächen nicht stören.«

Natürlich wusste ich, dass er es nicht so gemeint hatte. Alejandro und ich verstanden uns prächtig – zumindest wenn es nach *mir* ging. Ich hegte jedoch den Verdacht, dass er manchmal mit meiner unverblümten, direkten Art so seine Probleme hatte. Aber ich liebte es, wenn er mit seinem spanischen Akzent über Wein sprach. Oder über was auch immer. Von mir aus hätte er sogar aus der Bibel lesen können und ich wäre augenblicklich gläubig geworden.

»Und der Kleine?«, fragte ich, während wir zusammen zu meinem Koffer gingen.

»Miguel wickelt Enrico gerade. Er freut sich mindestens so sehr auf dich, wie ich.« Sie zwinkerte mir zu.

Ich lächelte. Miguel war der alte Hausdiener vom Weingut ›dos Santos‹ und ich hatte ihn bereits beim ersten Mal, als ich ihn sah, ins Herz geschlossen. Wie auch sein Neffe Alejandro, besaß Miguel mexikanische Wurzeln und eine Ausstrahlung, bei der man einfach nicht anders konnte, als sich in ihn zu verlieben. Auch wenn (oder gerade weil) er mein Großvater hätte sein können, vergötterte ich ihn.

Ein freudiges Bellen riss mich aus meinen Gedanken und als ich mich umblickte, sah ich die braune Mischlingshündin Princesa, das Maskottchen des ›dos Santos‹-Weingutes, auf mich zu humpeln. Ich ging in die Hocke und ließ meine Hand von der schwanzwedelnden Hündin ablecken. Princesa schien gar nicht mehr zu wissen, ob sie bellen, winseln oder jaulen sollte. Ein freudiges Fiepen war die Kombination ihrer Begrüßung und ließ mich auflachen.

»Sie hat dich wohl auch vermisst«, meinte Emilia schmunzelnd.

»Anscheinend«, grinste ich, während ich den Bauch des alten Hundes kraulte, der sich inzwischen vor mir auf den Rücken gelegt hatte.

»Wir sollten rein gehen, dann kannst du dich in deinem Zimmer einrichten und wir können nachher bei einem Glas Wein im Hinterhof sitzen, um über gute alte Zeiten zu plaudern«, schlug meine Freundin vor.

Ich wollte ihr gerade zustimmen, da rollte sich Princesa ruckartig wieder auf den Bauch und begann zu knurren. Ich hatte keine Ahnung, warum sie das tat, denn bisher hatte sie sich mir gegenüber immer friedfertig gezeigt. Als ich aber bemerkte, dass ihr Blick nicht auf mich, sondern *hinter* mich gerichtet war und dass Emilia ebenfalls mitten in der Bewegung innehielt, drehte ich mich auch um.

Wen ich dort sah, war der wahrgewordene Traum aller Schwiegermütter. Sein dunkelblondes Haar und das breite Grinsen erinnerten stark an Chris Hemsworth – ja, er hätte definitiv als Hollywood-Schauspieler Karriere machen können. Er war gerade aus seinem schwarzen Mercedes gestiegen, den ich gar nicht auf den Innenhof hatte fahren hören. Sein athletisch gebauter Körper steckte in einem piekfeinen Anzug, die smaragdfarbenen Augen waren auf Emilia und mich gerichtet, dennoch konnte ich eine Spur Zögern darin erkennen, die zweifellos auf das knurrende Hundemädchen zurückzuführen war.

»Armando!«, rief meine Freundin und ließ den Koffer los, den sie bis dahin gehalten hatte. »Was tust *du* denn hier?«

Ich wusste, dass zwischen ihr und dem gutaussehenden Weinhändler inzwischen alles geklärt war – und ich selbst hatte dazu beigetragen, dass ihre gemeinsame Vergangenheit nicht länger als nötig dauerte. Daher richtete ich mich nun ebenfalls mit einem freundlichen Schmunzeln auf und strich mein knallgrünes Kleid glatt, das ich mir von einem von New Yorks bekanntesten Designern hatte auf den Leib schneidern lassen.

»Zwei so bezaubernde Señoras«, grinste Armando und kam mit ausgebreiteten Armen auf uns zu, nicht ohne die weiterhin knurrende Hündin im Blick zu behalten.

Emilia schimpfte leise mit Princesa und schickte sie dann weg, was Armando sichtlich zu erleichtern schien.

»Ich wollte kurz mit dir wegen dem neuen Wein sprechen, Emilia.« Er warf mir einen raschen Blick zu, schien mich erst jetzt wirklich zu erkennen. »Kate!« Er stolperte kurz über seinen eigenen Charme, fing sich aber sofort wieder. »Emilia hat mir nicht erzählt, dass du herkommen wirst.«

»Sie ist dir wohl auch keine Rechenschaft schuldig«, lächelte ich und streckte ihm die Hand entgegen, die er artig schüttelte.

Mein Blick glitt forschend über sein attraktives Gesicht. Einen gewissen Beschützerinstinkt meiner Freundin gegenüber konnte ich einfach nicht unterdrücken, aber Armando schien so ausgelassen und gelöst, wie selten zu sein. Emilia hatte mir bei einem unserer letzten Skype-Gesprächen erzählt, dass er seit etwas mehr als einem Jahr eine feste Freundin hatte und sogar plante, mit ihr zusammenzuziehen. Etwas, das ich bei ihm als Letztes vermutet hätte. Aber Wege waren unergründlich – und womöglich hatte er seinen inzwischen wirklich im Napa Valley gefunden …

Das freute mich einerseits für ihn, andererseits trauerte ich auch mit einem weinenden Auge dem Ende seines Junggesellen-Daseins hinterher. Hey, man hatte schließlich nicht jeden Tag das Vergnügen, einen so hübschen Kerl kennenzulernen. Und jetzt war er vom Markt … tja.

»Schön dich wiederzusehen, Prinz Charming«, schmunzelte ich.

»Ebenso Bonita.« Er schenkte mir ein besonders charmantes Lächeln. »Ist eine Weile her, dass wir uns gesehen haben. Du bist gerade erst angekommen?« Er deutete auf den Koffer, der immer noch hinter mir und neben Emilia stand.

»Jap«, antwortete ich. »Du ebenso, wie mir scheint?«

Er war eine Sekunde verwirrt, da ich ihm einen zweideutigen Blick schenkte, und nickte dann. »Äh … Ja. Ich muss mit Emilia wegen diesem neuen Wein sprechen«, wiederholte er und wandte sich an meine Freundin. »Ich hatte eigentlich gehofft, dich nachher auf dem ›Camillo‹-Weingut zu sehen, aber mit deiner WhatsApp–Nachricht hast du meinen Hoffnungen einen Strich durch die Rechnung gemacht. Und da ich gerade in der Gegend war, dachte ich, ich komm kurz persönlich vorbei, ehe ich ins Sonoma Valley losfahre.«

Emilia lachte leise auf und trat neben mich. »Ich habe wirklich keine Zeit, zu dieser Feier zu kommen. Wie du siehst, ist meine Freundin her gefahren – sie verbringt die nächsten Wochen bei uns.«

Armandos Blick glitt wieder zu mir und er nickte. »Dann bring sie doch einfach mit?«

Ich sah Emilia fragend an. »Von was für einer Feier sprecht ihr denn?«

»Nun ...« Emilia runzelte die Stirn. »Auf einem Weingut im Sonoma Valley hat gerade ein befreundeter Weinbauer seine Tochter wiedergefunden. Er und mein Vater waren enge Freunde und ich stehe immer noch in Kontakt mit ihm. Sehr netter Mann, er heißt Álvaro. Jedenfalls ... seiner Tochter zu Ehren veranstaltet er ein riesiges Fest und hat uns eingeladen. Aber da du dort niemanden kennst, und wir uns schon so lange nicht mehr gesehen ...«

»Du bist echt zu einem Weinfest eingeladen und willst nicht hin?!«, unterbrach ich sie mit großen Augen. »Emi, das geht doch nicht! Ich bin gerade erst angekommen, ja. Aber wir müssen zu diesem Fest! Das klingt nach Spaß, Drama und ... viel Wein.«

Emilia verzog ihr Gesicht, als ich sie mit ihrem Spitznamen ansprach, den sie nicht mochte (ich hatte ihn von ihrem Mann Alejandro abgeguckt, wenn dieser sie ärgern wollte) und wollte etwas erwidern, aber da kam ihr Armando zuvor.

»Meine Rede«, pflichtete er mir grinsend bei. »Zudem ist es eines der besten Weingüter des Sonoma Valleys.«

»Echt?« Ich wandte mich dem dunkelblonden Weinhändler zu. »Na dann umso mehr.«

»Ich kann doch Enrico und Alejandro nicht einfach alleine lassen«, meinte meine Freundin ausweichend. »Die meisten Gäste übernachten dort …«

»Noch besser, dann können wir trinken, bis der Arzt kommt«, grinste ich.

»Aber ich habe ein Baby, um das ich mich kümmern …«

»Ach, Alejandro schafft das auch ohne dich«, warf ich mit möglichst überzeugender Miene ein. »Komm schon, lass uns Spaß haben! Wir fahren zu diesem Weingut, feiern die verloren geglaubte Tochter und lassen uns für einen Abend zurück in die guten alten New Yorker Zeiten katapultieren! Einfach mit viel romantischerer Atmosphäre und Wein statt Cocktails. Das wird super, glaub mir.«

Emilia sah mich zögernd an, aber ich wusste, dass ich sie bereits in der Tasche hatte. Früher, als wir noch in New York zusammen gelebt hatten, war sie keiner Party aus dem Weg gegangen. Ich hatte sie oft versucht, mit irgendwelchen Typen zu verkuppeln – Kontakte hatte ich eine Menge, aber nie war einer gut genug für sie gewesen. Seit sie Alejandro jedoch in ihr Leben gelassen hatte, vermisste ich meine alte Freundin, die immer zu einem Spaß bereit gewesen war. Sie war irgendwie … verklemmter geworden.

Ja, ich freute mich, dass sie ihr Glück gefunden und eine Familie gegründet hatte. Aber von ihrem Feuer, das ich damals spürte, war unter all den Verpflichtungen kaum ein Glimmen übrig geblieben. Sie war nun eine treusorgende Ehefrau und liebende Mutter – und musste zu jedem Abenteuer überredet werden.

Aber diese Nacht auf dem Weinfest … die hatte sie sich einfach verdient. Jede Mutter brauchte ab und an einen Abend, wo sie einfach Frau sein konnte. Mädchen. Freundin. Partygirl. Und diese Nacht wäre der perfekte Einstieg in meinen Urlaub hier im Napa Valley. Es war an der Zeit, die alte Emilia hervorzukitzeln – und zusammen mit Armando würde es mir gelingen. Das hatte ich im Gefühl.

3

KATHLEEN

Okay, wie viel Überredungskunst es gegenüber Emilias Ehemann bedeutete, sie auf das Weinfest gehen zu lassen, hatte ich zugegebenermaßen unterschätzt. Alejandro war zwar ein netter Typ, aber er war auch äußerst besorgt und sein Beschützerinstinkt fast schon nervtötend. Dass er Armando, der neben mir saß, nicht sonderlich mochte, half auch nicht gerade, seinen sexy Lippen ein ›Sí‹ zu entlocken.

Er war vor wenigen Minuten von den Weinreben zurückgekehrt und stand nun im Kaminzimmer, wo Armando und ich es uns in den bequemen Sesseln gemütlich gemacht hatten.

Alejandro trug noch sein weißes ärmelloses Shirt, das zusammen mit einer kalten Cola prima zu einem Werbespott gepasst hätte. Seine gebräunte Haut war verschwitzt und das schwarze Haar hing ihm strähnig in die Stirn.

Joah, so in etwa würde Enrique Iglesias aussehen, wenn er ein Weingut hier im Napa Valley besäße …

Seine dunklen Augen blitzten mit seinem ganzen Latino-Heißblut gerade Emilia an, die ihm erklärte, wie er Enrico ins Bett zu bringen hatte. Dabei funkelte er immer mal wieder zu Armando, als sei *der* Schuld daran, dass Emilia mit einem Mal zu diesem Weinfest fahren und dort auch noch übernachten wollte (okay, war er ja auch irgendwie – und ich ebenso).

Der Weinhändler ließ sich jedoch nicht aus der Ruhe bringen, nippte an seinem Cabernet und beobachtete amüsiert, wie das junge Elternpaar versuchte, sich zu einigen, ob ihr Kind nun Frottee- oder Baumwoll-Strampler zum Schlafen anziehen sollte. Immer wieder wechselten sie ins Spanische, was es mir erschwerte, dem Gespräch zu folgen. Aber ich bekam auch *so* mit, dass Alejandro nicht eine Sekunde lang eine Chance gehabt hatte, Einwände gegen Emilias Plan einzubringen. Dennoch brauchte sie ihr ganzes Überredungsgeschick, um ihm klar zu machen, dass er als junger Vater gut auch einmal eine Nacht alleine mit seinem Sohn verbringen konnte. Anscheinend war es die erste Nacht überhaupt, in welcher Emilia nicht zu Hause war.

Auch ich hatte ein Glas des neusten Weins in der Hand, wegen dem Armando extra hergefahren war. Ein wirklich edler Tropfen, aber das verwunderte mich bei dem ›dos Santos‹-Weingut nicht. Jedes Mal, wenn ich hier war, erstaunte es mich aufs Neue, wie intensiv der Geschmack wirkte. Wie Emilia das schaffte, war mir ein Rätsel.

Noch während sie diskutierten, kam der alte Hausdiener Miguel, Alejandros Onkel, ins Kaminzimmer. Auf seinen Armen hatte er das Baby. Als er mich entdeckte, breitete sich ein freundliches Lächeln auf seinem Gesicht aus, welches von einem grau melierten Dreitagebart eingerahmt wurde. Seine schwarzen Locken fielen ihm offen bis zu den Schultern und ich entdeckte ein paar Silberfäden mehr darin, als bei meinem letzten Besuch.

Notiz ans Universum: In dreißig Jahren hätte ich gern genau so einen gut aussehenden Mann mit dunklen gütigen Augen an meiner Seite.

»Señora Kate«, begrüßte er mich, als ich meinen Wein hinstellte und mich erhob, um zu ihm hinzugehen. »Como estas? Ich freue mich sehr, Sie wiederzusehen. Hola Señor Armando.« Er nickte dem Weinhändler zu, der seinen Gruß erwiderte.

»Ich freue mich auch, dich wiederzusehen, Miguel«, lächelte ich und umarmte ihn vorsichtig, um das Baby nicht aufzuwecken.

Enrico war im Halbschlaf und blinzelte mich an, schien jedoch nicht zu bemerken, dass da jemand Fremdes vor ihm stand. Er hatte dieselben schwarzen Haare wie seine Eltern, unglaublich lange Wimpern und war seit dem letzten Mal, als ich ihn gesehen hatte, bereits wieder um einiges gewachsen.

Oh ja, der Kleine würde irgendwann reihenweise Mädchenherzen brechen, das konnte ich ihm jetzt schon ansehen.

Miguel drückte ihn Alejandro in die Arme, der sein Gespräch mit Emilia unterbrochen hatte, als sein Sohn hereingebracht wurde. Allein dieser Anblick hätte wohl gereicht, um die Hälfte der Frauen einen Eisprung haben zu lassen. Auch *ich* war nahe daran, zu seufzen, denn es sah einfach nur goldig aus, wie Alejandro in seinem verschwitzten Hemd das friedlich schlafende Baby hielt.

Vielleicht doch keine Cola … Baby war noch um einiges besser …

»Wir fahren nachher ins Sonoma Valley zum Weinfest«, erklärte Emilia an Miguel gerichtet.

»Ach, das ist ja schön, da wird sich Álvaro bestimmt freuen«, meinte der alte Hausdiener lächelnd. »Soll ich auf Enrico aufpassen?«

Emilia schüttelte den Kopf und warf einen Blick zu ihrem Göttergatten. »Das wird *er* übernehmen, du solltest dich besser ein wenig ausruhen.«

»Ich bin alt, kein Pflegefall«, erwiderte Miguel mit schiefem Schmunzeln. »Aber bueno, mir soll's recht sein, wenn wir mal einen Männerabend zu dritt haben.«

Alejandro sah von seinem Kind auf, das gerade seine ganze Aufmerksamkeit beansprucht hatte, und stieß ein Brummen aus. »Du hast Glück, dass ich dich so liebe«, murmelte er, beugte sich vor und drückte Emilia einen Kuss auf die Wange.

Wie schnell die Augen meiner Freundin zu leuchten beginnen konnten, war mir nicht klar gewesen. Aber Alejandro knipste bei ihr immer ein Licht an, für das niemand sonst den Schalter fand. Ja, sie waren echt ein schönes Paar. Beide hatten lateinamerikanische Wurzeln und strotzten vor Temperament und Leidenschaft.

Ich beneidete sie ein wenig. Bisher hatte ich selbst noch nicht den Richtigen gefunden, obwohl ich kein Kind von Traurigkeit war. Ich hatte viele Dates, lernte viele Männer kennen, hatte entsprechend viel Sex und One-Night-Stands. Aber mit meinen fünfundzwanzig Jahren war ich ja auch in einem Alter, wo die meisten nur Spaß und keine Verpflichtungen suchten. Was okay war, ich war noch jung und hatte Zeit. Das redete ich mir jedenfalls jeden Abend vor dem Schlafengehen ein.

Mein Blick glitt zu Armando, der in seinem Sessel saß und gerade auf seinem Handy herumtippte. »Kommt deine Freundin auch?«, fragte ich ihn.

Er hob den Kopf und grinste. »Ich versuche sie gerade zu überreden. Melinda ist manchmal etwas schüchtern und hat tausend Ausreden, um nicht an solche Feste zu müssen, aber ich krieg sie schon noch dazu. Wir fahren nachher kurz bei ihr vorbei und holen sie ab.«

Oh, das konnte ja interessant werden.

Ich war wirklich gespannt darauf, welche Frau dem Playboy des Napa Valleys eine Leine verpasst hatte.

»Dann können wir los?«, fragte ich an Emilia gewandt.

»Willst du nicht erst auspacken und ein paar Sachen zum Übernachten heraussuchen?« Meine Freundin sah mich verblüfft an.

»Ich hab alles Wichtige zum Übernachten in meiner Tasche.« Ich deutete auf meine Handtasche, die ich neben mir abgestellt hatte und welche zugegebenermaßen etwas größere Dimensionen als eine durchschnittliche Frauenhandtasche besaß. Aber hey, darin war ja auch mein ganzes Leben, denn ich war oft unterwegs, um zu irgendwelchen Kunden zu fahren. Da war es praktisch, für jede Eventualität gerüstet zu sein.

»Ich muss noch rasch ein paar Sachen packen, bin gleich wieder da.« Emilia warf ihrem Mann einen kurzen Blick zu, dann rauschte sie aus dem Wohnzimmer.

Jetzt war ich mit dem Baby und den drei Männern (von denen sich zwei nicht ausstehen konnten) alleine. Ehe sich eine peinliche Stille breitmachen konnte, ging ich wieder zu meinem Weinglas und hob es in die Höhe. »Na dann, auf meinen Urlaub.«

Armando prostete mir ebenfalls zu, während Miguel und Alejandro mir ein freundliches Lächeln schenkten.

Ging doch …

»Ich finde es toll, dass du Emilia so viel Freiraum lässt«, meinte ich an Alejandro gerichtet. »Sie blüht an deiner Seite förmlich auf.«

»Sie bedeutet alles für mich«, nickte der dunkelhaarige Schönling und blickte dann auf sein Kind herunter. »Ich bring ihn dann mal ins Bett, das dauert immer eine Weile.«

»Brauchst du Hilfe?«, fragte Miguel.

»Geht schon.« Alejandro wandte sich noch einmal zu mir. »Na, dann sehen wir uns wahrscheinlich morgen, oder?«

Ich nickte. »Ja, auf jeden Fall.«

Er erwiderte mein Nicken. »Ich wünsche euch einen schönen Abend auf dem ›Camillo‹-Weingut.«

Damit wandte er sich zum Gehen und verließ das Wohnzimmer durch dieselbe Tür wie Emilia.

Da waren's nur noch drei …

»Möchten Sie noch etwas essen?«, fragte Miguel. »Die Fahrt ins Sonoma Valley dauert eine Weile und Sie sind gerade erst angekommen, Señora Kate.«

»Danke, ich hab keinen Hunger. Aber Sie müssen nicht hier mit uns warten, Miguel. Armando und ich kommen alleine zurecht.«

Der Weinhändler nickte und prostete Miguel zu. »Danke für den tollen Wein. Ich werde morgen eine Mail schicken und meine Bestellung aufgeben. Konnte da einen neuen Kunden überzeugen.«

»Das ist schön zu hören«, nickte Miguel. »Dann ziehe ich mich mal zurück. Viel Vergnügen Ihnen beiden und bis morgen, Señora Kate.«

»Bis morgen.«

Ich ließ mich wieder neben Armando in den Sessel plumpsen und nippte an meinem Wein, als ich mit einem Mal ein schmatzendes Geräusch zu meiner Rechten hörte. Ich blickte nach unten und sprang auf die Füße.

»Princesa! Aus!«

Die alte Mischlingshündin hatte sich klammheimlich an mich ran geschlichen und steckte mit ihrem Kopf in meiner Handtasche. Ihr Schwanz wedelte, als hätte sie ein Steak darin entdeckt.

Armandos Lachen begleitete mich, während ich meinen Wein auf den kleinen Beistelltisch stellte, Princesa am Halsband packte, wegzog und meine Tasche rettete. Ein kurzer Blick hinein zeigte mir, dass sie nichts Wertvolles angeknabbert hatte – zumindest mein Beutel mit den Ersatzkleidern war noch heil. Dennoch fuhr sie sich mit der Zunge über die Schnauze, als hätte sie die Wurst des Jahres gegessen.

»Böses Mädchen«, schimpfte ich. Aber ein Blick in ihre dunklen treuen Augen ließ mein Herz gleich wieder dahinschmelzen. »Los, geh zu Miguel.« Ich deutete in die Richtung, in die der alte Hausdiener davongegangen war.

Princesa folgte meiner Handbewegung mit dem Kopf und sah mich dann wieder an. In ihrem Blick lag eindeutig die Frage ›wieso genau sollte ich dort hin, wenn du ein Steak in deiner Tasche hast?‹.

»Ich habe kein Steak in meiner Tasche, da sind nur … Frauensachen drin«, erklärte ich dem Hund.

»Sprichst du gerade mit ihr, als sei sie ein Mensch?«, fragte Armando, was den Blick von Princesa und mir auf ihn lenkte. Die

Hündin stieß ein leises Knurren aus, trollte sich dann aber. Wahrscheinlich wollte sie sich nicht noch einmal mit Emilia anlegen, die bald zurück käme.

Ich ließ mich wieder auf den Sessel nieder und griff nach meinem Wein. »Wo übernachten wir denn eigentlich?«, stellte ich eine Frage, die ich vielleicht schon früher hätte stellen sollen.

»Das ›Camillo‹-Weingut hat ein Gästehaus«, antwortete Armando. »Ich schreib kurz eine Nachricht, dass noch zwei Gäste mehr dort übernachten werden. Kostet glaub ich um die hundert Dollar oder so pro Person.«

»Na, dann erwarte ich aber mindestens eine Luxus-Suite«, bemerkte ich. Für New Yorker Verhältnisse war das nicht teuer, aber für hier schon.

Armando schmunzelte sein Handy an, während er wahrscheinlich gerade eine Nachricht ans ›Camillo‹-Weingut schickte. »Oh, Álvaro und seine Mitarbeiter werden dafür sorgen, dass es ihren Gästen an nichts mangelt. Ich war bisher nur ein paar Mal kurz dort, aber ihre Gastfreundschaft wird von allen hoch gelobt. Und das Weingut ist eines der schönsten, das du je zu Gesicht bekommen wirst.«

»Klingt gut«, nickte ich. »Was weißt du denn über diese Tochter, die mit einem Mal bei ihnen aufgetaucht ist?«

Armando legte den Kopf schief. »Sie heißt Selena und ist vor einigen Wochen im Napa Valley angekommen. Geht aufs College wie meine Freundin und ist ihre Mitbewohnerin.«

»Die Welt ist klein«, bemerkte ich, während ich meinen Wein leer trank und das Glas hinstellte.

»Das kannst du laut sagen.« Armando steckte sein Handy wieder ein und trank seinen Wein ebenfalls aus. »Du wirst Selena mögen, sie ist direkt und unkompliziert. Ihr Freund Nick ist Psychiater in der Klinik, die der Vater meiner Freundin leitet. Netter Kerl, hat Melinda und mir den Arsch gerettet – im wahrsten Sinn des Wortes. Vielleicht kommt sein Mitbewohner Cley auch mit ans Fest, den kenne ich aus dem Fitness-Center.«

»Wow, das ist ja die reinste Clique«, lächelte ich beeindruckt und freute mich nun umso mehr auf den bevorstehenden Abend.

»Es geht noch weiter«, meinte Armando. »Meine Freundin hatte mal was mit Selenas jüngerem Bruder Kevin.« Sein Gesicht verfinsterte sich für einen kurzen Moment. »Der Kleine war jedoch nicht wirklich ihre Kragenweite. Und seit wir zusammen sind, kuscht er vor mir, als wäre ich Darth Vader persönlich.«

Jetzt lachte ich laut auf. Die Vorstellung war einfach zu köstlich.

»Kevin, Selena und Melinda gehen alle aufs Napa Valley College«, fuhr Armando fort.

»Oookay, keine Ahnung, ob ich mir diese Informationen alle merken kann«, gab ich zu. »Aber gut zu wissen, dass jeder hier jeden über paar Ecken zu kennen scheint. War mir bisher gar nicht so bewusst.«

»Das Napa Valley ist quasi eine einzige große Familie«, erklang in dem Moment Emilias Stimme, die mit einem kleinen Koffer wieder im Wohnzimmer erschien. »Wir lieben und fetzen uns auch wie eine. Die reinste Sitcom sag ich dir.«

Ich erhob mich grinsend und schulterte meine Handtasche. »Na dann, lasst Season vier starten.«

Die beiden fielen in mein Lachen ein, während wir das Haus verließen und zu Armandos schwarzem Mercedes schlenderten.

4

KATHLEEN

Auf der Fahrt ins Sonoma Valley hielten wir noch bei den Studentenwohnungen des Napa Valley Colleges an, um Melinda abzuholen. Ein hübsches blondes Mädchen, das auch als Model hätte arbeiten können, wäre sie nicht so schüchtern gewesen. Meine blaugrünen Haare irritierten sie sichtlich bei der Begrüßung, aber in Armandos Händen wurde die Kleine zu Wachs mit zwei Brüsten. Ja, die sexuelle Anspielung musste sein, denn die Funken zwischen den beiden flogen förmlich nur so durch die Luft. Im erotischen Sinn.

Jetzt saß Melinda auf dem Beifahrersitz neben Armando und er hatte eine Hand auf ihren Oberschenkel gelegt, was ihr sichtlich unangenehm war vor Emilia und mir, die hinten saßen und beste Aussicht auf die Streicheleinheiten hatten, die er seiner Freundin zuteilwerden ließ. Nichts Unanständiges, aber Melinda schien es dennoch nicht recht zu sein, dass er das so ungeniert vor uns tat.

Viele Frauen hätten sich wohlig unter Armandos Berührung geräkelt und noch einen Blick über die Schulter zu uns nach hinten geworfen à la ›schaut her, das ist mein Schatzzzz, er gehört miiiir allein‹. Melinda jedoch war weit von solchen Provokationen entfernt. Womöglich war genau das der Grund, warum Armando sie so vergötterte. Sie hatte etwas … Reines, Unberührtes, Unschuldiges an sich. Zu langweilig für meinen Geschmack, aber hey, ich war ja nicht diejenige, die irgendetwas zu beurteilen hatte. Wenn die zwei sich liebten – perfekt. Ich freute mich für jeden, der seinen Seelenpartner gefunden hatte. Und das hatten Melinda und Armando auf jeden Fall ebenso wie Emilia und Alejandro.

»Wir sind gleich da«, erklärte Armando nun, als wir die breite Straße entlangfuhren, die rechts und links mit Weinreben bepflanzt war.

Wunderschön, die Landschaft, wirklich. Ich konnte mir gut vorstellen, warum sich alle hier so wohl fühlten und genoss den Gedanken, dass ich nun die nächsten Wochen dieses Gefühl mit ihnen allen teilen durfte.

Inzwischen war die Sonne dabei, unterzugehen und tauchte alles in ein unwirkliches Blutrot, sodass ich meine Sonnenbrille sogar abnahm, um herauszufinden, ob das meinen Gläsern oder wirklich der Natur zu verdanken war. Natur. Definitiv.

Als wir in die Einfahrt des Weingutes bogen, staunte ich nicht schlecht über dessen Größe. Ich hatte Emilias Gut eigentlich schon als ziemlich ausladend empfunden, aber das ›Camillo‹-Weingut schien für den Tourismus gebaut worden zu sein. Armando hielt auf einem riesigen Parkplatz mit Dutzenden Autos an und ich schulterte meine Handtasche, die ich um kein Geld der Welt in seinem Wagen gelassen hätte. Ganz gleichgültig, wie schwer sie sein mochte, ich hielt es nicht länger als zwei Minuten ohne meine Tasche aus.

Wir mussten noch ein kurzes Stück laufen, ehe wir das Gutshaus erblickten.

Das Anwesen war wunderschön erbaut – modern, mit viel Glas und Holz. Neben dem Haupteingang lag ein kleines Café, das nun mit Gästen überfüllt war. Ein künstlich angelegter Teich mit goldenen Fischen sorgte dafür, dass die warmen Temperaturen im Sommer erträglich waren. Überhaupt hatte irgendein begnadeter Landschaftsgärtner die Umgebung des Gutes bis aufs kleinste Detail geplant, sodass die vielen Rosenbüsche mit den Blumen, den Palmen und dem Schilf harmonierten.

Fröhliche Musik drang uns entgegen, als wir uns der Gästeschar näherten. Da die Sonne inzwischen untergegangen war, wurde es merklich kühler. Aber die Gastgeber hatten vorgesorgt und überall Heizstrahler aufgestellt.

Ein groß gewachsener, schlanker Mann mit Anzug, schwarzem nach hinten gegeltem Haar und auffallend bleicher Haut, die nicht wirklich zu seinem lateinamerikanischen Aussehen passen wollte, löste sich aus der Menge und kam – ein Weinglas schwenkend – auf uns zu. Ein arrogantes Lächeln spielte um seinen Mund, das mit seinen eisblauen Augen harmonierte.

»Na, sieh an, je später die Stunde, desto schöner die Gäste«, rief er uns zu. »War ja klar, dass du mit einem ganzen Harem eintrudelst, Armando.«

»Nick!«, riefen Melinda und Emilia fast schon im Chor, was das Lächeln des dunkelhaarigen Mannes breiter werden ließ.

Er war inzwischen bei uns angekommen und begrüßte erst Emilia, dann Melinda mit einer herzlichen Umarmung. Schließlich schlug er mit Armando im typischen Männer-Style mitsamt Schulterkollision ab und richtete dann die hellen Augen neugierig auf mich.

Nun fiel mir eine Narbe an seiner Oberlippe auf, die blass wurde, als er wieder lächelte. »Hi, ich bin Nick, der Freund von Selena.«

Ich versuchte, in meinem Hirn nach den Informationen zu suchen, die Armando mir gegeben hatte, während ich seine Hand schüttelte. Selena war die Tochter, weswegen diese ganze Feier abgehalten wurde. Und Nick war ... Arzt? Ja, irgend so etwas hatte Armando erwähnt.

»Hi, ich bin Kate, eine langjährige Freundin von Emilia«, lächelte ich.

So aus der Nähe schien er gar nicht mehr so arrogant zu sein, wie ich ihn auf den ersten Blick eingeschätzt hatte. Seine Augen waren zwar eisblau, blickten aber freundlich – und das überhebliche Schmunzeln schien er nicht wirklich unter Kontrolle zu haben. Es wirkte, als könne er gar nicht anders, als auf diese Weise zu lächeln.

»Du kommst aus New York?«, fragte Nick, da er meinen Akzent erkannt zu haben schien.

»Ja. Wir haben uns dort kennengelernt, Emilia und ich.«

»Ah, dann warst du eine derjenigen, die unseren Sonnenschein im Norden behalten haben«, meinte Nick mit hochgezogener Augenbraue und breitem Grinsen. »Schön, dass wir sie wieder hier haben dürfen. Bleibst du länger?«

»Ein paar Wochen.«

»Kommt, bei einem Glas Wein plaudert es sich besser«, unterbrach uns Emilia und zog mich mit sich mit. »Ich möchte Selena endlich kennenlernen, bisher hast du sie uns noch vorenthalten.« Sie warf einen gespielt beleidigten Blick zu Nick, den dieser mit einem Lachen abtat.

»Haltet einfach nach einer Frau mit Feuermähne neben einem Wikinger Ausschau, Cley und sie sind nicht zu übersehen«, rief er, während wir uns unter die Gäste mischten.

Es war erstaunlich, wie viele Menschen sich an einem einzigen Ort versammeln konnten. Wir mussten uns förmlich durch die Menge quetschen, fast wie bei einem Konzert – und aufpassen, dass wir niemanden anrempelten, der ein Weinglas in der Hand hielt. Der Gutsbesitzer schien wirklich die halbe Region eingeladen zu haben.

Endlich rief Nick, der hinter mir ging, über die Menge Selenas Namen, woraufhin sich eine hübsche Rothaarige zu uns umdrehte, die neben einem wahren Hünen mit dunkelblonder Löwenmähne stand. Der Wikinger. Auf Selenas ebenfalls rot geschminkten Lippen lag ein Lächeln, als sie ihren Freund hinter mir erblickte und sie kam auf uns zu. Wir hatten es irgendwie geschafft, eine kleine freie Fläche zu erreichen, sodass Emilia und ich Nick an uns vorbeilassen konnten.

Er legte die Hand um die Hüfte seiner Freundin und zog sie an sich, um ihr einen Kuss auf die Wange zu drücken. »Selena, das sind Emilia und … Kate.« Er musste kurz überlegen, wie mein Name nochmal war.

Selenas Lächeln wurde förmlicher, als sie sich uns zuwandte und die Hand schüttelte.

»Endlich lernen wir uns kennen«, meinte Emilia.

»Ja, das wurde wirklich Zeit«, antwortete die Rothaarige. Ihre Stimme klang für eine Frau ungewohnt rauchig, aber warm. »Hi Kate.« Sie schüttelte auch meine Hand.

»Hi.«

Wir wechselten einen kurzen Blick und wussten beide, dass wir uns sympathisch waren. Es gibt solche Menschen, die muss man nicht erst lange kennenlernen, um zu merken, dass die Chemie stimmt. Bei Selena und mir war das in diesem Moment der Fall.

»Ihr habt ja gar nichts zu trinken«, bemerkte sie und winkte einen Kellner herbei. »Alle Wein?«

»Unbedingt«, nickte ich, was ein Schmunzeln auf ihrem Gesicht hervorrief.

»Kevin, mein Halbbruder, treibt sich auch irgendwo noch rum«, meinte Selena, als sie uns die Gläser reichte. »Und iiiirgendwo ist auch noch Jordan, mein Stiefbruder. Aber es wäre fast ein Wunder, wenn ihr ihn zu Gesicht bekommt, er ist schwerer zu entdecken als ein Panther in einem Zoo. Aber ist eh nicht schlimm, er würde eher die Stimmung killen mit seinen grimmigen Blicken.«

Ich grinste und prostete ihr zu. »Schön habt ihr's hier.«

»Oja, mein Vater hat da echt ein schönes Fleckchen Erde«, lächelte Selena.

»Das kannst du laut sagen«, erklang eine der tiefsten Stimmen, die ich je gehört hatte.

Der Wikinger war neben Selena und Nick getreten und schenkte mir einen unverhohlen neugierigen Blick. »Hi, ich bin Cley.« Er streckte mir seine Hand entgegen, in welcher meine regelrecht verschluckt wurde, als ich sie schüttelte. »Nicks Mitbewohner, fünftes Rad am Wagen, Anstandswauwau … und für keinen meiner Jobs werde ich bezahlt.« Seine goldbraunen Augen blitzten.

Ich lachte auf – dieser Cley war mir auf Anhieb ebenso sympathisch wie Selena. »Kate«, antwortete ich. »Ich kann leider nicht auf so eine lange Karriere hier im Valley zurückblicken wie du.«

Cley strich sich mit der Hand über den Kurzbart, der sein Gesicht umrandete und lachte ebenfalls. »Du gefällst mir, Kleine. Woher kennst du die zwei?« Er deutete mit dem Daumen auf Selena und Nick.

»Kate ist meine Freundin und wird ein paar Wochen bei mir bleiben«, erklärte Emilia an meiner Stelle.

Cleys Augenbrauen hüpften vielsagend in die Höhe. »Na, dann werden wir uns bestimmt noch paar Mal über den Weg laufen.«

»Ich freu mich drauf.« Ich schenkte ihm einen kleinen Augenaufschlag, den er mit einem Augenzwinkern erwiderte.

Oja, ich mochte ihn – und wenn ich seine Signale richtig deutete, würde ich ihn vielleicht in den nächsten Wochen noch ein bisschen näher … kennenlernen.

Leider wurde Cley in dem Moment von Armando entdeckt, der ihm zur Begrüßung auf die Schulter klopfte, und wandte sich ihm zu, ehe ich unser Gespräch vertiefen konnte.

Schade, aber das hatte ja noch Zeit …

»Darf ich mich etwas umsehen?«, fragte ich an Selena gewandt.

Ich mochte es, in alten Gemäuern zu stöbern – manchmal entdeckte man Schätze, die jahrzehntelang verborgen gewesen waren. Und auch wenn das Weingut modern aussah, so schien es schon viele, viele Jahre hier zu stehen. Mein Kunsthändlerinnen-Jagdmodus war geweckt.

»Sicher, schau dich ruhig etwas um«, meinte Selena schulterzuckend. »Wenn du etwas brauchst, lass es mich wissen.«

»Danke«, lächelte ich und sah Emilia fragend an. »Kommst du auch mit?«

»Später vielleicht«, meinte meine Freundin. »Ich muss erstmal etwas essen, ich bin Wein nicht mehr so gewöhnt. Er steigt mir viel zu rasch zu Kopf, seit ich mit dem Stillen aufgehört habe.«

Ich nickte und verabschiedete mich, um auf eigene Faust das Weingut zu erkunden. Da war ich ja mal gespannt, was es hier alles zu sehen gab.

Das Weinglas in der Hand, lief ich los. Mein erster Weg führte mich in die große Eingangshalle, die ebenfalls mit Menschen vollgestopft war. Also ließ ich sie rasch hinter mir, denn hier gab es außer ein paar Gemälden zweitklassiger Künstler nichts zu bewundern.

Aus Erfahrung wusste ich, dass die meisten alten Gebäude ihre Kunstgüter entweder im Keller oder auf dem Dachboden lagerten. Da ich jedoch nicht unhöflich sein und die breite Treppe nach oben gehen wollte, die eindeutig zu den privaten Räumen der Gutsbesitzer führte, entschied ich mich, nach einem Weinkeller Ausschau zu halten. Selbst wenn ich nichts Interessantes fand, gab es dort immer noch Jahrzehnte alten Wein zu bestaunen – und ich hatte nun mal ein Faible für alte Dinge.

Ich fragte mich bei den Kellnern ein wenig durch, bis einer mir die Richtung wies, in die der Weinkeller des ›Camillo‹-Weingutes lag. Natürlich hatte ich keine Ahnung, ob dieser einfach so zugänglich war. Eigentlich nahm ich es eher nicht an. Gerade, wenn so viele Fremde sich auf dem Gut befanden, wäre er wahrscheinlich abgeschlossen. Aber ein Versuch war es allemal wert.

Also öffnete ich eine Tür, die ziemlich unauffällig wirkte und betrat einen langen Gang, von dem eine weitere Tür wegführte. Darauf stand tatsächlich ›Weinkeller‹, als ob irgendjemand es vergessen könnte. Mir fiel auf, dass es hier viel stiller war als eben noch auf der Party, aber das war mir recht, so würde ich in Ruhe stöbern können.

Zu meinem Glück war die Tür nur angelehnt und ließ sich problemlos aufstoßen.

Ein bisschen kam ich mir wie eine Diebin vor, hier einfach so einzudringen. Aber ich wollte ja nichts stehlen, nur mich etwas umsehen. Und Selena hatte es mir immerhin erlaubt.

Die Treppe, die hinter der Tür nach unten führte, war kaum beleuchtet, da nur eine Kerze weiter unten brannte. Ich setzte vorsichtig einen Fuß vor den anderen und brachte die ersten Stufen hinter mich, als ich mit einem Mal zusammenfuhr. Ein Luftzug glitt an mir vorbei und im nächsten Moment knallte die Tür hinter mir so laut zu, dass ich vor Schreck leise aufschrie.

Verdammt … das hatte ich nicht kommen sehen …

Und noch weniger die Umrisse einer Person, die nun unten an der Treppe erschien.

5

Jordan

»Was zum Teufel …« Mein Knurren erstarb, als ich glaubte, oben an der Treppe eine Gestalt zu erkennen. Für einen kurzen Moment musste ich die Augen schließen, da in mir Flashbacks hochstiegen.

Ich als kleiner Junge, hier unten tagelang eingesperrt … nur Wasser und Brot – oder Wein, aber der hatte mir damals nicht geschmeckt. Mein Vater hatte meiner Mutter verboten, mich rauszulassen … weil ich eine teure Weinflasche zerschmettert hatte. Die Prügel waren harmlos gewesen gegen das, was mir hier unten widerfahren war. Mein Vater hatte mich gebrochen. Er hatte mich hier so lange eingesperrt, bis ich nur noch ein Häufchen Elend gewesen war.

Seither hasste ich die Dunkelheit. Ich hasste sie so sehr, dass ich stets mit einer Kerze in den Weinkeller ging, da der Strom immer wieder ausfiel – so wie heute. Und ich war umso vorsichtiger geworden, seit die Tür oben nicht mehr richtig funktionierte. Ich hatte sie schon länger reparieren wollen und hätte mir jetzt am liebsten in den Hintern gebissen, dass ich es nie getan hatte.

»Hallo?«, erklang eine Frauenstimme von oben.

Da stand also wirklich jemand, ich hatte es mir nicht eingebildet.

»Haben Sie gerade die Tür geschlossen?!«, bellte ich wütend die Treppe hinauf. »Sind Sie bescheuert?!«

»Ich …« Die Stimme erstarb, stattdessen hörte ich, wie sie sich bemühte, die Tür zu öffnen.

Zwecklos. Wir würden warten müssen, bis uns jemand hier unten fand. Und das konnte lange dauern – mich vermisste ohnehin niemand und ich hatte Álvaro zudem gesagt, dass ich mich um den Weinbestand kümmern wolle, ehe ich mit Armando sprach, der noch nicht zum Fest erschienen war.

So eine verdammte Kacke!

»Kommen Sie runter, da oben geht's nicht weiter«, knurrte ich und griff nach der Kerze, die ich auf eines der Weinfässer gestellt hatte.

»Aber …«

»Sie können auch dort oben warten, mir egal.«

Ich wandte mich ab, um zu dem kleinen Tisch zu gehen, an welchem mein Stiefvater und ich immer die neusten Jahrgänge probierten. Es standen zwei Stühle und einige saubere Weingläser dort, die die Kellner für spezielle Degustationen bereithielten.

Aber der Wein war mir gerade vollkommen schnuppe, ich musste dafür sorgen, dass die Panik nicht von mir Besitz ergriff.

Ich war hier zwar eingesperrt, aber jemand würde kommen und mich befreien. Ich würde hier nicht lange bleiben müssen … keine Tage, vielleicht nur paar Stunden …

Dieses Mantra innerlich wiederholend, ließ ich mich auf einem der Stühle nieder und stellte die Kerze vor mir auf die Tischplatte. Als ich den Blick hob, konnte ich erkennen, dass die Frau tatsächlich die Treppe herunter kam. Anscheinend hatte sie eingesehen, dass es nichts brachte, dort oben zu bleiben und sich die Beine in den Bauch zu stehen.

Als der Schein der Kerze sie erfasste, musste ich zweimal blinzeln. Wer bitte sehr färbte sich die Haare in solch knalligen Farben, dass man glaubte, auf der Stelle zu erblinden? Noch dazu biss sich das grüne Kleid so krass damit, dass ich mir am liebsten die Augen zugehalten hätte. Aber ich konnte nicht wegsehen – es war wie bei einem Unfall …

Die Frau, die gerade langsam auf mich zuschlenderte, glich einem Papagei, der in einen Farbtopf gefallen war. Das Piercing in ihrer Augenbraue und die riesige Handtasche über ihrer Schulter gaben der ganzen Erscheinung noch den Rest.

Wer zum Teufel hatte *die* denn auf unser Fest eingeladen?! Ich hatte ja gewusst, dass Selena so einige komische Gestalten kannte, aber … *so* jemanden?!

»Darf ich mich setzen?«, fragte die Fremde und deutete auf den freien Stuhl mir gegenüber. Sie hatte ein Weinglas in der Hand, schien also wirklich von der Party zu kommen.

Ich zuckte mit den Schultern und senkte den Blick auf die Flamme der Kerze, die munter vor mir hin und her wippte.

»Wir sind also hier unten eingesperrt?«, wollte die Regenbogentussi weiter wissen.

Ich nickte knapp. »Ihr Verdienst. Danke auch.«

»Ich wusste doch nicht, dass die Tür kaputt ist«, verteidigte sich der Farbklecks und funkelte mich über das Licht der Kerze hinweg an, während sie das Weinglas vor sich auf den Tisch stellte.

Ich verengte die Augen, erwiderte jedoch nichts.

Das hatte mir gerade noch gefehlt. Mit einer Wildfremden im Weinkeller eingesperrt zu sein. Da wäre ich doch lieber alleine hier unten … ich war niemand, der die Gesellschaft anderer suchte – und schon gar nicht von irgendwelchen Paradiesvögeln.

»Der Panther«, nickte mein Gegenüber mit einem Mal wissend.

Ich hob fragend den Blick und erkannte jetzt, als das Funkeln versiegt war, dass ihre Augen ein warmes Blau besaßen, die im Kerzenschein wie Saphire glänzten.

»Wie bitte?«, knurrte ich.

»Oh, nichts«, lächelte die Fremde. »Sie sind Jordan, oder?«

Ich verengte wieder meine Augen.

Woher wusste die Tussi, wer ich war? Wer war sie*?*

Sie streckte mir die Hand über den Tisch hin und beantwortete meine ungestellte Frage. »Ich bin Kate, eine Freundin von Emilia.«

Ich ignorierte ihre Geste und ließ stattdessen meine Augen blitzen. »Was suchen Sie in meinem Weinkeller?«

»Ich …« Sie zog ihre Hand unverrichteter Dinge zurück und zuckte mit den Schultern. »Wollte mich ein wenig umsehen.«

»Ein wenig ›umsehen‹, soso«, grollte ich. »Sie scheinen wohl keine Erziehung genossen zu haben, wenn Sie sich einfach so in einem fremden Haus ›umsehen‹?!«

Nun verfinsterte sich ihr Ausdruck wieder. »*Sie* sagen mir ausgerechnet etwas von Erziehung, wo Sie doch selbst hier sitzen wie ein fleischgewordener Grumpy.«

»Haben Sie mich gerade mit einem Schlumpf verglichen?!« Ich ließ meine Stimme gefährlich leise klingen.

»*Ich* bin nicht die, die Fremde anfunkelt, als wollten sie einem den letzten Cent aus der Tasche klauen«, meinte sie hoheitsvoll. »Sie sind ein übellauniger Zeitgenosse und hätte ich gewusst, dass Sie sich in diesem Loch verkriechen, wäre ich bestimmt nicht hergekommen. Jetzt weiß ich auch, was Selena meinte.«

Ich runzelte die Stirn. »Was hat sie über mich gesagt?«

»Das ist Ihnen doch ohnehin egal, oder?« Sie erhob sich und machte Anstalten, wieder zur Treppe zu gehen.

Ich war im selben Moment aufgesprungen und versperrte ihr den Weg. Dabei fiel mir auf, dass ich sie um mindestens einen Kopf überragte – die Kleine war echt klein. »Wohin wollen Sie?«, brummte ich.

Sie hob den Blick und ihre Augen besaßen wieder dieses Glänzen, das ich irgendwie … spannend fand? Es verlieh ihr ein Feuer, das ich selten bei jemandem gesehen hatte – zuletzt bei meiner Stiefschwester, aber die ließ mich meist in Ruhe.

»Wenn's sein muss, setze ich mich in den hintersten Winkel dieses Kellers. Alles ist besser, als mit Ihnen Zeit um die Ohren schlagen zu müssen«, sagte sie in ruhigem Tonfall, während sie ihre riesige Handtasche schulterte.

Der hatte gesessen. Warum mich ihre Worte so trafen, konnte ich nicht festmachen. Aber sie taten es. Daher tat *ich*, was ich immer tat. Ich zuckte mit den Schultern, wandte mich ab und setzte mich wieder hin.

»Feel free«, knurrte ich.

»Sie sind wirklich ein Griesgram«, zischte der Papagei und stolzierte in Richtung zwanzigjährigem Cabaret-Gang.

Ich sah ihr hinterher, bis die Dunkelheit sie verschluckte.

Wenigstens ging sie mir jetzt nicht mehr auf den Wecker …

6

KATHLEEN

Oh man, was war das denn bitte für ein arrogantes, missgelauntes Sackgesicht?!

Ich war schon vielen Menschen begegnet, aber mit so einer frostigen Eisklotz-Version hatte ich noch nie zu tun gehabt.

Im ersten Moment hatte ich noch geglaubt, einen hübschen, düsteren Latino vor mir zu haben. Ja, *hübsch* war er. Mit seinem dunklen Haar, den feurigen Augen und den muskelbepackten Armen, ganz zu schweigen von seiner Körpergröße und den breiten Schultern. Aber das war dann auch schon alles – sein Charakter überschattete jegliche weiteren Vorzüge, die er womöglich einem hätte präsentieren können.

Zähneknirschend hakte ich den Daumen unter den Träger meiner Handtasche und stolzierte unbeirrt in die Dunkelheit davon. Sollte er sich doch sein Knurren sonst wohin stecken – ich würde nicht den Fußabtreter für seine schlechte Laune spielen!

Dass mein Plan ziemlich dämlich war, bemerkte ich erst, als ich inmitten kompletter Finsternis stand. Ein Schauer rieselte mir über den Arm und ich bildete mir tatsächlich ein, jemanden hinter mir schnaufen zu hören. Als ich jedoch herumwirbelte, konnte ich nur weit hinten im Raum das Kerzenlicht erkennen, das dieser Jordan dort brennen ließ. Und die Umrisse seines Körpers, der an dem kleinen Tisch hockte.

Warum brachte ich mich bloß immer in solche Situationen? Ja, mein Mundwerk war oft zu groß, von meiner Neugierde ganz zu schweigen. Dennoch schien ich solche Begegnungen förmlich anzuziehen.

Seufzend legte ich die Tasche auf den Boden und ließ mich an einem der Weinfässer entlang in die Hocke gleiten. Die Tür war zu, ich hatte keine Chance, hier rauszukommen. Als ich mein Handy hervorholte, blieb das Display tot. Verdammt, ich hatte vergessen, es aufzuladen und mein Ladegerät befand sich noch in meinem Koffer im Napa Valley. Mein Telefon fraß viel zu viel Strom, ich sollte mir endlich ein neues zulegen. Somit konnte ich meinen Plan, Emilia anzurufen, vergessen.

Mit düsterem Blick ließ ich mein Handy wieder zurück ins Nirwana meiner Tasche plumpsen und wühlte darin ein wenig herum, in der Hoffnung, etwas Brauchbares zu finden. Leider hatte ich nur Kleider und ein paar Toilettenartikel darin verstaut. Nichts, was mir helfen könnte, hier wieder raus zu kommen.

Es blieb mir wohl nichts anderes übrig, als hier unten zu warten, bis jemand kam und uns herausholte. Allerdings … ich erhob mich ruckartig und sprang auf die Füße. Vielleicht würde mich jemand hören, wenn ich ganz laut um Hilfe schrie? Einen Versuch war es wert, selbst wenn ich dafür an Grumpy-Cat vorbei musste.

Wie erwartet, hob dieser missbilligend den Kopf, als er mich wieder näherkommen hörte, sagte jedoch nichts, während ich an ihm vorbei und die Treppe hinauf zur Tür stieg. Dabei warf ich einen Seitenblick zu ihm. Sein Gesicht wirkte mystisch mit den Schatten, die das Kerzenlicht darauf warf und die dunklen Augen blitzen.

Ja, er war echt ein schöner Mann … wenn nur diese miese Laune nicht wäre … dann hätte ich mich womöglich nicht zurückhalten können und testen müssen, ob er ebenso wie dieser Cley auf meine Reize ansprang.

Ich war noch nie ein Kind von Traurigkeit gewesen und hatte in meinem fünfundzwanzigjährigen Leben schon viele, viele Männer gedated. Auch One-Night-Stands waren dabei gewesen – und zwar nicht wenige. Ich wusste nun mal, was mir Spaß bereitete und Männer kennenzulernen war auf jeden Fall eines davon. Emilia hatte mich schon öfters im Scherz als Flittchen betitelt, wenn ich ihr wieder von einer meiner Eroberungen erzählte. Aber hey, was konnte ich denn dafür, dass anscheinend viele Männer auf mein Äußeres ansprangen? Ich hatte einen meiner Verflossenen mal gefragt, wieso er mich in der Bar angequatscht habe. Die Antwort war: ›Du siehst anders aus als die anderen und das macht dich interessant‹. Das hatte ich dann als neue Lebensphilosophie genutzt, um meine Männergeschichten quasi zu legitimieren.

Ich war in einem Alter, wo man noch nicht an Familie gründen und ›bis dass der Tod uns scheidet‹ dachte. Ich wollte Spaß, Freiheit, Leben. Emilia hatte mich einmal als ›Kolibri‹ bezeichnet, da ich von Blüte zu Blüte hüpfte und nirgendwo richtig sesshaft wurde. Ja, womöglich war ich so. Aber ich war es gern, denn das machte mich nun mal aus. Das und meine Liebe zum Kunsthandel und damit Dingen, die oft achtlos in einer Ecke standen, obwohl sie wertvolle Schätze darstellten.

Wahrscheinlich schürte deswegen dieser Jordan auch meine Neugier, die ich nicht verleugnen konnte. Er war wie ein seltenes Kunstobjekt, das erst entdeckt werden musste … das entstaubt werden sollte … nur, ob ich die Richtige dafür war, wagte ich zu bezweifeln.

Aber jetzt galt es ohnehin erst, aus diesem Loch zu entkommen und dann würde ich als erstes Selena aufsuchen und sie ein wenig über den düsteren Schönling im Keller ausquetschen.

Das waren zumindest meine Gedanken, während ich die Treppe hochstieg. Oben angekommen, hämmerte ich mit beiden Fäusten gegen das Holz und schrie so laut, dass ich selbst fast taub davon geworden wäre.

Ich tat das eine Weile … eine ziemlich lange Weile …

»Zwecklos«, war der hilfreiche Kommentar meines Zellengenossen, als mir bereits die Hände weh taten. »Die hören Sie nicht.«

Ich wirbelte zu ihm herum und konnte unten an der Treppe seine breitschultrige Gestalt ausmachen. Anscheinend war er mir gefolgt, um zu schauen, was ich vorhatte.

Mit einem verstimmten Brummen ließ ich von der Tür ab und schritt die Stufen wieder zu ihm herunter.

Wenigstens versuchte ich, uns hier raus zu bringen, wenn er schon nur rumsaß …!

Der Schein der Kerze hinter ihm ließ seine Umrisse gespenstisch wirken. Ich fröstelte, als ich glaubte, einen puren Schatten vor mir zu haben. Horrorfilme hatte ich noch nie gemocht, das wurde mir gerade so klar wie selten in meinem Leben.

»Warum wollen Sie bitte sehr wissen, dass mich niemand hört?«, fragte ich, während ich die letzten Tritte hinter mich brachte.

»Weil ich es weiß«, war die knappe Antwort.

Ich wollte schon etwas erwidern, da blieb mein rechter Schuh mit einem Mal an der Steintreppe hängen und da meine Handtasche viel zu schwer war, versuchte ich vergebens, mein Gleichgewicht zu halten. Mit rudernden Armen fiel ich wie in Zeitlupe nach vorn und konnte mich gerade noch an Jordan festhalten, sonst wäre ich schmerzhaft auf die Nase gefallen.

Der Latino fing mich reflexartig auf und packte mich dabei unter den Achseln, was ein leises Keuchen meinerseits zur Folge hatte, denn er traf genau einen Nerv. Aber besser, als auf dem harten Steinboden zu landen …

Meine Nase wurde trotzdem nicht verschont, da sie mit voller Wucht gegen seine Brustmuskeln prallte.

Verdammt … der Mann sollte einen Waffenschein für seinen Pectoralis beantragen!

Ich hörte ihn leise nach Luft schnappen, da unsere Kollision an ihm ebenfalls nicht schmerzfrei vorbeigegangen war, und stütze mich an seinen Schultern ab. Jordans Hände hielten immer noch meine Oberarme umschlungen, als ich versuchte, mich wieder einigermaßen ladylike aufzurichten.

»Danke«, murmelte ich, während ich meine Nase betastete. Alles heil zum Glück.

Er erwiderte nichts, sondern ließ mich so rasch los, wie er mich gepackt hatte, und wandte sich von mir ab.

»Wenn wir hier unten schon zusammen eingesperrt sind, könnten Sie wenigstens freundlich zu mir sein«, grummelte ich, während ich ihm zum Tisch zurück folgte.

»Ich habe Sie gerade vor einem Sturz bewahrt – wie *freundlich* hätten Sie es denn noch gern?!«, brummte er, ohne sich nach mir umzudrehen.

Ich ließ mich auf den zweiten Stuhl plumpsen und starrte ihn über den Schein der Kerze hinweg an.

Ja, in einem anderen Universum, wo seine Augen nicht so abweisend geschaut hätten, hätte ich ihn anziehend gefunden. Ich mochte eigentlich düstere Kerle und wenn sie noch lateinamerikanischen Charme besaßen, schmolz mein Herz normalerweise schneller dahin als Eis in der Sonne. Aber dieses Exemplar da vor mir schaute so abweisend, dass ich gar nicht erst auf die Idee kam, ihn anzumachen.

Okay, das war gelogen – auf die *Idee* kam ich schon, aber ich konnte so gut rechnen, dass ich wusste, dass meine Chancen bei ihm gleich Null wären.

»Sind Sie immer so übellaunig?«, fragte ich ihn, während ich zusah, wie er sich nach hinten lehnte und die Arme vor der Brust verschränkte. »Das ist ja kaum auszuhalten. Wissen Sie, dass Menschen, die häufiger lachen, länger leben?«

»Reden sie immer so viel?«, erwiderte er mit stählernem Blick.

Oh man, diese dunklen Augen konnten vielleicht funkeln …

Aufhören! Dumme Gedanken an einem schrecklichen Ort! Wir waren hier unten eingesperrt! Und ich sollte nicht daran denken, wie er wohl ohne dieses weiße Hemd und die schwarze Anzughose aussehen würde.

»Sie sind also Selenas Bruder?«, fing ich mit einem für mich unverfänglicheren Thema an.

»Stiefbruder«, korrigierte er mich.

»Pardon!« Ich verdrehte die Augen. »Sie scheinen jemand zu sein, der es ziemlich genau nimmt.«

Er legte den Kopf schief und schenkte mir einen undurchsichtigen Blick.

Wenn ich jetzt wüsste, was in seinem Kopf vorging …

»Und Sie sind jemand, der nicht eine Sekunde still sein kann«, konterte er und lehnte sich ein wenig vor, während er die Hände auf den Tisch stützte.

»Touché«, grinste ich. »Ich mag Stille nicht. Habe ich noch nie gemocht. Es gibt so viele schöne Geräusche auf dieser Welt – es ist *nie* ganz still. Warum sollte *ich* es also sein?«

»Hier unten ist es normalerweise sehr still«, meinte Jordan, während er sich wieder zurücklehnte. »Aber normalerweise ist hier auch kein Papagei, der herumflattert und dabei auf die Nase fällt.«

Hatte er mich gerade Papagei genannt?!

»Haben Sie mich gerade …«

»Sie haben mich schon verstanden. Oder wollen Sie wirklich, dass ich es wiederhole?« Er hob eine Augenbraue.

»Sie sind der unhöflichste Mensch, der mir je begegnet ist!« Ich schlug mit der Faust auf den Tisch.

Im nächsten Moment war es dunkel um mich.

»Haben Sie gerade die Kerze umgeworfen?!«, knurrte mich aus der Schwärze seine Stimme an.

»Ups?« Ich hob die Hände, obwohl er das nicht sehen konnte. »Sie haben ja wohl ein Streichholz oder Feuerzeug dabei.«

Stille …

Okay, es war wirklich ruhig hier unten, wenn man nicht redete.

»Jordan?«, fragte ich vorsichtig, um zu testen, ob er überhaupt noch da war.

Ein Brummen war die Antwort.

»Also nein?«, hakte ich nach.

»Nein!«

»Mist.« Ich tastete im Dunkeln nach der Kerze und griff in das heiße Wachs, sodass ich zischend die Luft einsog. »Au!«

»Ist etwas passiert?« Jordans Stimme klang irgendwie abgehackt, was mich verblüffte.

»Alles gut, hab mich nur fast am Wachs verbrannt«, meinte ich abwiegelnd, während ich den Finger in den Mund steckte. »Warten Sie, vielleicht habe ich ein Feuerzeug. Ich habe früher viel geraucht, womöglich ist noch eins in meiner Tasche.«

Ich hievte die Handtasche, die ich neben mir auf den Boden gestellt hatte, auf den Tisch und begann sie zu durchsuchen.

»Und?«, fragte Jordan nach einer Weile.

»Nichts.« Ich hob hilflos die Schultern. »Und mein Handy ist tot – ich nehme an, Sie haben Ihres nicht dabei?«

»Nein. Verdammt.«

»Jap, das können Sie laut sagen.« Ich ließ die Tasche wieder zu Boden gleiten. »Jetzt könnten wir uns Schauermärchen erzählen«, meinte ich in einem Versuch, die Stimmung etwas zu heben.

Das Knurren, das aus der Dunkelheit erklang, ließ mich vermuten, dass mein Gegenüber ebenfalls nicht auf Horrorfilme stand.

»Hey, so schlimm ist es doch nicht. Wir sind in einem Weinkeller, da können wir auch einen Wein trinken«, startete ich einen nächsten Versuch. »Blindverkostung sozusagen.« Ich lachte leise über meinen eigenen Witz, aber wieder erntete ich nur ein Brummen. So langsam riss mir der Geduldsfaden. »Jetzt hören Sie mal, unsere Lage wird nicht besser, wenn Sie ihre Wolf-Imitationen fortsetzen«, fuhr ich ihn an und erhob mich, um mich um den Tisch herum zu ihm zu tasten.

Als ich neben ihm stand, suchte ich mit der Hand nach seiner Schulter und spürte, wie er unter der Berührung zusammenzuckte. Im nächsten Moment hatte er mein Handgelenk gepackt und drehte es schmerzhaft zur Seite, sodass ich leise aufschrie.

»Spinnen Sie?! Das tut weh!«, empörte ich mich.

Glücklicherweise ließ er mich augenblicklich los und ich rieb mir den Unterarm, den er mit seinem stählernen Griff malträtiert hatte. Meine Haut war feucht. Wieso …?

Ich starrte auf die Stelle, wo ich glaubte, dass Jordan saß, und hörte nun sein leises Keuchen.

»Befriedigen Sie sich etwa gerade selbst?!«, rief ich.

Ein weiteres Knurren war die Antwort.

»Hören Sie, Sie sind nicht nur der missgelaunteste, sondern auch der perverseste …«

Weiter kam ich nicht, denn sein Knurren war lauter geworden und ich hörte, wie eine Faust auf die Tischplatte niederfuhr.

»Halten Sie den Mund!«, blaffte er mich an. »Ich habe eine Panikattacke!«

7

Jordan

»Eine …« Ich konnte mir förmlich vorstellen, wie sie mich gerade mit diesen großen blauen Augen anstarrte. »Panikattacke?« Sie piepste das Wort.

Ich nickte, obwohl sie das nicht sah.

»Was … tun wir denn dagegen?«, fragte sie und Hilflosigkeit zeichnete ihre Stimme. »Ich meine … wenn Sie … wieso … was kann ich … ich kenn mich da gar nicht aus damit.«

Ich atmete tief durch, versuchte, meinen Körper wieder unter Kontrolle zu bekommen. Leider vergebens, denn mein Herz raste und ich spürte, wie mir der Schweiß über den Rücken rann, während Todesangst von mir Besitz ergriff. Mir wurde immer schwindliger und wäre ich nicht auf einem Stuhl gesessen, hätte ich mich kurzerhand auf den Boden gesetzt.

Mein Arzt hatte mir für solche Momente Temesta gegeben, die ich normalerweise auch sofort einwarf. Nur jetzt lagen die Medikamente oben in meinem Schlafzimmer – und ich saß hier in der Dunkelheit des Kellers. Hilflos meinen Dämonen ausgesetzt.

Bilder stiegen vor meinem inneren Auge hoch. Bilder meiner Kindheit – hier unten. Tagelang. Ich hörte die höhnische Stimme meines Vaters, die Flüche, Beleidigungen, spürte die Schläge …

»Au verdammt!«, rief ich, als meine Wange zu brennen begann.

»Ich … tut mir leid«, stotterte Kate. »Ich hab mal in einem Film gesehen, dass das hilft.«

»Jemanden zu ohrfeigen?!« Ich hielt mir die Hand auf die Stelle, die noch brannte.

»Nun … Sie haben immer lauter geschnauft und da dachte ich, bevor Sie umkippen … tut's weh?«

»Ja!«

»Und die Panik?«

»Ist immer noch da!«

»Wie zeigt sich das denn?«

Ich verdrehte die Augen. »Muss ich Ihnen das tatsächlich erklären?!«

»Nun … vielleicht hilft es, wenn Sie darüber reden?«

»Sind Sie eine Seelenklempnerin?«

Kurz schwieg sie, dann hörte ich das Rascheln von Stoff.

Was tat sie da?

»Ich bin keine Psychologin, aber Ablenkung könnte Ihnen womöglich helfen«, meinte sie. »Wir sind hier unten eingesperrt und wenn wir Pech haben, noch mehrere Stunden. Ich habe keine Lust, mir die mit einem miesepetrigen Panikpatienten um die Ohren zu schlagen. Zudem habe ich keine Ahnung, wann das Fest zu Ende sein wird und bis man mich vermisst, wird es eine Weile dauern.

Emilia weiß, dass ich gern auf eigene Faust unterwegs bin und Sie … nun Sie wird man wohl auch kaum als Partylöwen vermissen.« Ich konnte sie förmlich schmunzeln hören.

»Was schlagen Sie also vor?«, fragte ich, während ich versuchte, meinen Atem zu beruhigen. Keine Chance, das beklemmende Gefühl in meiner Brust wurde immer stärker.

»Sex.«

»Sex?«

»Sex!«

»Sie wollen also …«

»Sind Sie prüde?«

»Ich? Nein, aber …«

»Oder Jungfrau?«

»Nein, ich …«

»In einer Beziehung?«

»Verdammt, nein …«

»Irgendwelche ansteckenden Krankheiten?«

»Was? Nein, wieso …«

»Hatten Sie schon mal einen One-Night-Stand?«

»Ja, nur …«

»Sie sollten sich entspannen, oder?«

»Ich glaube nicht, dass ich mich jetzt entspannen ka…« Ich unterbrach mich mitten im Wort, denn ich spürte ihre Hand, die meine ergriff und dann in die Höhe führte.

Als ich etwas Weiches umfasste, schnappte ich nach Luft – nicht wegen der Panikattacke, sondern weil ich gerade ihre Brust ertastete.

»Sie spinnen doch«, brummte ich.

»Warum? Ich versuche nur, Sie abzulenken.« Ich konnte ihr Schulterzucken spüren, da ihre Brust mitzuckte. »Und? Hilft's?«

Wäre die Situation nicht so absurd und ich so angespannt gewesen, hätte ich lauthals losgelacht.

Dieses bunte Huhn hatte vielleicht Nerven …!

»Entspannen Sie sich«, flüsterte sie und ich spürte, wie sie ihren Körper näher rückte. »Oder haben Sie Hemmungen, mit einer wildfremden Frau rumzumachen?«

»Sie wollen das hier tatsächlich durchziehen?«, fragte ich entgeistert.

»Nun … Sie atmen bereits etwas regelmäßiger, seit Sie meine Brust kneten«, antwortete sie leichthin.

Erst jetzt fiel mir auf, dass ich das tatsächlich unbewusst getan hatte. Meine Finger hatten sich um den Stoff ihres Oberteils gelegt und strichen immer wieder darüber. Es war tatsächlich beruhigend … komplett schräg, aber beruhigend.

»*Sie* atmen dafür weniger regelmäßig«, bemerkte ich mit schmalen Augen.

»Das liegt daran, dass Sie das ziemlich gut machen.« Ich hörte sie leise lachen.

Ehe ich etwas erwidern konnte, spürte ich, wie sie sich kurzerhand auf meinen Schoß setzte. Nun nahm ich ihr Parfüm wahr und fühlte, wie sie ihr Becken leicht über mir rieb.

Normalerweise tat ich so etwas nicht – ich machte um solche Frauen immer einen Bogen, da ich nicht sonderlich viel von ihnen hielt. Sie warfen sich jedem an den Hals und schliefen mit allem, was nicht bei drei auf den Bäumen war. Aber diese Kate … sie schien mir irgendwie anders zu sein. Ich hätte sie nicht so eingeschätzt, dass sie sich an mich ran machte – auch nicht, um mir zu ›helfen‹.

»Hat etwas Erregendes im Dunkeln jemandem näher zu kommen, finden Sie nicht auch?«, hörte ich ihre Stimme direkt vor mir. »Ich habe so etwas noch nie gemacht, aber es törnt mich zugegebenermaßen an. Wie ist es bei Ihnen?«

Diese Frau hatte wirklich nicht mehr alle Tassen im Schrank … aber ich musste ihr Recht geben, es fühlte sich ziemlich erregend an, wie sie so auf meinem Schoß saß und mich ihre Brüste massieren ließ. Meine zweite Hand war in den letzten Sekunden dazugekommen und ich hörte ein leises Stöhnen, als ich forscher wurde und fester zupackte.

Zugegeben, meine Panik floh vor ihrer direkten Art … dafür kehrte Leben in meine Lenden zurück.

»Sie wollen also mit mir schlafen?«, hakte ich nochmals nach, um sicher zu sein, dass ich mich nicht verhört hatte vorhin.

»Nun … wenn es Ihnen reicht, meine Brüste zu massieren, um die Panikattacke loszuwerden, dann soll mir das recht sein«, antwortete sie und ich glaubte, ein Schmunzeln herauszuhören. »Aber … ich hätte wahrscheinlich nichts dagegen, wenn Sie noch etwas … Zeit brauchen.«

Jetzt mal ganz ehrlich: Diese Frau schmiss sich mir gerade an den Hals. Sie bot mir Sex an – und ich war auch nur ein Mann, dessen letztes Mal eine Weile zurück lag … wer hätte in meiner Situation nicht ›Ja‹ gesagt? Eben.

»Ich denke, ein bisschen weiterführen können wir Ihre ›Therapie‹ noch«, antwortete ich und schob den Ausschnitt ihres Kleides, das zum Glück elastisch genug dafür war, nach unten.

Was hätte ich dafür gegeben, wenn jetzt ein Licht gebrannt hätte, damit ich ihre Brüste betrachten konnte. Denn sie trug keinen BH, was mich fast wahnsinnig machte. Meine Fingerspitzen glitten über ihre Brustwarzen und ich spürte, wie sie augenblicklich hart wurden, während ihr ein Stöhnen entfuhr.

»Küss mich«, hauchte sie und beugte sich zu mir herunter, was ich daran spürte, dass ihr Atem näher über mein Gesicht strich.

Kurz darauf tastete sie sich zu meinem Mund und ich hörte sie seufzen, als sie ihn fand. Ihre Lippen waren weich, warm und legten sich mit sanftem Druck auf meine.

Wow, so schnell hatte ich noch nie eine komplett fremde Frau geküsst … ganz zu schweigen davon, dass ich ihre Brüste …

»Sie sind viel zu angespannt«, murmelte sie an meinen Lippen, als sie den Kuss unterbrach. »Und viel zu negativ …«

»Ich bin nicht …«

Sie erstickte meine Worte in einem weiteren Kuss. Dieses Mal spürte ich ihre Zunge über meine Lippen gleiten, so lange, bis ich sie für sie öffnete. Ihre Hände strichen über meine Schultern, verschränkten sich in meinem Nacken.

Himmel nochmal, was tat ich da eigentlich?

»Sie wollen mich«, stellte sie fest. Eine ihrer Hände löste sich von meinem Nacken, strich über meine Brust hinunter zu meiner Härte, die mich in der Hose anbettelte, endlich freigelassen zu werden. »Warten Sie, ich habe ein Kondom dabei.«

War ja klar, dass sie eins dabei hatte. Für sie war das hier wohl Alltag – mit irgendwelchen Typen schlafen, die sie erst ein paar Sekunden kannte. Mit der Ausrede, dass sie ihnen ›helfen‹ wollte. Wäre sie klug gewesen, hätte sie Geld dafür verlangt … und hätte ich nicht immer noch einen Teil dieses beklemmenden Gefühls in mir gehabt, hätte ich ihr genau das an den Kopf geknallt.

Ja, ich war nun mal ein Arschloch. Deswegen war ich auch noch single, da es die meisten Frauen nicht länger als ein paar Wochen an meiner Seite aushielten.

Ich hörte sie in ihrer Tasche rumsuchen, dann Plastik reißen.

Kurz darauf waren ihre Hände wieder an meiner Hose und öffneten geschickt den Reißverschluss.

Als ihre Finger warm über meinen Ständer strichen, konnte ich ein Stöhnen nicht unterdrücken.

Wow, diese Frau wusste genau, was sie tat …

Ich legte den Kopf in den Nacken und ließ sie meine Erektion so lange streicheln, bis ich hart genug war. Kate erhob sich kurz, wahrscheinlich um ihr Kleid etwas höher und den Slip zur Seite zu schieben. Dann spürte ich, wie sie mir das Kondom überstreifte und nach unten rollte.

Mir blieb keine Zeit, mich darüber zu wundern, dass ich mich gerade mitten in einem Porno befand, denn im nächsten Augenblick spürte ich, wie ich in etwas Warmes, Feuchtes hinein glitt und keuchte vor Lust auf. Auch Kate entfuhr ein erregtes Stöhnen, während sie mich ganz in sich aufnahm.

Einen Moment lang blieb sie auf mir sitzen, dann begann sie sich zu bewegen – in einem Rhythmus, der mal langsam, mal schneller war. Ihre Hände griffen in meine Haare, ihr Mund fand immer wieder meinen. So zielsicher, dass ich beinahe glaubte, sie könne im Dunkeln sehen.

»Und, wie geht's deiner Panik?«, raunte sie an meinem Ohr.

Meine Antwort war ein Stöhnen, da sie mich gerade schneller zu reiten begann.

»Besser als jede Medizin, oder?«, keuchte sie.

Ich musste ihr zustimmen. Es war einfach nur geil, sie zu ficken und ihre lustvollen Laute in der Dunkelheit zu hören. Noch nie hatte ich mit Dunkelheit so viel angenehme Reize verbunden … mein Herz raste nun nicht mehr, weil ich die Bilder meiner Vergangenheit kaum aushielt, sondern weil es das Blut durch meine Adern pumpte. Mein Körper schwitzte, weil ich mir am liebsten alle Kleider vom Leib gerissen hätte und mein Becken erbebte, weil diese bunte Frau gerade dafür sorgte, dass ich Muskeln in einer Vagina spürte, die ich noch nie bei einer Frau gespürt hatte.

Wie tat sie das bloß? Es fühlte sich an, als würde ihr Becken sich rhythmisch um meinen Schwanz zusammenziehen und dann wieder explodieren.

»Ich … komme gleich«, stöhnte ich.

»Spritz ab, wann immer du willst«, antwortete sie.

Das musste sie mir nicht zweimal sagen. Normalerweise hielt ich beim Sex länger durch als jetzt, aber Kate war einfach zu geil und die Anspannung in mir musste raus. Mein Becken bäumte sich auf, während ich noch einmal tief in sie hinein stieß und mich ergoss. Mein Hinterkopf knallte gegen die Stuhllehne, als ich laut aufstöhnte, aber ich spürte den Schmerz kaum, denn der Orgasmus dauerte ungewöhnlich lange – das lag wohl daran, dass Kates magische Vagina mich förmlich leerpumpte.

Wow, sie sollte allen Frauen der Welt diesen Trick beibringen.

Verdammt, das war einfach der Wahnsinn.

Als ich heftig atmend auf den Boden der Realität zurückkehrte, hatte sie sich bereits von mir erhoben und das Kondom entfernt. Wohin sie es tat, wusste ich nicht – interessierte mich aber in dem Moment auch gar nicht.

»Na, Panikattacke weggefickt?«, fragte sie mit einem leisen Lachen.

»Ich bin froh, dass ich von meinem Arzt Medikamente verschrieben bekommen habe und er nicht zu solch … unkonventionellen Methoden greift«, murmelte ich, während ich versuchte, wieder zu Atem zu kommen.

Kates Lachen war glockenhell und ich ballte die Hand zu einer Faust, um den Wunsch zu unterdrücken, einen schmutzigen Witz zu erzählen, nur, damit ich sie nochmals lachen hören konnte. Zudem war ich ein miserabler Witzerzähler.

»Schau an, in dem brummenden Panther steckt ja doch ein Quäntchen Humor. Was machen wir nun?«, wollte sie wissen und ich hörte, wie sie sich wieder anzog.

Kurz darauf spürte ich ihren Körper, als sie sich ungeniert auf meinen Schoß setzte. Zum Glück hatte ich meinen Schwanz wieder eingepackt, sonst hätte sie ihn kurzerhand unter ihrem Po eingeklemmt.

»Du solltest wissen, dass ich kein Beziehungstyp bin«, brummte ich, um jegliche Hoffnungen gleich im Keim zu ersticken.

»Ich auch nicht«, meinte sie. »Das hier war nur ein geiler Quickie, nichts weiter. Keine Sorge, ich werde dir jetzt nicht täglich Blumen schicken und Heiratsanträge machen.«

»Dann ist ja gut …«

Sie drückte mir einen Kuss auf das Kinn, wahrscheinlich hatte sie auf meine Lippen gezielt.

8

KATHLEEN

Wow, wer hätte gedacht, dass dieser düstere Kerl so sexy sein konnte? Zugegeben, meine Methode, seine Panik zu vertreiben war … ungewöhnlich. Und ich hatte mich mit dem Vorschlag selbst überrascht, aber in dem Moment hatte es sich einfach richtig angefühlt. Und … okay … mir war nichts anderes in den Sinn gekommen. Zudem hatte ich kein Problem damit, mit einem Wildfremden zu schlafen – hatte ich schon oft getan und Sex war für mich nichts, das man ›behüten‹ und ›nur mit dem Richtigen‹ teilen musste. Die Lust war ein ganz natürliches Verlangen des Körpers, so wie Durst oder Hunger. Und alles konnte man stillen – sollte man auch. Denn man lebte ja schließlich nur einmal.

»Warum hast du eigentlich eine Panikattacke gehabt?«, fragte ich, während ich Jordan die Hände auf die Schultern legte.

Ich hatte mich nicht wieder auf meinen Stuhl gesetzt, da ich verhindern wollte, dass er nochmals in diesen Panikmodus verfiel.

Obwohl ich glaubte, dass er das nicht so rasch wieder tun würde, nachdem er so heftig gekommen war.

Ich spürte, wie er sich unter mir verkrampfte. Anscheinend wollte er nicht über das reden, was ihn derart belastet hatte.

Panther eben: still leidend und vor sich hin knurrend …

»Jeder hat seine Bürde zu tragen«, meinte ich, als er mir nicht antwortete und zuckte mit den Schultern. »Soll ich dir meine Geschichte erzählen?«

Wieder keine Antwort. Was hätte ich jetzt dafür gegeben, ihm in die dunklen Augen zu sehen … funkelte er mich gerade an? Hatte er sie geschlossen? Sah er an mir vorbei oder durch mich hindurch?

Nun … ich würde es wohl ohnehin nicht erfahren, also beschloss ich, einfach weiter zu reden. »Ich bin in einem Heim groß geworden, aus dem ich jedoch mit zehn Jahren abgehauen bin.« Ich wartete kurz, bekam aber keinerlei Reaktion von ihm, also fuhr ich fort: »Habe lange Zeit auf der Straße verbracht, bis mich eines Tages eine nette alte Frau bei sich aufnahm. Mich, einen Teenager ohne Manieren und mit einem ernsthaften Drogenproblem. Aber sie hat an mich geglaubt, hat mir ein Zuhause geschenkt. Eine Zukunft ermöglicht … dank ihr habe ich die Schule nachholen können. Und dank ihr wurde ich Kunsthändlerin, denn diese Frau war eine begnadete Malerin gewesen.« Ich stutzte kurz, da mich die Erinnerung an Rose jedes Mal traurig machte. »Sie starb leider, noch ehe ich meinen Abschluss machen konnte«, murmelte ich, selbst überrascht, dass ich ihm so viel von mir verriet.

Womöglich war die Dunkelheit schuld daran, dass ich es tat, denn ich hatte das Gefühl, ich würde nur mit mir selbst sprechen – kein Wunder, denn von Jordan kam kein einziger Mucks.

Lebte er überhaupt noch? Ja, ich hörte seinen Atem.

»Ich wünschte mir heute noch, dass sie dabei gewesen wäre, als ich das Diplom überreicht bekam«, fuhr ich fort. »Aber … sie war in meinem Herzen mit dabei. Das ist sie immer, auch hier im dunklen Keller.«

Ich hörte, wie Jordan leise Luft holte, als wolle er etwas erwidern, jedoch blieb er weiterhin stumm.

»Ich weiß selbst nicht, warum ich dir das alles erzähle«, gestand ich schulterzuckend. »Keine Sorge, ich will wirklich nichts von dir. Dafür bist du mir zu griesgrämig …«

»Ich …« Er räusperte sich und nun fühlte ich seine Hände an meinen Hüften. »Steh auf.«

Okay, das war eindeutig – er schien mich nicht länger in seiner Nähe haben zu wollen … und das, nachdem ich ihm meine schwierige Kindheit erzählt hatte, die ich selten jemandem anvertraute.

Scheiß Dunkelheit! Ohne sie wäre mir das gar nicht erst über die Lippen gekommen!

Ich erhob mich wortlos und tastete mich zurück zum zweiten Stuhl. »Du solltest dringend einen Psychologen aufsuchen, weißt du das?«, murmelte ich verbittert.

»Ich brauche keinen Psychologen«, erwiderte er mit rauer Stimme. »Ich …«

»Du kommst alleine klar, das wolltest du gerade sagen, oder?« Ich legte all meinen Zynismus in diesen Satz. »Ja, das dachte ich auch eine Weile. Eine lange, lange Zeit. Bis mir Rose das Gegenteil bewies. Sie hat mir die Augen geöffnet, dass man manchmal Hilfe annehmen muss. So wie du sie vorhin von mir angenommen hast.«

Okay … unseren Quickie als ›Hilfe‹ zu betiteln rief selbst auf *meinem* Gesicht ein schiefes Schmunzeln hervor – das jedoch augenblicklich erstarb, als Jordan weitersprach.

»Ich brauche keine Hilfe! Die habe ich noch nie gebraucht.« Er schnaubte leise. »Das hier unten war ein netter Fick, nicht mehr und nicht weniger. Meine Panikattacke wäre auch so vorüber gegangen …«

Ich ließ meine flache Hand auf die Tischplatte niedersausen. »Du bist echt ein Arschloch!«

»Und du solltest aufhören, dich jedem an den Hals zu schmeißen«, konterte er. »Oder zumindest Geld dafür verlangen.«

Das war ja wohl die Höhe!

Ich sprang auf und stemmte die Hände in die Hüften, auch wenn er das nicht sehen konnte. »Ich weiß genau, warum du mir weh tun willst!«, fuhr ich ihn an. »Du willst mich wegstoßen, so wie du es mit allen anderen Menschen in deinem Leben wahrscheinlich machst! Aber mein Lieber, diese Mühe erspar ich dir! Ich will nichts von dir und bereue gerade, dass ich überhaupt mit dir geschlafen habe! Hätte ich gewusst, was für ein arroganter Drecksack du bist, dann hätte ich mit einem breiten Grinsen dabei zugesehen, wie du in deiner Panikattacke verreckst! Ich …«

Ich wurde jäh unterbrochen, als die Tür oben mit einem Mal aufschwang und helles Licht die Treppe hinunter schien. Sowohl meiner als auch Jordans Kopf fuhren herum.

Oben stand eine männliche Silhouette, die kurz zögerte, dann aber die Tür weiter aufstieß.

»Jor? Bist du hier unten?«, erklang eine junge männliche Stimme. »Ich wollte dir nur sagen, dass Armando …«

»Von mir aus kann er ruhig hier unten verrotten!«, knurrte ich, ergriff meine Handtasche und stolzierte zur Treppe, ohne mich noch einmal nach dem Idioten umzublicken.

Dennoch konnte ich hören, wie Jordan hinter mir ebenfalls den Stuhl zurückschob und mir folgte. Aber ich war viel schneller die Treppe hinaufgestürmt als er und rauschte an dem jungen Typen vorbei, der mich mit großen Augen ansah. Er hatte ebenso dunkles Haar wie Jordan, war aber um einiges jünger und weniger breitschultrig.

»Hi«, sagte er, während ich den Keller verließ.

»Hi«, rief ich über die Schulter zurück.

»Wer war das denn?«, hörte ich ihn Jordan fragen, der inzwischen auch oben angekommen war.

»Niemand«, brummte der düstere Latino, was mir einen kleinen Stich versetzte.

Oh man, manchmal hätte ich mich für meine Entscheidungen ohrfeigen können! Wie konnte man so dämlich sein, mit einem abgefuckten Kerl zu schlafen, der ganz offensichtlich einen an der Klatsche hatte?!

Wütend suchte ich mir den Weg zurück zur Party, hielt kurz bei den Damentoiletten an, um mein Make-up zu kontrollieren und tauchte dann wieder in die Menschenmenge, die sich immer noch vor dem Gutshaus tummelte. Das Lachen und die vielen Stimmen ließen mich etwas ruhiger werden. Hier draußen war alles noch genau so, wie bei meiner Ankunft auf dem ›Camillo‹-Weingut. Es schien beinahe, als wäre hier die Zeit stehen geblieben.

Ich schlängelte mich zwischen den Gästen durch auf der Suche nach Emilia oder einem anderen bekannten Gesicht. Ein Mann rempelte mich an und ich murmelte ein »Entschuldigung«. Als ich den Blick hob, sah ich in dunkle Augen, die mich aufmerksam musterten. Der Mann war vielleicht fünfzig Jahre alt, aber immer noch ein gutaussehender Latino, wenngleich seine vernarbten Wangen verrieten, dass er in seiner Kindheit mit starker Akne zu kämpfen gehabt hatte.

Ich überlegte gerade, ob ich ihn kennen sollte, denn so lange und intensiv, wie er mich ansah, hatte noch niemand mich angesehen. Aber da ergriff jemand meinen Arm.

Im ersten Moment glaubte ich schon, dass Jordan mir gefolgt war und sich entschuldigen wollte (man durfte ja wohl noch an das Gute in der Welt glauben …), aber als ich herumfuhr, starrte ich auf eine breite Männerbrust, auf die lange dunkelblonde Haare fielen. Noch während ich den Blick hob, versuchte ich, mich an seinen Namen zu erinnern.

»Kai?«

»Cley.« Ein breites Lächeln erschien auf dem Gesicht des Wikingers, der auf mich herabblickte. Er war mindestens eineinhalb Köpfe größer als ich. *Mindestens*. »Suchst du jemanden?«

»Ich … ja, hast du meine Freundin Emilia gesehen?« Ich blickte über die Schulter, aber der Kerl von vorhin war verschwunden. Schräger Typ.

Als ich mich Cley wieder zuwandte, schüttelte dieser den Kopf und fuhr sich mit der Hand durch die Löwenmähne. Mir fiel auf, dass er in der anderen Hand ein halbleeres Weinglas hielt.

»Darf ich?«

Ehe er ›Ja‹ oder ›Nein‹ sagen konnte, hatte ich ihm das Weinglas aus den Händen genommen und stürzte den Inhalt in einem Zug herunter.

Cley hob amüsiert die Augenbrauen. »Durstig?«

»Genervt.« Ich gab ihm das Glas zurück.

»Dann solltest du ein eigenes Glas bekommen.« Er sah sich kurz um und winkte einen Kellner herbei, der sich mit einem Tablett voller Gläser durch die Menschenmenge kämpfte. »Zwei bitte!«, rief Cley ihm entgegen und kurz darauf hielt ich ein Glas mit dunkelroter Flüssigkeit in den Händen. »Cheers.«

»Cheers.« Ich prostete ihm zu und trank nun etwas langsamer. Der Wein war zu gut, um ihn einfach auf Ex zu trinken.

»Wer nervt dich denn?«, fragte Cley neugierig, während er an seinem eigenen Glas nippte. »Der Typ von eben?« Er blickte um mich herum, konnte ihn aber anscheinend auch nicht mehr entdecken.

Ich verengte die Augen, denn in dem Moment bemerkte ich Jordan, der gerade durch die Menge auf uns zukam. Sein Blick war immer noch gleich düster wie im Keller. Ob das daran lag, dass er auf mich gerichtet war, oder weil er einfach nicht anders konnte, wollte ich gar nicht erst ergründen. Er ging wirklich wie ein Panther, der sich an seine Beute anpirschte, hatte sogar die Schultern etwas nach vorne gebeugt.

Gut, ich musste zugeben, dass er sexy war. Sehr sexy. Aber das war dann auch alles – den Rest und vor allem seinen Charakter konnte man getrost in die Tonne treten!

Verdammt … ich wollte nicht mit ihm reden …

Rasch ergriff ich Cleys Arm und zog ihn ein Stück mit mir. »Lass uns an einem ruhigeren Ort reden, hier ist es mir zu voll«, meinte ich über die Schulter.

Cley folgte mir ohne Einwände, was einen angenehmen Kontrast zu Jordan darstellte. Wir traten aus der Menschentraube zum künstlichen Weiher, wo die Gespräche etwas weniger laut und lebhaft waren.

Doch als ich mich umdrehte, erkannte ich, dass Jordan uns immer noch auf den Fersen war.

Er sollte mich doch einfach in Ruhe …

Noch ehe ich den Gedanken zu Ende denken konnte, löste sich aus den Gästen Chris Hemsworth – äh – Armando und berührte Jordan am Arm, sodass dieser sich zu ihm umdrehen musste. Er schien ihn zu erkennen, denn er schüttelte beiläufig seine Hand, hielt die Augen aber weiterhin auf mich gerichtet.

»Das ist der Gutsherr«, bemerkte Cley, der meinem Blick gefolgt war. »Düsterer Kerl, oder?«

Ich nickte knapp. »Das kann man wohl sagen …«

Cley legte den Kopf schief. »Kennst du ihn?«

»Flüchtig.« Ich wich seinem forschenden Blick aus und nippte am Wein.

Mann, wie Cleys Goldaugen schauen konnten … schlimmer als ein Röntgengerät …

Als ich mich wieder nach Jordan umsah, erkannte ich, dass er in ein Gespräch mit Armando vertieft war. Dennoch blickte er immer wieder zu Cley und mir rüber und ich vermeinte sogar, einen Hauch Ärger in seinen dunklen Augen aufblitzen zu sehen. Oder … Schmerz? So richtig konnte ich die Gefühlsregung nicht deuten.

»Du bist nicht von hier, oder?«, versuchte Cley eine Unterhaltung mit mir zu starten.

Ich schüttelte abwesend den Kopf, während ich beobachtete, wie Jordan mit Armando sprach. »New York.«

»Weiter Weg«, bemerkte Cley. »Und wie lange bleibst du?«

»Paar Wochen.«

Jetzt schüttelte Jordan Armandos Hand, während dieser grinste.

»Du wohnst bei Emilia?«, fuhr Cley fort.

»Ja.«

Armando nickte Jordan zu und wandte sich von ihm ab.

»Dann sehen wir uns vielleicht irgendwann.«

Ich nickte erneut. »Ja, gut möglich.«

Als ich Cley den Blick wieder zuwandte, bemerkte ich, dass er mich stirnrunzelnd musterte. »Du solltest das klären«, meinte er.

Ich hob fragend die Augenbrauen, was ihn zu Jordan rüber nicken ließ, der seine Verfolgungsjagd auf mich wieder aufgenommen hatte.

»Mit ihm. Was immer es ist – du solltest es klären.« Er zuckte mit den Schultern. »Ich geh dann mal. War nett, dich kennenzulernen.«

Ohne ein weiteres Wort wandte er sich ab und tauchte wieder in die Gästeschar ein.

Er ließ mich einfach allein, ausgeliefert dem Panther, der gerade auf mich zu schlenderte …

9

Jordan

Ich hatte sie nicht verletzen wollen … und dennoch hatte ich es getan.

Ich hatte nicht diese Dinge sagen wollen … und dennoch hatte ich sie ausgesprochen.

Ich war so ein Arschloch! Aber wie ich es drehte oder wendete – ich konnte einfach nichts dagegen tun, dass ich mich so verhielt. Es war wie ein mechanischer Reflex, aus dem heraus ich handelte und Dinge sagte, die ich nicht sagen sollte. Und jedes Mal blieb mir nur, zu Kreuze zu kriechen und mich zu entschuldigen – etwas, das ich abgrundtief verabscheute.

Verdammt …

Als ich Kate in der Gästeschar erblickte, kribbelten alle meine Körperzellen bei der Erinnerung, wie sich ihr Stöhnen angehört, ihr Körper sich angefühlt hatte. Selten hatte ich eine Frau mit so viel Leidenschaft kennengelernt. Mit so viel … Energie und Lebensfreude.

Auch wenn ich wusste, dass das zwischen ihr und mir nichts werden würde, so wollte ich doch eines klar stellen: Ich hätte sie nicht derart angehen dürfen. Das hatte keine Frau verdient – niemand auf dieser Erde. Aber so war ich nun mal … leider. Ich dachte erst darüber nach, ob ich das Feuer hätte entzünden sollen, nachdem das Haus niedergebrannt war. So war es immer gewesen und es war mir schleierhaft, wie ich das in den Griff bekam.

Aber Kate sollte sich nicht meinetwegen schlecht fühlen. Sie hatte schon genug in ihrem Leben durchgemacht, wie sie mir vorhin erzählt hatte. Ein Schicksal, das mich zugegebenermaßen berührte, war es doch so anders als mein eigenes. Denn ich hatte nur ein paar Jahre mit meinem gewalttätigen Vater verbringen müssen – ehe ich Álvaro begegnete, der mein Leben wieder schön werden ließ. Der mir zeigte, dass Männer nicht nur schlagen und misshandeln, sondern auch lächeln konnten. *Sie* aber … ich konnte mir nicht einmal annähernd vorstellen, wie es sein musste, jahrelang auf der Straße zu leben … und welche Stärke es benötigte, sich aus eigenen Kräften da raus und in ein besseres Leben zu kämpfen.

Nein, sie hatte es nicht verdient, dass ich so mit ihr sprach, wie ich mit ihr gesprochen hatte. Aber das war wieder diese alte Panik in mir gewesen. Die Angst vor zu viel Nähe, zu viel Zuneigung … ich wusste das – auch ohne irgendeinen Psychodoktor an meiner Seite. Dennoch war diese Panik jedes Mal stärker als ich und ließ mich Dinge sagen, die andere weit weg von mir stießen.

Während ich durch die Gästeschar auf sie zuschritt, konnte ich förmlich ihren Blick auf meinem Körper spüren. Sie stand neben einem blonden Hünen, der sogar *mich* überragte, und hatte mich bereits entdeckt. Nun ergriff sie seinen Arm und zog den Wikinger fort. Ein kleiner Stich in meiner Brust signalisierte mir, dass ich das nicht mochte. Ich mochte es nicht, wie sie diesen Typen ansah – und wie er *sie* ansah. Ich mochte es nicht, wie sie ihn berührte und er dabei dämlich grinste. Und ich mochte es nicht, wie er ihr durch die Menschenmenge folgte.

Leise knurrend ging ich ihnen hinterher, wobei mein Knurren in der lauten Musik und in dem Gelächter der Gäste unterging. Mein Blick streifte ein Gesicht und für einen kurzen Moment gefror alles in mir. Doch dann war das Gesicht verschwunden und ich schüttelte den Kopf. Jetzt sah ich schon Gespenster … nein, er konnte nicht hier sein. Keinesfalls. Er war im Gefängnis wegen Beihilfe zum Totschlag. Dass ich sein Gesicht jetzt glaubte vor mir zu sehen, war nur darauf zurückzuführen, dass ich vorhin im dunklen Weinkeller eingesperrt gewesen war …

»Jordan?«, erklang eine Stimme zu meiner Linken, die mich innehalten ließ und von den aufkommenden düsteren Gedanken ablenkte.

Ich wandte mich dem Sprecher zu und erkannte Armando Pérez, den Weinhändler, mit dem ich verabredet war.

Verdammt … ihn konnte ich keinesfalls abschütteln, er war zu wichtig.

Als ich einen Blick in Richtung Kate warf, bemerkte ich, dass sie stehen geblieben war und zu mir herüber sah. Unsere Augen verfingen sich für ein paar Sekunden ineinander und ich unterdrückte den Drang, Armando kurzerhand stehen zu lassen, um zu ihr zu gehen.

»Señor Pérez, schön Sie zu sehen«, murmelte ich stattdessen, während ich die Hand des dunkelblonden Weinhändlers schüttelte.

»Ganz meinerseits.« Er sah mich lächelnd an. »Ich dachte schon, Sie seien nicht auf der Party.«

»Ich bin da«, entgegnete ich und sah ihn zum ersten Mal richtig an.

Das hier war wichtig. Sehr sogar. Für unser Weingut, unsere Zukunft, unsere Familie. Ich durfte mir dieses Gespräch nicht durch eine dahergelaufene Frau vermasseln lassen.

»Sie hatten mich wegen dem Cabernet Sauvignon Reserve angerufen?«, fragte Armando, der ein Glas in der freien Hand hielt, wie mir erst jetzt auffiel.

»Ja«, nickte ich. »Ich denke, dass Sie ihn sich ansehen sollten, wenn Sie vom letzten so begeistert waren. Wann hätten Sie Zeit für eine Degustation?«

Armando verengte die Augen, während er nachdachte. »Vielleicht nächsten Freitagabend?«

»Das ist sehr gut.« Ich warf einen flüchtigen Blick zu Kate, die gerade wieder in meine Richtung sah. »Eigentlich hatte ich gehofft, Ihnen heute Abend den Wein präsentieren zu können, aber mich rufen gerade anderweitige Verpflichtungen. Entschuldigen Sie mich bitte?«

Armando machte eine wegwerfende Bewegung, die ein ›kein Problem‹ ausdrücken sollte.

Ich nickte. »Dann sehen wir uns nächsten Freitag gegen fünf Uhr? Sie können gern eine Begleitung mitbringen, ich werde dafür sorgen, dass Sie zur Degustation ein Menü bekommen, das passt.

Der Cabernet Sauvignon Reserve ist noch viel gehaltvoller, wenn man ihn zusammen mit einem saftigen Steak kombiniert.«

Armando grinste und schlug in meine Hand ein, die ich ihm anbot. »Ich bin gespannt. Danke, dass Sie sich die Zeit nehmen.«

»Ich habe zu danken.« Ich rang mir ein Lächeln ab, das wohl eher wie ein Zähnefletschen anmutete. »Genießen Sie das Fest.«

Armando bedankte sich noch einmal, aber da war ich schon Richtung Kate weitergegangen.

Ich musste das klären – sie sollte nicht denken, ich sei ein überhebliches Arschloch, das Frauen ausnutzte und beschimpfte. So war ich nicht – war ich nie gewesen. Und würde ich auch niemals sein. Allein schon, weil ich nicht wie mein Vater werden wollte.

Wenigstens schien der Wikinger zu merken, dass er fehl am Platz war, denn nach einem kurzen Blick zu mir verabschiedete er sich von Kate und ließ sie stehen. Nun gehörte sie mir allein – zumindest für den Moment.

Zum ersten Mal konnte ich sie richtig ansehen, während ich auf sie zu schlenderte. Ihr schlanker Körper war mir schon beim ersten Mal aufgefallen, aber nun, da ich ihn bereits kennenlernen durfte, bemerkte ich, wie sexy sie sich bewegte. Das grüne Kleid war hauteng und passte auf den zweiten Blick auf eine schräge Art und Weise nun doch zu ihrer bunten Haarpracht. Wieso war mir vorhin im Keller nicht aufgefallen, wie hoch ihre Wangenknochen waren? Wie groß ihre Augen, wenn sie mich so ansah wie jetzt?

Ich glaubte, in ihrem Blick neben Trotz auch einen Hauch Furcht zu erkennen. Sie wusste nicht, was ich von ihr wollte, warum ich ihr gefolgt war. Das musste ich ändern.

Knapp vor ihr blieb ich stehen und sah auf sie herunter. Ihre Augen blickten zu mir hoch, während sie einen Schluck des Weins trank, mit dem wir vorletztes Jahr einen Preis gewonnen hatten. Álvaro hatte ihn zur Feier des Tages aus dem Weinkeller holen lassen – ich hätte ihn nicht an Gäste verschwendet, die keine Ahnung von Wein hatten. Aber mein Stiefvater war so glücklich darüber, dass er Selena gefunden hatte, dass ihm anscheinend nichts zu teuer war, um ihre Aufnahme in unsere Familie zu feiern.

Kates Lippen legten sich um den Rand des Glases und erinnerten mich daran, wie sie sich auf meinem Mund angefühlt hatten.

Das hier war total schräg … ich hatte mit dieser Frau im Keller Sex gehabt und nun kam ich mir wie ein Wildfremder vor …

»Sagen Sie noch etwas, oder wollen Sie mich einfach nur anstarren?«

Ihre Stimme riss mich aus meinem Gedankengang und ich räusperte mich. »Können wir unter vier Augen reden?«

Sie hob hoheitsvoll ihr Kinn. »Wenn Sie etwas zu sagen haben, dann sagen Sie es hier.«

Dass sie mich jetzt wieder so förmlich ansprach, wollte mich knurren lassen. Nur mit viel Mühe unterdrückte ich diese Regung. Stattdessen holte ich leise Luft und sah ihr wieder in die funkelnden Augen. »Hör zu, was ich da unten gesagt habe …« *Verdammt war das schwer …* »Also ich meinte es nicht so.«

Sie hob eine Augenbraue. »Ach, das hier soll also deine Entschuldigung werden?«

Wenigstens hörte sie mit dem ›Sie‹ auf …

»Heiliger …« Ich blickte kurz zum Sternenhimmel über uns, dann wieder zu ihr. »Ich bin nicht gut in so was. Es tut mir leid, okay? Ich … weiß auch nicht, was da in mich gefahren ist. Ich wollte dich nicht als Schlampe bezeichnen oder so. Der Sex war …«

»Kate? Alles in Ordnung?«

Die Frauenstimme, die uns unterbrach, ließ mich nun wirklich knurren. Auch Kate schien vom plötzlichen Auftauchen Emilias wenig begeistert zu sein, wie ich ihrem Gesichtsausdruck entnehmen konnte. Ich kannte die dunkelhaarige junge Frau von ein paar Winzerbällen und Weindegustationen. Álvaro und ihr Vater waren gute Freunde gewesen, ehe Emilias Eltern bei dem Autounfall ums Leben gekommen waren.

Jetzt stand sie neben Kate und sah erst sie, dann mich forschend an. »Buenos tardes, Jordan.« Ein leichtes Lächeln umspielte ihren Mund. »Danke für das schöne Fest.«

Ich nickte stumm, während ich ihre Hand schüttelte, die sie mir reichte.

Ihr Blick glitt wieder zu ihrer Freundin. »Álvaro hat vorhin das Buffet eröffnet. Du solltest etwas essen.«

Auch *ich* verstand, dass sie Kate damit einen ›Fluchtweg‹ vor mir ermöglichen wollte. Ich genoss nun mal nicht den Ruf eines guten Gesprächspartners … aber das war mir egal. »Wir haben noch was zu besprechen«, brummte ich Emilia an.

Kates Blick glitt zu mir und sie sah mich für zwei Lidschläge an, ehe sie langsam nickte. »Geh ruhig vor, ich komme gleich«, meinte sie.

Emilia runzelte zwar die Stirn, nickte dann aber. »Bis gleich.« Mit einem raschen Lächeln wandte sie sich ab und ging wieder zurück zur Gästeschar.

Kate legte den Kopf schief und musterte mich. »Also: Der Sex war …«

Diese Direktheit … dieses Funkeln … Ja, die Kleine war ganz anders, als ich im ersten Moment geglaubt hatte, als sie in den Weinkeller stolperte …

Ich schloss kurz die Augen, um mich zu sammeln, dann sah ich sie fest an. »Der Sex war … geil. Ich mache so etwas normalerweise nicht – schon gar nicht im Dunkeln.«

»Dunkelheit bereitet dir Angst.«

Es war eine Feststellung. Ein einfacher Satz. Doch ich spürte eine Gänsehaut, die mir über den Rücken jagte.

Erneut musste ich kurz die Augen schließen, dieses Mal, um die Bilder niederzuringen, die sich in meinem Kopf bilden wollten.

»Ja.« Ich nickte knapp. »Aber die Gründe dafür haben hier nichts zu suchen.«

»Verstehe.« Sie nippte wieder an ihrem Weinglas. »Also, ich nehme deine Entschuldigung an, aber eins solltest du wissen: Ich bin keine Frau, mit der man sowas machen und die man so behandeln kann. Dieses ›geh weg, du tust mir viel zu *gut*‹ und ›du verdienst was Besseres, ich tu dir *nicht* gut‹-Hin und her funktioniert vielleicht in irgendwelchen ›Fifty Shades of Grey‹-Büchern, um eine Frau rumzukriegen, aber das hier ist das reale Leben. Und ich finde Männer mit Bindungsängsten weder interessant noch anziehend.« Sie holte leise Luft, da sie sich in Rage geredet hatte. »Ich bin ein geradliniger Mensch und ich mag keine Typen, die nicht zu ihren Gefühlen stehen können. Und nein, das hier«, sie schwenkte ihren Finger zwischen ihr und mir hin und her, »wird nicht die nächste Liebesromanze. Ganz bestimmt nicht, darum geht es mir auch nicht. Dennoch könntest du wenigstens den Anstand haben, eine Frau mit Respekt zu behandeln. Jeder Mensch hat Respekt verdient und du bist …«

Ehe sie etwas Dummes sagen konnte, trat ich einen Schritt auf sie zu, was sie zusammenzucken und verstummen ließ. Ihre Augen blickten für den Bruchteil einer Sekunde in meine, dann senkte ich meinen Kopf zu ihr herunter, sodass mein Mund nahe an ihrem Ohr lag.

»Bist du bald fertig?«, fragte ich leise und sah, wie sie erschauderte, als mein Atem über ihren Hals fuhr.

Ein knappes Nicken war ihre Antwort. Ich erwiderte es.

Mir war bewusst, dass wir womöglich gerade einige Blicke auf uns zogen, denn man war es von mir nicht gewohnt, dass ich so nahe bei einer Frau stand. Aber das war mir scheißegal. Sollten sie doch gaffen und sich die Mäuler wund reden! Ich hatte noch nie etwas darauf gegeben, was andere von mir dachten und heute würde ich bestimmt nicht damit beginnen.

Ich hob ihr Kinn ein wenig an, indem ich zwei Finger darunter legte und starrte auf ihre Lippen. Ehe ich mich dagegen entscheiden konnte, überwand ich die ohnehin geringe Distanz und legte meinen Mund auf ihren. Wieder spürte ich sie erschaudern, dann seufzte sie leise und öffnete dabei ihre Lippen einen Spalt. Aber ich wollte den Kuss nicht vertiefen, denn das hier war ein Abschied, kein Neustart.

»Entschuldige«, murmelte ich, als ich mich von ihr löste. »Und danke.«

Dann wandte ich mich ohne ein weiteres Wort von ihr ab und ging betont gelassen in Richtung Gutshaus davon.

Diese Party war zu Ende – zumindest für mich.

10

KATHLEEN

Ich starrte ihm nach, bis sein breitschultriger Körper in der Menschenmenge verschwunden war.

Was bitte sehr war das denn jetzt gewesen?!

Er konnte mich doch nicht einfach küssen und dann … gehen? Ich dachte eigentlich, *ich* sei schon schräg und verhalte mich manchmal komisch, aber der Kerl … der schlug dem Fass den Boden aus.

Wie benommen fuhr ich mir mit dem Zeigefinger über die Lippen, wo ich seinen Mund noch allzu deutlich spürte. Etwas in mir drängte mich dazu, Jordan zu folgen, um ihm an den Kopf zu werfen, dass er sich schon wieder wie ein Arschloch verhalten hatte, aber meine Beine blieben wie festgewurzelt stehen.

»Wow, das war vielleicht eine Show«, erklang mit einem Mal eine männliche Stimme, die mich herumwirbeln ließ.

Der junge Latino, der uns aus dem Keller befreit hatte, stand neben mir – mit einem breiten Grinsen und hochgezogenen Augenbrauen. Auch er blickte in die Richtung, in die Jordan verschwunden war, dann wandte er mir den Kopf zu und mir fielen seine perlweißen Zähne auf, die in seinem gebräunten Gesicht fast schon leuchteten.

Er war vielleicht um die zwanzig, aber das tat seiner Attraktivität keinen Abbruch. Der V-förmige Körperbau mit den schmalen Hüften und den breiteren Schultern ließ darauf schließen, dass er entweder hervorragende Gene hatte, oder aber irgendeinem Schwimmteam angehörte. Das schwarze Haar war etwas verwuschelt, aber nicht zu sehr, sodass das aufwendige Styling dahinter erahnt werden konnte. Das breite Lächeln und die schalkhaften Augen taten ihr übriges, dass ich mir wünschte, ein paar Jahre jünger zu sein, um mich von seinem jugendlichen Charme einnehmen lassen zu können.

Jap, ich hatte einfach eine Schwäche für Latinos … das war das letzte Mal, dass ich es erwähnte … versprochen.

»Buenos tardes, ich bin Kevin.« Er hielt mir seine Hand entgegen, die ich schüttelte. »Wir haben uns vorhin schon kurz gesehen, als Jordan und du aus dem Keller kamt.«

»Kate«, antwortete ich. »Tut mir leid, dass ich so knapp angebunden war …«

»Ach, kein Problem – mein Bruder hat manchmal diesen Effekt auf andere Menschen, dass sie vor ihm fliehen wollen.« Kevins Grinsen wurde noch ein Stück breiter. »Was läuft denn da zwischen dir und ihm? Dass er mitten auf einem Fest derart ›ausrastet‹

und eine Frau vor den Augen aller seiner Gäste küsst, ist … nun ja, es ist ziemlich ungewöhnlich.« Er sah mich neugierig an.

Ich konnte einfach nicht anders, als sein Lächeln zu erwidern. »Da läuft nichts«, wiegelte ich ab. »Wir haben uns nur … unterhalten.«

»Unterhalten?« Er schenkte mir ein vielsagendes Lächeln. »*So* nennt das mein Bruder also?«

Ich schnaubte amüsiert. »Wie dein Bruder das nennen würde, muss ich dir wohl nicht sagen – für ihn fehlt nur noch der Standesbeamte, dann wäre sein Albtraum perfekt.«

Für einen kurzen Moment strich ein Schatten über Kevins Züge, dann schüttelte er diesen jedoch mit einem weiteren Grinsen ab. »Mein Bruder ist ein Idiot, wenn er eine hübsche Frau wie dich einfach gehen lässt. Zwei Mal.« Dann kehrte die Neugierde wieder in seine dunklen Augen zurück. »Du stammst nicht aus Kalifornien, oder?«

»Mein Akzent verrät mich wohl schneller als mir lieb ist«, lachte ich. »Nein, ich komme aus New York. Bin für ein paar Wochen hier, um Emilia zu besuchen. Kennst du sie?«

Kevin nickte. »Emilia dos Santos? Äh … García? Sie hat ja geheiratet, oder? Ja, ich kenne sie. Also nicht richtig, eher flüchtig. Dann wohnst du auf dem ›dos Santos‹-Weingut?«

»Ja. Ich musste mal raus aus dem ganzen Berufsstress und den Kopf frei kriegen.«

»Was arbeitest du denn?«

Okay, was Jordan an ›Ablehnungs‹-Genen bekommen hatte, hatte Kevin definitiv an ›Neugier‹-Genen erhalten. Aber ich mochte den hübschen Latino, der mich gerade auf charmante Art und

Weise verhörte, um herauszufinden, wen sein Bruder da eben abgeknutscht hatte.

»Ich bin Kunsthändlerin«, antwortete ich.

»Ah.«

Ich konnte ihm ansehen, dass er keinen blassen Schimmer hatte, was man in diesem Beruf so tat, aber er wollte sich die Blöße nicht geben und seine Unwissenheit kundtun. Also schwenkte er auf ein anderes Thema um.

»Brauchst du einen Reiseführer für die nächsten Wochen?«

Ich lachte. »Ist das eine Fangfrage, um herauszufinden, ob dein Bruder mir dieses Angebot schon gemacht hat?«

Ertappt senkte er den Blick, aber sein Lächeln war ungetrübt. »Man sieht nun Mal nicht jeden Tag einen Eisklotz schmelzen«, verteidigte er sich. »Keine Ahnung, was du mit meinem Bruder angestellt hast, aber es scheint zumindest für einen kurzen Moment seine ›ich hasse alles und dich am meisten‹-Einstellung durchbrochen zu haben.«

»Wieso ist er so?«, ergriff ich die Gelegenheit, einen Blick hinter die Fassade dieses düsteren Schönlings werfen zu können. »So … abweisend und verbittert?«

Kevin sah mich einen Moment lang an, als überlegte er, ob er mir mehr über Jordan erzählen sollte, dann schüttelte er jedoch den Kopf. »Es ist nicht an mir, dir das zu erzählen. Das soll er selbst tun, wenn er das denn möchte.« Sein Gesicht wurde wieder ernst. So ernst, wie ich ihn in den letzten Minuten noch nicht gesehen hatte. »Aber du solltest wissen: Er ist eigentlich ein großherziger Mensch. Und ich könnte mir keinen besseren Bruder vorstellen. Er hat immer auf mich aufgepasst, mir schon des Öfteren den Arsch –

excusa, den Hintern – gerettet. Und er beschützt mich selbst jetzt noch, wo ich alleine auf mich aufpassen kann. Aber Familie ist ihm nun mal wichtig, auch wenn er das nie zugeben würde.«

Ich nickte langsam. Ja, *diese* Seite hatte er mir noch nicht gezeigt … aber interessant zu wissen, dass Jordan sie besaß. Das ließ ihn in einem etwas anderen Licht erscheinen. Dennoch blieb ich bei meiner Entscheidung: Das mit ihm und mir würde nicht weitergehen. Er war zu kompliziert und ich hatte mir vorgenommen, die nächsten Wochen zu genießen. Mit einem solchen Problemhaufen an der Backe wäre das nicht möglich und ich war schließlich nicht Mutter Theresa, die alles und jeden retten musste.

Ja, Jordan war heiß. Und ja, der Sex war geil gewesen – wenn auch viel zu kurz, als dass ich auf meine Kosten hätte kommen können. Aber alles andere überließ ich lieber irgendeiner Frau mit Helfersyndrom, die an das Gute in diesem düsteren Kerl glaubte und ihn aus seinem selbst auferlegten Gefängnis aus Knurren, Brummen und Wegstoßen erretten wollte. Einer, die alles mit sich tun ließ, sich beschimpfen und wegstoßen ließ, bis er geknackt war.

So eine war ich nicht – mir war sowas auch viel zu anstrengend. Selbst für einen Typen, der zugegebenermaßen Faszinationspotential besaß. Aber Kosten und Nutzen waren nun mal bei Jordan nicht ausgeglichen …

»Kommst du mit zum Buffet?«, fragte Kevin und unterbrach damit meine nachdenkliche Stimmung. »Es gibt supergeilen Lachs, den solltest du probieren. Außer du magst keinen Fisch oder bist Vegetarierin.«

»Beides nicht«, lächelte ich. »Ich komme gern mit.«

Jetzt spürte ich nämlich wirklich langsam den Hunger in mir und war zudem froh, auf andere Gedanken zu kommen. Gedanken, die nichts mit knurrenden Panthern zu tun hatten …

Wir blieben bis in die frühen Morgenstunden auf dem Fest, tranken Wein, lachten und bald schon hatte sich die nachdenkliche Stimmung, in die mich Jordan versetzt hatte, wieder gelegt. Ich war zugegebenermaßen etwas beschwipst (okay: sehr beschwipst), als wir schlussendlich noch in einem kleinen Grüppchen zusammen im Café saßen und die Morgendämmerung bereits hereinbrach. Nachher würden wir im Gästehaus ein paar Stunden schlafen und gegen Mittag wieder zurück zum ›dos Santos‹-Weingut fahren. So zumindest der Plan.

Armando hatte nicht so viel getrunken wie wir Mädels und bräuchte nur etwas Schlaf, bis er uns zurückfahren konnte. Selbst seine Freundin Melinda war inzwischen aufgetaut und der Wein tat sein Übriges, dass sie mit Emilia, Selena und mir zusammen lauthals über die Witze lachte, die Cley und Kevin uns erzählten. Der Wikinger war echt eine Nummer für sich mit seiner direkten Art. Ich mochte ihn, ebenso wie Emilias andere Freunde.

Kevin war so lieb, sein Ladegerät zu holen, da er dasselbe Handymodell wie ich hatte. »Kannst es mir morgen zurückgeben«, meinte er, nachdem ich mich überschwänglich bei ihm bedankt hatte.

Und Cley lud mich kurzerhand zu sich nach Hause ein, da er mir mal so ein richtig gutes Steak braten wollte, wie er meinte, als ich die Kochkünste der ›Camillo‹-Crew lobte. Womöglich würde ich seine Einladung annehmen, schaden konnte es ja nicht, einen

Freund hier im Valley zu haben. Und er war wirklich attraktiv, ich mochte solche Muskelpakete. Es wäre um einiges einfacher mit ihm als mit Jordan, so viel stand fest.

Irgendwann gähnte Selena so herzhaft, dass ihr Freund Nick den Arm um ihre Schulter legte und sie sich kurze Zeit später von uns verabschiedeten, um schlafen zu gehen. Nicht, ehe Selena uns zu einem Katerfrühstück eingeladen hatte, das wir gerne annahmen. Eine kleine Stärkung wäre nicht verkehrt, ehe wir zurück ins Napa Valley fuhren.

»Na dann, lasst uns auch schlafen gehen«, meinte Armando, an dessen Schulter Melinda bereits mit schweren Augenlidern lehnte.

»Übernachtest du auch hier?«, fragte ich an Cley gewandt. Dabei hatte ich ein wenig Mühe, meine Aussprache zu artikulieren.

Oje, das letzte Weinglas hätte ich wohl besser sein lassen sollen.

»Ja, Nick hat mir ein Zimmer im Haupthaus angeboten«, antwortete der blonde Riese. »Du kannst es gern mit mir teilen, wenn du möchtest.«

»Ich glaube nicht, dass Kate das tun sollte«, warf Emilia mit einem schiefen Lächeln ein. »Wir haben beide ein Zimmer im Gästehaus, da gehen wir jetzt auch hin.« Sie erhob sich und sah mich auffordernd an.

Ich wusste, dass sie mich beschützen wollte, aber ich konnte immer noch alleine entscheiden, mit wem ich wohin ging. Doch nach dem Quickie mit Jordan hatte ich ohnehin keine Lust auf weitere Männerabenteuer. Mein Kopf schmerzte zudem, da sich der Weinkonsum der vergangenen Stunden bemerkbar machte.

»Danke, aber ich muss jetzt erstmal eine Runde pennen«, sagte ich an Cley gewandt und war ziemlich stolz auf mich, dass ich nicht torkelte, als ich mich erhob. »Aber auf das Steak komme ich zurück.«

Er grinste mich an. »Tu das.«

Armando, Melinda, Emilia und ich verabschiedeten uns von ihm und Kevin, holten das Gepäck zum Übernachten aus Armandos Auto und schlenderten über das Weingut zum Gästehaus, das sich ein paar Gehminuten entfernt befand.

Das Pärchen ging vor uns, Emilia und ich folgten mit etwas Abstand.

»Jetzt erzähl mal, was war da zwischen dir und Jordan?«, fragte mich meine Freundin, während wir zu dem Haus schlenderten.

Ich warf ihr einen unschuldigen Blick zu. »Was meinst du?«

»Da war doch was«, beharrte sie und sah mich eindringlich an. »Du kennst ihn erst paar Stunden und schon will er mit dir etwas ›besprechen‹? Ich kenn dich gut genug, um zu wissen, dass das nur eines bedeuten kann. Zudem habe ich Augen im Kopf: Er hat dich geküsst. Einfach so. Und ist dann gegangen. Jetzt lass dir nicht alles aus der Nase ziehen!«

Ich blieb stehen und lachte, was durch meine Beschwipstheit etwas lauter war als geplant. »Okay, wir hatten Sex.«

»Ihr hattet …«

»Schhht.« Ich warf einen Blick zu Armando und Melinda, die jedoch zum Glück außer Hörweite waren. »Ja, wir hatten Sex. Im Keller.«

»Wie bitte?« Emilias dunkle Augen wurden groß. »Jordan hat mit dir … das passt überhaupt nicht zu ihm.«

Ich zuckte mit den Schultern. »Nun, das dachte ich eigentlich auch, aber wir waren dort unten eine Weile eingesperrt. Ehrlich, wenn ich gewusst hätte, dass diese Weile nur so kurz dauert, hätte ich nie und nimmer mit ihm geschlafen. Aber … es ist nun mal passiert. Mehr wird da allerdings nicht laufen, der Typ ist mir zu kompliziert.«

Emilia nickte langsam, ehe wir unseren Weg fortführten. »Das kann ich verstehen …«, murmelte sie. »Ich weiß nicht genau, was da alles vorgefallen ist auf diesem Weingut, aber man erzählt sich, dass Jordans leiblicher Vater ein richtiges Arschloch war. Scheint eine schwierige Kindheit hinter sich zu haben. Da hältst du dich wohl wirklich besser fern, denn ich glaube nicht, dass man da hineingezogen werden will.«

»Das denke ich auch«, pflichtete ich ihr bei und mein Nicken fiel wohl ein bisschen zu euphorisch aus, was Emilia die Stirn runzeln ließ. »Auch wenn es schade um diesen heißen Kerl ist. Er ist schon ziemlich attraktiv …«

»Aber eben auch ziemlich kaputt«, ergänzte meine Freundin, die sich bei mir unterhakte, was ich nicht so schlecht fand, so fiel es mir leichter, mich nicht wie auf einem Schiff in Seenot zu fühlen.

Eine Weile liefen wir schweigend nebeneinander her, dann blieb ich mit einem Mal erneut stehen und sah auf ein Schild, das vom Weg wegführte, auf dem wir uns befanden.

›Mondsee. Privatgrundstück‹, stand da.

»Ein See?«, fragte ich und meine Augen begannen zu glänzen, als sich in meinem betrunkenen Ich eine grandiose Idee bildete. »Kommst du mit? Nacktbaden in der Morgendämmerung! Das wär's doch.«

Emilia schüttelte lächelnd den Kopf. »Nein, danke. Das ist nichts für mich und ich finde es außerdem viel zu kalt, um jetzt noch in irgendeinen See zu hüpfen. Ich bin einfach nur müde und will eine Runde schlafen. Nimm's mir nicht übel, aber wenn ich gegen Mittag wieder zu Hause bin, hab ich ein Baby, um das ich mich kümmern muss.«

»Stimmt, ich vergesse immer wieder, dass du Mutter bist«, grinste ich. »Dann gehe ich alleine, okay?«

Emilia zuckte mit den Schultern. »Lass dich einfach nicht erwischen. Dann sehen wir uns gegen Mittag?«

Ich nickte. »Bis später und schlaf gut.«

Emilia winkte mir nochmals zu, ehe sie Armando und Melinda folgte, die schon fast beim Gästehaus angekommen waren.

»Bis später«, rief ich ihr fröhlich hinterher, ehe ich meine Handtasche schulterte und kurzerhand dem schmalen Pfad folgte, der mir ein morgendliches Bad versprach.

11

Jordan

Ich hatte wenig geschlafen, aber immerhin hatten mich in dieser Nacht keine Albträume geplagt. Daher war ich einigermaßen erfrischt, als ich in der Morgendämmerung meine Runden im Teich schwamm und mich mental auf den kommenden Tag einstellte.

Es war Sonntag und damit würden heute wieder viele Besucher zu uns kommen. Vier Reisecars hatten sich angemeldet und ich würde alle Hände voll zu tun haben, ihnen unsere neusten Weine zu verkaufen. Reisecars waren immer die beste Möglichkeit, Geld zu verdienen, denn die Touristen kamen scharenweise und stachelten sich gegenseitig an, ein Souvenir aus dem Sonoma Valley mitzunehmen.

Ich wusste, dass die Angestellten die Reste des Festes bis halb elf, wenn die Degustationen begannen, aufgeräumt haben würden. Also hatte ich noch genügend Zeit, mich um die Weinbestände zu kümmern und zu überprüfen, ob wir für die vielen Touristen genügend Vorräte hatten.

Gerade wollte ich aus dem Wasser steigen, als mir eine Gestalt am Ufer auffiel. Außer mir hielt sich niemand hier auf – nie. Alle wussten, dass sie morgens nicht hier auftauchen sollten.

Wer zum Teufel hielt sich nicht daran?!

Ich schwamm etwas näher und erkannte nun blau-grüne Haare, die mir ein genervtes Seufzen entlockten.

War ja klar, dass Kate den Weg hierher gefunden hatte! Hatte Kevin ihr verraten, wo sie mich finden konnte? Oder war es Selena gewesen? Wie auch immer, ich würde den beiden meine Meinung geigen, wenn ich erst hier raus kam.

Kate schien mich noch nicht bemerkt zu haben – sie hielt auch gar nicht Ausschau nach mir, sondern begann … sich auszuziehen?

Sie trug immer noch ihr grünes Kleid, das sie nun kurzerhand abstreifte und somit nur noch im Slip am Ufer stand, denn auf einen BH hatte sie ja verzichtet. Ihre Bewegungen wirkten irgendwie unkoordiniert und fahrig. Dennoch machte sie sich nun gezielt an ihrem Slip zu schaffen.

Sie hatte doch nicht vor …

Doch, hatte sie. Als sie splitterfasernackt ins Wasser watete, hätte ich zugegebenermaßen wegschauen sollen. Aber da sie mich noch nicht entdeckt hatte, ließ ich meinen Blick über ihren Körper wandern.

Wow, diese Frau war echt ein Hingucker!

Die Tatsache, dass sie sich unbeobachtet fühlte, ließ sie sich so ungeniert bewegen, dass ich einfach nicht anders konnte, als sie zu bewundern. Jede Proportion war perfekt, jede Bewegung Verführung pur. Selbst wenn sie absichtlich hier war, um mich zu provozieren, so verzieh ich es ihr augenblicklich, als das Wasser um ihren rasierten Intimbereich schwappte und sie die Luft einsog.

Ja, es war kühl – und es entlockte ihr einen leisen Aufschrei.

Unsicher, wie ich mich verhalten sollte, schwamm ich etwas näher zu ihr. Es wäre falsch, sich einfach davonzustehlen. Noch falscher, sie weiter heimlich zu beobachten. Aber ich hatte auch nicht viel Lust auf ein Gespräch mit ihr. Ich würde ihr einfach kurz ›Hallo‹ sagen und dann verschwinden.

Als sie die Bewegung im Wasser bemerkte, wirbelte ihr Kopf zu mir herum und fast gleichzeitig versuchte sie, mit den Händen ihre Brüste zu verdecken. Der Rest ihres Körpers war bereits im Wasser.

Unsere Blicke begegneten sich und für einen Moment blieb die Zeit stehen. Wir starrten uns einfach nur an, keiner schien genau zu wissen, was er tun sollte.

Schließlich war *ich* es, der das Schweigen unterbrach. »Das hier ist Privatgrund. Hast du das Schild nicht gesehen?«

Kates Gesicht verfinsterte sich etwas. »Du bist also auch morgens so? So unausstehlich?« Sie nuschelte etwas beim Reden, als wäre sie betrunken. Womöglich war sie das auch, wenn sie direkt vom Fest kam.

Ich schnaubte, während ich weiter auf sie zu schwamm. »Hast du überhaupt geschlafen?«

Sie schüttelte den Kopf. »Es gibt Leute, die sich gerne auf einer Feier *amüsieren* – dazu sind solche Feste übrigens da. Aber es bringt wohl nichts, dir das zu erzählen, du bist wahrscheinlich immun gegen jegliche Art von Spaß. Weißt du überhaupt, wie man das

Wort buchstabiert? S-P-A-S-S. Solltest du dir vielleicht auf deinen Latinokörper tätowieren. Wäre nicht verkehrt …«

Jetzt, als ich näher bei ihr war, fiel mir auf, dass ihre Augen verdächtig glänzten. Nicht so, als würde sie gleich weinen, sondern eher so, als hätte sie wirklich zu viel getrunken. »Bist du betrunken?«, fragte ich stirnrunzelnd.

»Wie gesagt: AMÜSIEREN nennt man das. Kann ich dir auch gern buchstabieren«, erwiderte sie und glitt nun tiefer ins Wasser.

»Du solltest nicht baden, wenn du betrunken bist«, brummte ich. »Das ist gefährlich.«

»Ich fühle mich nicht betrunken.«

Nun war ich so nah vor ihr, dass ich die Gänsehaut sehen konnte, die sich auf ihrer Haut gebildet hatte.

»Verdammt ist das kalt«, zischte sie.

Ich verdrehte die Augen und schnaubte. »Ich werde dich nicht retten, wenn du untergehst, nur dass das geklärt ist.«

Kate funkelte mich an. »DAS war mir klar. Eher würde ich damit rechnen, dass du mich unter Wasser drückst – so mit einem ›Muahahaha‹, das jedem Filmbösewicht Konkurrenz macht. Könntest du mich jetzt bitte alleine lassen? Ich möchte gern in *netter* Gesellschaft ertrinken, nicht mit einem Griesgram an meiner Seite.«

»Du bist mir immer noch böse wegen gestern«, bemerkte ich und schwamm um sie herum.

»Böse würde ich das nicht nennen«, antwortete sie, während sie sich selbst um die eigene Achse drehte, um mich im Blick zu behalten. »Eher … nein … enttäuscht auch nicht, denn dafür hätte ich Erwartungen an dich haben müssen.«

»Jetzt hast du es mir aber gegeben«, knurrte ich.

Sie lachte leise auf. »Du kannst es ja wiedergutmachen, indem du dich revanchierst.«

Ich runzelte die Stirn. »Wie meinst du das?«

»Nun … ja, ich muss wohl wirklich betrunken sein, dass ich dir sowas vorschlage. Aber … du könntest mich mit der Hand … nun ja, du weißt schon. Dann wären wir quitt. Denn mal so unter uns«, sie senkte verschwörerisch ihre Stimme, »ich kam da vorhin im Keller nicht wirklich auf meine Kosten.«

Okay. Ich konnte nichts dagegen tun, dass mir der Mund aufklappte wie bei einem Fisch, der nach Luft schnappte. »Du willst, dass ich …«

Kate schwamm das kurze Stück zu mir und ich konnte aus der Nähe ihren Atem wahrnehmen, der nach Alkohol roch. Ja, sie war wirklich betrunken … und obwohl das Wasser eiskalt war, war ihr Verstand noch vernebelt.

Und nein. Das würde ich bestimmt nicht ausnutzen.

Ich wich vor ihr zurück, aber da hatte sie schon eine meiner Schultern ergriffen und tastete mit der freien Hand über meinen Körper. Ich hasste es, wenn jemand meine nackte Haut berührte, da ihr die Narben unweigerlich auffallen mussten. Kate schien jedoch zum Glück etwas anderes zu suchen und in ihrer Beschwipstheit nicht darauf zu achten, was sie da ertastete. Nachdem sie bei meiner Hand angekommen war, ergriff sie sie und führte sie ohne zu zögern zwischen ihre Beine. Als ich meine Finger von ihr wegziehen wollte, schloss sie die Oberschenkel darum, sodass ich nicht frei kam.

Ja, es törnte mich an, ihre intimsten Stellen zu spüren und in ihre glänzenden Augen zu blicken. Aber das hier war sowas von absurd, dass ich einfach nur den Kopf schütteln konnte.

»Du solltest dringend mal eine Therapie wegen Sexsucht machen«, murmelte ich.

»Und du wegen Griesgrämigkeit«, konterte sie. »Das Leben ist zu kurz, um es mit finsterem Gesicht zu verbringen. Genieß den Moment. Das Hier und das Jetzt. So wie das hier.«

Sie schlang ihre Beine um meine Hüfte, sodass meine Hand nun zwischen meinem Bauch und ihrer Mitte eingeklemmt war. Zum Glück trug ich heute ausnahmsweise aufgrund der vielen Gäste, die sich wie Kate eventuell hierher verirren konnten, eine Badehose, sonst hätte sie gemerkt, wie stark mich das erregte.

»Tut mir leid. Ich kann das nicht.« Meine Stimme klang heiser, als ich Kate von mir weg schob. »Du bist betrunken und solltest ins Bett. Nicht mit mir oder irgendjemand anderem, sondern einfach nur, um zu schlafen.«

Ich befreite meine Hand von ihrer Mitte und zog Kate mit zum Ufer.

Sie leistete kaum Widerstand, wahrscheinlich merkte sie langsam den Kater, der definitiv auf ihren ›Spaß‹ folgen würde. Als wir aus dem Wasser stiegen, fiel ihr Blick auf meinen Oberkörper und sie sog scharf die Luft ein.

»Wer hat dir das … war das dein Vater?«

Ich verengte die Augen und verwünschte Kevin (denn niemand anders konnte ihr das gesagt haben) dafür, dass er so eine Plaudertasche war. Rasch warf ich mir mein Shirt über den noch nassen Körper und stieg in meine Jeans. Dabei fiel mir ein leises Rascheln zu unserer Linken auf, aber als ich herumfuhr, um zu schauen, ob wir ungebetene Zuschauer hatten, flog nur ein Vogel davon. Falscher Alarm …

»Hier«, ich reichte ihr das Badetuch, das ich eigentlich für mich selbst mitgenommen hatte. Aber ich würde zu Hause einfach trockene Sachen anziehen, das hatte ich schon öfter getan. »Sonst erkältest du dich.«

Tatsächlich schlotterte Kate nun, da sie triefend nass in der kühlen Morgenluft stand. Eilig schlang sie das Badetuch um ihren Körper, was mich ein Stoßgebet zum Himmel schicken ließ. Endlich musste ich mich nicht mehr zusammenreißen, um nicht auf ihre Brüste zu starren.

Sie rubbelte sich trocken und ich wandte mich ab, damit sie sich wieder anziehen konnte.

»Ich bringe dich zum Gästehaus«, sagte ich, als ich mich mit einem Blick über die Schulter davon überzeugte, dass sie wirklich wieder ihr Kleid trug.

Kate nickte nur, anscheinend setzte der Kater bereits ein. Kein Wunder, kaltes Wasser bewirkte, dass man nüchterner wurde, aber man bekam auch die Konsequenzen schneller zu spüren.

Entsprechend einsilbig war der bunte Vogel auf dem Rückweg – eine nette Abwechslung zu ihren Wasserfall-Reden, die sie bisher geschwungen hatte.

Als wir vor dem Gästehaus ankamen, vergewisserte ich mich, dass sie auch tatsächlich rein ging, ehe ich mich von ihr verabschiedete. Sie schenkte mir einen dankbaren Blick und ein gequältes Lächeln, dann verschwand sie im Gebäude.

Ich blieb noch eine Weile stehen, ehe ich kopfschüttelnd zurück zum Gutshaus ging.

Diese Frau war echt zu viel …

12

KATHLEEN

»Haaauuuu …«

Das Hämmern, das mir diesen ›Shakira-She-Wolf-Schrei‹ entlockte, wollte einfach nicht aufhören und ich verfluchte denjenigen, der einen Presslufthammer direkt in meinem Kopf benutzen musste.

Langsam quälte ich mich aus den Laken und griff mir an die Stirn. Mir war hundeelend zumute. Mein Mund schmeckte scheußlich, sodass ich nur flach durch die Nase atmete, um mich nicht übergeben zu müssen.

Das Hämmern wurde nicht leiser und jetzt erkannte ich, dass es von meiner Tür stammte.

Seit wann hämmerten Türen?

»Kate, du solltest aufstehen, wir fahren in einer halben Stunde los!«, rief Emilias Stimme von draußen.

»Ja …«, murmelte ich und hoffte, dass sie mich gehört hatte.

Verdammt, wieso hatte ich gestern – oder heute – so viel getrunken?! Jetzt müsste ich eine Autofahrt mit Kater überstehen … schlimm genug …

Bilder von einem Teich stiegen in meiner Erinnerung hoch und mit einem Mal saß ich – meinem Kater zum Trotz – kerzengerade im Bett.

Verdammt … hatte ich etwa heute Morgen wirklich nackt gebadet?!

Ehe ich die Bilder genauer fokussieren konnte, protestierte mein Körper über die plötzliche Bewegung. Ich schaffte es gerade noch ins Badezimmer und zum Klo, ehe ich würgend nochmals Revue passieren ließ, was ich meinem Magen gestern alles zugemutet hatte.

Oh man … mir ging's echt mies …

Zitternd setzte ich mich auf den Badezimmerboden, nachdem ich die Spülung betätigt hatte, und schloss die Augen.

Ja, ich war baden gewesen und …

Nein, nein, neiiiiin!!! Ich hatte doch nicht … NEIN!!!

Stöhnend klatschte ich mir die Hände vors Gesicht, als ich mich daran erinnerte, dass ich Jordan erneut angebaggert hatte.

Oh man, der Kerl musste jetzt denken, ich sei ein x-beliebiges Flittchen! Verdammt …! Wieso hatte ich so sehr die Kontrolle verloren? Wieso war er aber auch so sexy?! Wie er da nackt im See geschwommen war, seine funkelnden Augen …

Oh verdammt … das war so, so, soooo peinlich!

Wie sollte ich jemals wieder … Halt! Ich musste ihn ja gar nicht wiedersehen!

Erleichterung ergriff bei diesem Gedanken von mir Besitz.

Ich würde ihn einfach nicht wiedersehen.

So einfach. Wirklich einfach. Verdammt einfach.

»Kate?« Emilias Stimme erklang erneut draußen vor der Tür. »Kate? Alles in Ordnung?

Ich stöhnte und erhob mich vom Badezimmerboden, was erneute Übelkeit in mir hervorrief. Noch ehe ich etwas antworten oder zur Tür gehen konnte, fand ich mich zum zweiten Mal in enger Umarmung mit der Kloschüssel.

»Kate?! Antworte wenigstens!«

Ich konnte nicht – mein Körper würgte, sobald ich den Mund aufmachte. So schlecht hatte ich mich selten gefühlt und ich hatte doch schon den einen oder anderen Kater hinter mir. Aber anscheinend war es etwas anderes, wenn man sich mit Cocktails oder mit Wein betrank.

Wein …

Nächste Kotzsalve …

Als es polterte, riss ich den Kopf hoch und starrte zur Badezimmertür, von wo aus ich mein Bett sehen konnte. Dahinter erschienen gerade zwei Gestalten, von denen ich eine liebend gern, die andere überhaupt nicht wieder (nie wieder) sehen wollte.

»Kate!« Emilia stürzte zu mir ins Bad und kniete sich neben mir hin. »He, Süße, was machst du denn für Sachen?«

Ich schniefte und wischte mir mit dem Handrücken über den Mund, einfach nur dankbar, dass Emilia so geistesgegenwärtig war, die Klospülung zu betätigen, sonst hätte der finster dreinblickende Kerl hinter ihr Dinge gesehen, deren Anblick man wirklich nur mit der besten Freundin teilen konnte.

Mein Blick glitt zu Jordan, der die Arme vor der Brust verschränkt hatte und irgendwie wirkte, als könne er sich nicht entscheiden, ob er Grinch oder Darth Vader imitieren sollte. Seinem Schnauben nach zu urteilen siegte die dunkle Seite.

»Ich habe ihn angerufen, als du nicht geantwortet hast«, erklärte Emilia sein Auftauchen. »Er hat den Zweitschlüssel. Ich mein … ich wusste ja nicht, ob du … tut mir leid.« Sie sah mich zerknirscht an, da sie zu merken schien, dass ihre Idee zwar lieb gemeint, aber auch ziemlich peinlich für mich war.

»Mir geht's beschissen«, murmelte ich und senkte wieder den Blick.

»So siehst du auch aus«, lächelte Emilia und strich mir zärtlich über den Kopf. »Möchtest du noch eine Weile hierbleiben? Armando und Melinda sind schon beim Wagen und ich muss leider auch nach Hause. Aber vielleicht kann ich dich später abholen, wenn du dich etwas ausgeschlafen hast?« Die letzte Frage war halb an mich, halb an Jordan gerichtet.

Dieser verfinsterte sein Gesicht noch stärker, nickte dann aber knapp. »Wir sind zwar keine Auffangstation für gestrandete Alkoholiker, aber okay, sie soll sich ausschlafen.«

Emilia sah ihn stirnrunzelnd an, ehe sie ebenfalls nickte. »Danke.« Dann drehte sie sich wieder zu mir. »Brauchst du noch irgendetwas?«

Ich schüttelte den Kopf. »Geh ruhig. Danke. Und … tut mir echt leid. Der zweite Tag bei dir und ich bereite dir schon Umstände.«

»Das sind doch keine Umstände«, lächelte sie und ich hätte sie am liebsten für ihre Worte abgeknutscht. »Ich tu das gern für dich. Und zu viel getrunken haben wir alle schon mal, das kann vorkommen. Erhol dich gut und ruf mich einfach an, wenn ich dich abholen soll, okay?«

Ich nickte und umarmte sie, ehe ich mich erneut zur Kloschüssel beugen musste, da sich eine weitere Übelkeitswelle ankündigte. Ich hörte noch, wie Emilia sich von Jordan verabschiedete, dann blickte ich tiefer in die Schüssel.

Als ich fertig gewürgt hatte, erhob ich mich und stützte mich am Waschbecken ab, ehe ich mir kühles Wasser ins Gesicht spritzte und etwas davon trank.

Oh mein Gott, tat das gut.

Ich wusch mir das Gesicht gründlich, fuhr mit allen zehn Fingern durch meine Haare, die auf alle Seiten abstanden und war froh, dass ich mir heute Morgen anscheinend noch die Zeit genommen hatte, mein Make-up zu entfernen, sonst hätte ich wie ein Waschbär ausgesehen.

Das Wasser hatte dafür gesorgt, dass ich mich gerade etwas besser fühlte, also verließ ich das Bad – und blieb wie angewurzelt stehen. Am Bettrand saß doch tatsächlich Jordan. Er war hier geblieben … und funkelte mich an … er hatte also auch gehört, wie ich nochmals …

Oh mein Gott, wie peinlich …

Kurz schloss ich die Augen und blinzelte dann, während ich aufs Bett zuging und mich unter die Decke verkroch. Sein Blick folgte jeder meiner Bewegungen.

»Bringst du mir bitte eine Schaufel?«, murmelte ich, während ich den Kopf ins Kissen drückte.

»Wieso?« Seine Stimme war mindestens eine Oktave tiefer als gestern – oder ich wusste einfach schon wieder nicht mehr, wie sexy er klingen konnte …

Ich seufzte leise. »Ich muss ein Loch buddeln, um darin versinken zu können. Ihr habt ja keine Löcher hier, auf dem Weingut, nur einen Teich, den ihr ›See‹ nennt … und nach Ertrinken ist mir gerade nicht zumute …«

Er schnaubte, ehe er sich erhob, ums Bett herum ging und erneut auf die Bettkante setzte. Dieses Mal direkt neben mir.

»Was?«, brummte ich. »Willst du dir das Elend in all seinen Facetten ansehen? Hier, bitte sehr: schau dich satt. Und dann geh. Ich will nur noch schlafen …«

13

Jordan

Sie so zu sehen, war wirklich nicht schön. Obwohl ich noch nie eine Frau mit Kater betrachtet hatte, die immer noch so gut aussah wie Kate. Sie hätte wahrscheinlich auf dem Sterbebett liegen und immer noch strahlen können, wie ein Maikäfer im Sonnenlicht.

Aber das waren Dinge, die ich ihr nie sagen würde. Ebenso wenig wie die Tatsache, dass mich ihr Zustand an all die Tage erinnerte, die ich als kleiner Junge am Bett meiner Mutter gesessen und ihre Hand gehalten, ihr feuchte Tücher auf die Stirn gelegt und für sie gesorgt hatte. Es waren die Tage gewesen, die folgten, wenn mein Erzeuger sie wieder mal verprügelt hatte und sie sich nicht anders zu helfen wusste, als ihren Schmerz mit Alkohol zu betäuben. Es war ein Teufelskreis, denn meinen leiblichen Vater machte es nur noch wütender, wenn meine Mutter mit Kater im Bett lag. Gefangen zwischen Übelkeit, Scham, Schuldgefühlen und Hilflosigkeit.

Aber Kate war nicht wie meine Mutter. Sie war viel, viel stärker. Und selbstbewusster. Ihr würde keiner auf dieser Welt das Gefühl geben können, nichts wert zu sein. Das konnte ich an dem leichten Funkeln in ihren Augen erkennen, das selbst jetzt nicht ganz erloschen war. An der Art, wie sie die Lippen schürzte und – obwohl sie als Häufchen Elend im Bett lag – eine Würde ausstrahlte, die meine Mamá nie besessen hatte.

Und dass ich an meine Mutter denken und Kate dennoch begehren konnte … darüber wollte ich mir noch weniger Gedanken machen. Denn DAS war nun wirklich einfach abgefuckt.

»Starrst du mich jetzt einfach die nächsten Stunden lang an?«, murmelte Kate. »Hast du nichts zu tun? Irgendeine Weinrebe streicheln oder so?«

Ich schüttelte den Kopf, um die Erinnerungen an meine Mutter loszuwerden. Die hatten hier und jetzt wirklich nichts zu suchen. Stattdessen ließ ich meine Gesichtszüge sich verfinstern und nickte knapp. »Wenn du was brauchst – ruf deine Freundin an. Ich werde meine Zeit definitiv sinnvoller nutzen als hier zu hocken.«

»Na also, geht doch.« Sie lächelte. »Finsterer Panther ist zurück und knurrt wie gewohnt. Bringst du deinem Bruder bitte noch das Ladegerät?«

Ich runzelte die Stirn, nahm aber das Kabel und nickte.

»Danke dir«, murmelte sie. »Und jetzt weitermachen, weitermachen. Hier gibt's nichts zu sehen.«

Jede andere Frau hätte mich angefaucht und zum Teufel gejagt, aber diese Kate schaffte es tatsächlich, mir ein leichtes Schmunzeln auf die Lippen zu zaubern.

»Du bist ein verrücktes Mädchen«, bemerkte ich kopfschüttelnd, während ich aufstand und zur Tür ging.

»Und du bist ein …«

Als sie nicht weitersprach, wandte ich mich nochmals mit erhobener Augenbraue zu ihr um.

»Warte … mir fällt bestimmt gleich DIE Antwort ein.« Sie griff sich an den Kopf. »Hm … nein. Sorry. Aber sollte sie mir noch einfallen, werde ich sie dir hier auf einem Zettel auf den Nachttisch legen.« Sie deutete vage in die Richtung.

Immer noch schmunzelnd verließ ich ihr Zimmer. Erst, als sich die Tür zwischen ihr und mir befand, atmete ich leise durch.

Verflucht nochmal, warum hatte ich das Bedürfnis, sie zu bitten, dass sie sich bei mir melden sollte, wenn sie gut zu Hause angekommen war?

Der erste Reisecar bog gerade in die Einfahrt ein, als ich zurück zum Gutshaus ging. Es war halb zwölf und die Degustationen liefen bereits seit einer Stunde auf Hochtouren. Auch wenn ich den Kontakt mit den Kunden nicht sonderlich mochte, so riss ich mich doch zusammen, wenn es darum ging, Geld zu verdienen. Das hier war für die Familie und deswegen lächelte ich auch und überging die anzüglichen Blicke der meist viel älteren Frauen, die in mir wohl eine Trophäe sahen, die man mit etwas Wimpernklimpern und ›faltige Haut zeigen‹ mit der Weindegustation gratis mit dazu bekommen konnte.

Kevin half heute ebenfalls aus, was mir einiges an Luft verschaffte. Denn noch lieber als einen düsteren Latino mochten die Touristinnen einen *jungen* Latino, der auch noch zu allem und jedem grinste und sich mit Komplimenten liebend gern überschütten ließ.

Selena und ihr Freund Nick waren heute Morgen noch geblieben, um beim Aufräumen zu helfen, vor einer halben Stunde aber fuhren sie zurück ins Napa Valley. Ich mochte Nick nicht sonderlich. Keine Ahnung, was Selena ihm über mich erzählt hatte, aber er betrachtete mich immer mit diesem Röntgenblick, wenn wir miteinander sprachen. Was zum Glück selten der Fall war. Auch beim Abschied hatte er mich wieder mit seinen Eisaugen gemustert à la ›Ich würde dir gern helfen, aber ich weiß, du willst das nicht‹. Nein, wollte ich nicht. Da konnte mir Selena noch so vorschwärmen, was für ein toller Psychodoktor ihr Freund war!

Als die beiden endlich weg waren, fühlte ich mich fast schon befreit und nahm mir Zeit, mich zwei übergewichtigen Engländerinnen zu widmen, die sich nicht entscheiden konnten, ob sie lieber den Sauvignon Blanc oder den Zinfandel kaufen sollten. Zwei vollkommen unterschiedliche Weine, aber ich bemühte mich, den ›Touristen Modus‹ anzuschalten und nicht allzu belehrend zu wirken, während ich nach ihren Vorlieben fragte.

Ein »Jordan, kommst du mal?« von Álvaro rettete mich vor den unendlich scheinenden Fragen der beiden Ladies. Höflich entschuldigte ich mich und trat mit einem erleichterten Seufzen den Rückzug an – nicht ohne Kevin mit dem Daumen über die Schulter anzudeuten, dass dort drüben noch ein paar Fragen zu klären waren. Mein Bruder nickte grinsend und wandte sich den beiden Damen zu, während ich das Weite suchte.

»Was gibt's?«, fragte ich meinen Stiefvater, als ich bei ihm angekommen war.

Er stand im Eingang zum Café und musterte mich mit seinen dunklen Augen. Allzu oft wurde er mit Sean Connery verglichen, dem ehemaligen James Bond Darsteller. Er sah ihm auch ziemlich ähnlich, mit seiner Halbglatze und dem Bart, der um den Mund herum diese dunklen Streifen besaß. Allerdings war Álvaro um einiges braungebrannter als der Schotte, der mal die Welt für einen Martini oder eine hübsche Frau rettete. Denn mein Stiefvater besaß ebenso wie ich lateinamerikanische Gene, die jedoch nicht hatten verhindern können, dass er vorzeitig gealtert war. Er wirkte mindestens zehn Jahre älter, als er eigentlich war, was mich immer wieder mit Sorgen erfüllte. Ich mochte ihn. Sehr sogar. Und sein schwaches Herz, das ihm in den vergangenen Jahren immer wieder zu schaffen gemacht hatte, bereitete mir Bauchschmerzen. Hätte ich natürlich nie vor ihm zugegeben – er sollte nicht denken, dass ich mir seinetwegen den Kopf zerbrach.

»Hast du mal eine Minute?«, fragte Álvaro mit einem väterlichen Blick und deutete mit dem Kopf in Richtung Gutshaus.

Ich nickte und folgte ihm in einen Hinterhof, den wir privat nutzten, wenn wir mal eine kleine Auszeit von den Gästen benötigten. Hier standen zwei runde Tische und ein paar Stühle, umgeben von hohen Hecken, die verhinderten, dass man gestört wurde. Immer, wenn mich Álvaro hierher führte, wollte er etwas Ernstes besprechen – was mir nun ein mulmiges Gefühl bescherte.

Ich sah meinen Stiefvater stirnrunzelnd an, als dieser sich zu mir umdrehte.

»Mir ist da gestern etwas zu Ohren gekommen«, begann er und musterte mich eindringlich.

Augenblicklich verkrampfte ich mich und überschlug in Gedanken, was es wohl sein konnte. Hatte Kevin gepetzt? Hatte er ihm gesagt, dass ich mit einem Mädchen im Keller gewesen war? Oder hatte Armando ihm erzählt, dass ich unsere Weindegustation auf kommenden Freitag verschob, statt sie gestern schon abzuhalten?

Da ich nicht genau wusste, wie ich zu reagieren hatte, verschränkte ich die Arme und sah ihn abwartend an, hoffte, dass ich eine möglichst verschlossene Miene aufgesetzt hatte. »Worauf willst du hinaus?«, fragte ich kurz angebunden.

Auf Álvaros Gesicht erschien ein leichtes Lächeln. »Wenn du nicht möchtest, dass ich dich darauf anspreche, würde ich dir raten, das nächste Mal kein Mädchen mitten auf einem Weinfest zu küssen«, meinte er mit vielsagendem Blick.

Ich seufzte leise und starrte auf den Boden.

Verdammt … ich wusste ja im Grunde, was für eine Tratschgesellschaft das hier war, aber ich hatte nicht geglaubt, dass mich mein Stiefvater gesehen hatte, als ich Kate …

»Es bedeutete nichts«, brummte ich.

»Nichts?« Ich konnte förmlich Álvaros breiter werdendes Lächeln hören, ohne dass ich ihn ansah.

»Nichts.«

»Wer war sie denn?«

»Niemand.«

Dieselbe Antwort hatte ich auch Kevin gegeben, nachdem Kate und ich aus dem Keller befreit worden waren.

»Jordan …«

Oh, wie ich es hasste, wenn er einen Satz *so* begann … mit diesem Tonfall, der viel zu viel Verständnis beinhaltete und das ›a‹ in meinem Namen so stark wie Kaugummi langzog.

»Jordan, du musst es mir nicht sagen. Ich freue mich für dich, wenn du jemanden gefunden hast, mit dem du …«

»Ich habe niemanden gefunden, okay?!«, unterbrach ich Álvaro und funkelte ihn an. »Man darf ja wohl noch eine Frau küssen, ohne dass man sie gleich heiraten und Kinder bekommen will!«

Álvaro sah mich nochmals nachdenklich an, dann nickte er. »In Ordnung. Tut mir leid, wenn ich dir zu nahe getreten bin. Ich möchte nur dein Bestes.«

»Mein Bestes«, schnaubte ich und trat zur Hecke, um sie anzustarren.

»Ja, mein Sohn.« Er war mir gefolgt, legte mir eine Hand auf die Schulter.

Ich hasste es …

Hasste es, wenn er mit dieser einfachen Geste so viel in mir durcheinanderwirbelte, dass mir übel davon wurde.

Hasste es, dass ich mich danach sehnte, in seine Arme genommen zu werden.

Hasste es, dass ich es mochte, wenn er mich ›mein Sohn‹ oder ›mein Junge‹ nannte.

Hasste es, wie gut er mich kannte …

»Ich liebe dich, vergiss das nicht«, murmelte er. Dann glitt seine Hand von meiner Schulter und ich konnte endlich wieder atmen. »Wenn du mit jemandem sprechen möchtest … ich bin für dich da.«

Ich knurrte etwas Unverständliches und starrte auf einen Brombeerast, der in der Hecke quer zu den anderen wuchs. Genau so fühlte ich mich. Genau so … unpassend. Auch wenn mein Stiefvater versuchte, mich in die Hecke zu integrieren – ich würde nie ganz dazugehören. Nicht mit all den Narben, die mich an meine Vergangenheit erinnerten. An die Schläge ... die Bestrafungen ...

»Du solltest dich etwas ausruhen«, meinte Álvaro. »Kevin und ich schaffen das mit der Degustation schon.«

Ich wandte mich zu ihm um und sah ihn mit schmalen Augen an. »Ich will nicht, dass du ...«

»Ich bin nicht so alt, wie du mich immer sehen willst«, lächelte Álvaro. »Etwas Arbeit tut mir gut, es hält mich jung. Nimm dir den Nachmittag frei, du tust auch so schon genug für das Weingut.«

»Aber ...«

»Bitte.«

Ich nickte langsam und senkte den Blick. Was ich mit einem freien Nachmittag anstellen sollte, war mir zwar schleierhaft, aber es brachte nichts, sich gegen meinen Stiefvater behaupten zu wollen. Er war noch sturer als ich ... leider.

»Bis am Abend«, meinte er noch, dann wandte er sich mit einem letzten Blick ab und ließ mich im Hinterhof alleine.

Ich starrte auf die Tür, die hinter ihm ins Schloss gefallen war – und fuhr zusammen, als mein Handy klingelte.

Stirnrunzelnd betrachtete ich die fremde Nummer auf dem Display, zuckte dann mit den Schultern und nahm ab.

»Hallo?«

Ich konnte nur ein Rauschen vernehmen. Komisch, da hatte sich wohl jemand in der Nummer geirrt ...

»Hallo?«, fragte ich erneut.

Wieder keine Antwort. Ich war mir nicht einmal sicher, ob ich überhaupt jemand anderen in der Leitung hatte, denn ich konnte niemanden atmen hören.

Mit einem weiteren Schulterzucken legte ich auf und steckte das Handy wieder ein. Es gab echt komische Menschen auf diesem Planeten …

14

KATHLEEN

Es hatte eine Weile gedauert, bis ich mich fit genug fühlte, aus dem Bett zu steigen. Mein Handy zeigte nachmittags um drei an und ich schämte mich, dass ich mit fünfundzwanzig einen solchen Kater hatte, dass ich bis spät in den Nachmittag hinein schlief. So betrunken hatte ich mich gestern gar nicht gefühlt … aber anscheinend war mein betrunkenes Ich ein besserer Lügner als ich selbst. Oder aber es war auch dem Umstand zu schulden, dass mein Urlaub gestern begonnen hatte – es war bei mir IMMER der Fall, dass alle meine Reserven herunterfuhren, sobald ich den ersten Urlaubstag antrat. Dann lag ich meist wie ein Stück Teig in meinem Loft auf meinem Sofa in New York herum – oder nun eben in einem Bett irgendwo inmitten eines Weingutes. Man konnte es schlechter treffen …

Nachdem ich geduscht, das blaue Unkraut auf meinem Kopf wieder geordnet und mir ein einigermaßen frisch wirkendes Make-up verpasst hatte, schnappte ich mir mein wieder aufgeladenes Handy und rief Emilia an, während ich nach draußen ging, um zum Gutshaus rüberzuspazieren. Die hätten bestimmt einen Kaffee in ihrem Bistro, der mich wieder komplett fit machen würde.

Beim ersten Mal ging Emilia nicht ran, aber als ich das zweite Mal probierte, erwischte ich sie endlich. Zu dem Zeitpunkt war ich gerade bei dem kleinen Café angekommen und steuerte auf einen freien Tisch zu.

»Kate? Geht es dir etwas besser?«, fragte meine Freundin in besorgt-mütterlichem Tonfall. Anscheinend bekam man diesen bei einer Geburt gleich mit dazu geschenkt. Ich hatte sie noch nie vorher so reden hören.

Ich nickte das Handy an und hauchte einer Kellnerin, die mich lächelnd begrüßte, ein »Kaffee« entgegen, was diese ebenfalls nickend davongehen ließ. Während ich mich hinsetzte, antwortete ich meiner Freundin: »Ja, viel besser. Danke nochmals für die Aspirin-Packung, die du mir auf den Nachttisch gelegt hast.« Hatte ich nach meinem ersten komatösen Halbstundenschlaf entdeckt und natürlich gleich drei Stück eingeworfen. Mein Kopf fühlte sich fast wieder normal an und mit dem Kaffee wär mein Kater hoffentlich endgültig besiegt.

»Kein Thema, ich hab immer welche dabei – bei Weinfesten artet es gerne mal aus.« Ich konnte sie lächeln hören. »Leider gibt es schlechte Neuigkeiten, ich kann dich nicht abholen. Enrico hat über Nacht wohl seinen ersten Zahn bekommen und schreit die ganze Zeit. Ich kann ihn so nicht ins Auto packen – und Miguel ist zusammen mit Alejandro zu einem benachbarten Weinbauern gefahren, um ihm zu helfen, da er irgendwelche Schädlinge hat, die seine Ernte gefährden. Es tut mir wahnsinnig leid, aber … kannst du dir ein Taxi rufen? Ich bezahle es auch.«

»Ah, okay.« Ich lächelte der Kellnerin zu, die erstaunlich schnell mit meinem Kaffee zurück war und die Rechnung direkt daneben legte. »Ja, kein Problem, ich ruf mir ein Taxi – bezahlen musst du es natürlich nicht, ich hab genug Geld. Und bin ja selbst schuld, weil ich mich gestern so abgeschossen habe, dass ich nicht mit euch zurückfahren konnte.«

»Ist das echt in Ordnung?«

»Ja, klar«, nickte ich und schlürfte meinen Kaffee (aaaaah, das tat richtigrichtig gut!). »Ich hoffe, ich krieg in dieser gottverlassenen Pampa ein Taxi.«

Emilia lachte am anderen Ende. »Pampa, ja, das trifft auf das Sonoma Valley zu … Entschuldige bitte nochmals. Dann sehen wir uns später?«

»Jap, bis dann.«

Ich legte auf und seufzte, während ich die Augen schloss und den Kopf in den Nacken legte. Die Sonne schien warm auf mein Gesicht und ließ mich gleich nochmals leise seufzen, während das Koffein begann, meinen Kater zu besiegen. Vögel zwitscherten und Menschen lachten. Ja, so musste es sich im Paradies anfühlen. In einem Paradies, wo ein … schnurrender Kater saß?

Ich riss die Augen wieder auf und starrte auf das Fellknäuel, das sich kurzerhand auf meinem Tisch positioniert hatte, lang ausstreckte und sich das Fell leckte, während es mir immer wieder einen verschlafenen Blick zuwarf. Sein Pelz war schwarz wie die Nacht und die gelbgrünen Augen blitzten mich an.

Ehe ich die Katze streicheln oder davonscheuchen konnte, hörte ich noch ein Geräusch hinter mir. Ein gestöhntes Seufzen, das so genervt klang, dass ich mich nicht einmal umzudrehen brauchte, um zu wissen, wer da gerade hinter mir stand.

»Du bist immer noch hier?«, knurrte er.

Ich drehte den Kopf zur Seite, damit mein Blickfeld ihn erfassen konnte. »Deine Auffassungsgabe ist bemerkenswert, du solltest bei Jeopardy mitmachen.«

Als er um mich herumging und nun direkt vor mir stand, konnte ich nicht umhin, ihn zu bewundern. Oja, dieser Kerl war auch bei Tageslicht verdammt attraktiv – aber leider mindestens so düster, wie er mich gerade ansah.

»Wie geht's deinem Kater?«

»Nicht so gut wie deinem.« Ich schenkte ihm ein breites Grinsen und deutete auf die Katze, die sich immer noch genüsslich auf meinem Tisch putzte.

»Hunter, pfui – Tische sind tabu!« Jordan scheuchte das Tierchen davon, das ihm einen beleidigten Blick zuwarf und dann mit hoch erhobenem Schwanz davonstolzierte.

Ich lachte leise, als ich ihm nachsah. »Das scheint er von dir abgeguckt zu haben – dieses beleidigte Gesichtchen.« Dann wurde ich ernst. »Hör zu, ich muss mich für das, was heute Morgen geschehen ist, entschuldigen. Ich … so bin ich nicht. Das war mein betrunkenes Ich, das dir im Teich vorgeschlagen … lass es uns vergessen, okay? Und bitte auch das, was dann im Zimmer passiert ist … ich … so bin ich echt nicht. Du musst jetzt ziemlich schlecht von mir denken.«

Jordan schob die Augenbrauen zusammen und verschränkte die Arme vor der Brust. »Okay«, nickte er. »Ich bilde mir meine Meinung selten wegen eines Ausrutschers. Wartest du auf Emilia?«

Wow, so hätte ich ihn nicht eingeschätzt. So … verständnisvoll?

Ich schüttelte den Kopf. »Sie kann mich nicht abholen, ich werde mir ein Taxi rufen.«

»Du hast keine Ahnung, wie aussichtslos es ist, hier in der Gegend ein Taxi zu bekommen, oder?«, meinte er mit schief gelegtem Kopf.

»Nein, ich bin nicht von hier und in New York gibt es an jeder Ecke Taxis oder U-Bahnen.« Ich schenkte ihm ein schiefes Grinsen. »Aber hey, dann kannst du mich ja vielleicht nach Hause fahren.«

Es hätte ein Scherz sein sollen, aber anscheinend stand dieser Kerl da vor mir nicht auf Scherze. Oder er begriff sie nicht. Jedenfalls runzelte er erst die Stirn, dann wechselte sein Blick von ›abweisend‹ zu ›genervt‹. (Oje, ich hatte es übertrieben, die Gewitterwolke begann sich gerade zu entladen – direkt über mir).

»Echt jetzt?«, schnaubte er. »Erst kotzt du mir mein Gästehaus voll und dann soll ich dich auch noch nach Hause befördern?«

Jetzt sprang ich von meinem Stuhl auf, denn das war ja wohl die Höhe! Wie glaubte dieser Kerl eigentlich, dass er mit mir reden konnte?! »Aha, du scheinst wohl mit dem falschen Fuß direkt auf die Welt gekommen zu sein, anders kann ich mir diese Miesepetrigkeit nicht erklären!«, fuhr ich ihn an. Es war mir egal, dass einige Gäste sich zu uns umdrehten, die sollten nur wissen, was für einen feinen Gastgeber sie da im ›Camillo‹-Weingut hatten! Ich deutete mit meinem Finger auf Jordans Brust, ohne ihn zu berühren. »Erstens: Das gestern war ein Ausrutscher, wie du selbst gerade sagtest und zweitens: Ich habe dir dein Gästehaus nicht ›vollgekotzt‹. Nur deine Toilette. In einem der Zimmer. Und ich habe alles blitzsauber hinterlassen! Du musst nicht mal eine Putzfrau herbemühen, um dein überteuertes Zimmer nochmals vermieten zu können!«

Er packte meine Hand und zog mich ein Stück von den anderen Gästen weg. »Hör zu, Kleine«, raunte er. »Wenn du nur hier bist, um eine Szene zu machen, dann muss ich dich enttäuschen. Das hier ist *mein* Weingut und hier bestimme ich, wer …«

»Das hier ist *mein* Weingut«, äffte ich ihn nach. »Hörst du dir eigentlich selbst zu, wenn du redest, oder benebelt die Dunkelheit deiner Seele auch deinen Verstand? Ich will nichts von dir – auch nicht von dir nach Hause gebracht werden, kapiert? Das war ein dummer Spruch, ein WITZ. Scheinst du nicht zu kennen, das Wort, oder? Also, um es deutlich auszudrücken: Wenn ich stundenlang auf ein Taxi warten muss, dann tu ich das eben! Ich würde sogar lieber mit diesen Pumps rüber ins Napa Valley laufen, als in deiner Schuld zu stehen.«

Ein paar Sekunden starrte er mich nur an, dann nickte er knapp. »Gut. Ich fahre dich nach Hause, dann sind wir quitt.«

Hä? Was war das denn jetzt für ein komischer Stimmungswechsel?

Dieser Typ machte mich mit seinen Stimmungsschwankungen schwindliger als zehn Flaschen Wein.

»Warte …«, begann ich. »Das bedeutet, du stehst im Moment in *meiner* Schuld?«

Jordan hatte meine Hand zwar losgelassen, jetzt ergriff er aber meinen Unterarm und zog mich hinter sich her, hinters Gutshaus. Erst, als wir außer Hörweite der Gäste waren, drehte er sich zu mir um und versenkte seinen Blick erneut in meinem. »Du hast da heute Morgen etwas gesagt, als du Nacktbaden warst.«

Ich stutzte und sah zum Himmel, um zu überlegen, was das wohl hätte sein können. Leider war das meiste von einem Nebel aus Alkohol verborgen, daher zuckte ich nach einigen Sekunden mit den Schultern. »Nope, keine Ahnung, was du meinst.«

»Das wegen …« Er wich meinem Blick aus und holte leise Luft. »Du meintest, du wärst nicht …« Nochmals holte er Luft (oh, er war verlegen … seltener Anblick – ruft die Wildhüter, verlegener Panther gesichtet!). »Du sagtest, du seist nicht auf deine Kosten gekommen da unten.«

»Da unten?« Ich sah an mir herunter.

»Im Keller verdammt!«, knurrte er.

»Aaaah, *da* unten.« Jetzt konnte ich mir ein Grinsen nicht verkneifen. »Also *doch* da unten!« Ich sah erneut an mir herunter und schenkte ihm dann einen fiesen Augenaufschlag.

Ha! Friss das, du schräger Panther!

Bildete sich da wirklich ein Rosaton auf seinen gebräunten Wangen? Oh wie es mir auf der Zunge brannte, diesen Rosaton in ein dunkles Rot zu verwandeln. Würde ich direkt ins Fegefeuer wandern, wenn ich das Feuer in seinem Gesicht noch etwas schürte?

Ja, ich hatte ihm vorhin gerade gesagt, dass ich nicht so war, wie ich mich betrunken verhalten hatte. Nun war ich aber nüchtern – und ich konnte es mir einfach nicht verkneifen, diesen Mr. Grumpy aus der Reserve zu locken.

»Also du meinst, statt mich zu lecken, wie es ein Gentleman tun würde, fährst du mich lieber nach Hause?« Ich blinzelte ihn unschuldig an.

Natürlich verfehlte meine Provokation ihr Ziel nicht. Jordan schnaubte und das Funkeln kehrte in seine Augen zurück. »Hätte ich gewusst, dass du so pervers …«

»Nanana, nicht wieder beleidigen und wegschubsen, mein Großer«, lächelte ich und trat einen Schritt auf ihn zu. »Was haben wir gelernt? Wegschubsen tun nur die, die Angst vor Gefühlen haben – und so ein starker Mann wie du … was können da Gefühle schon ausrichten?«

Er war sichtlich in die Enge getrieben, das konnte ich seinem rastlosen Blick ansehen. Aber es gefiel mir gerade viel zu gut, diesen Hornochsen von einem Eisklotz auflaufen zu lassen. Irgendwie war mein Kater wie weggeblasen, was eindeutig daran lag, dass mir dieses Spielchen immer besser taugte.

»Gut«, nickte er. »Du willst also geleckt werden?«

Ooooh man … ja, es gefiel mir wirklich immer besser.

Leider war hier mein Limit erreicht – schade um den Quickie, aber mit diesem Kerl … nein, mit dem würde ich nicht noch einmal schlafen.

»Nein, ich bin nicht so, schon vergessen?«, erwiderte ich und sah mit Freuden, wie seine Wangen noch etwas stärker zu glühen begannen. Oh ja, ich konnte manchmal ein Biest sein. Aber ich war noch nicht fertig mit diesem knurrenden Griesgram. »Wenn ich mich jetzt betrinken würde, dürfest du mich lecken bis der Arzt kommt, aber ich bin gerade nüchtern – oder zumindest auf dem Weg dahin. Ich werde dir nicht weitere Gründe liefern, zu denken, dass ich sexsüchtig oder ein Flittchen sei. Bin ich beides nämlich nicht, war ich auch nie, ich …«

Er unterbrach mich, indem er meine Oberarme packte und zu sich zog. »Was willst du dann von mir?«, murmelte er so nahe an meinem Gesicht, dass ich eine Gänsehaut verspürte.

»Im Moment?«, fragte ich so cool ich konnte. »Abgesehen davon, dass ich will, dass du mich auf der Stelle loslässt, möchte ich … ja, ich möchte von dir nach Hause gefahren werden. Das mit dem Lecken … nun, vielleicht stolperst du unterwegs über deinen holperigen Charme und stehst dann wieder in meiner Schuld. Dann können wir nochmals drüber reden.« Ich grinste ihn an.

Er ließ mich kopfschüttelnd los und atmete tief ein und aus. »Ich habe echt noch nie eine so verwirrende Frau wie dich kennengelernt …«

»Danke für das Kompliment«, lächelte ich. »Du bist aber auch nicht von schlechten Eltern, was Verwirrung stiften angeht. Ich habe echt keinen blassen Schimmer, ob du ein Arschloch bist, dich wie ein Arschloch benimmst, gern ein Arschloch wärst, ein Arschloch imitierst oder nur ein Arschloch hast.«

Jordan klappte der Kiefer nach unten, während er mich entgeistert anstarrte.

»Richtig gehört, ich assoziiere ein bestimmtes Körperteil mit dir«, lächelte ich zuckersüß. »Aber hey, vielleicht siegt die Anatomie über die Psychologie, wer weiß. Letzteres kann man übrigens wegtherapieren. Also, was ist, fährst du mich jetzt ins Napa Valley?«

15

Jordan

Wann genau hatte das Universum eigentlich beschlossen, mir diese bunte Quasselstrippe auf den Hals zu hetzen?

Knurrend wandte ich mich um und deutete mit dem Kopf in Richtung Parkplätze, wo mein Wagen stand. Außer meiner Abneigung gegen diesen Paradiesvogel gab es nichts, was ich als glaubhaftes Argument hätte vorbringen können, um Kate nicht ins Napa Valley zu fahren. Ich hatte frei und ein Auto. Die Alternative wäre, dass sie hier auf meinem Weingut stundenlang warten würde, bis ein Taxi kam. Da entschied ich mich doch lieber dazu, eine halbe Stunde mit ihr auf engem Raum zu verbringen, wenn ich sie danach wenigstens ein für alle Mal los war. Denn dass sie sich nochmals ins Sonoma Valley verirren würde, bezweifelte ich.

»Danke dir«, flötete sie, während sie zu mir aufschloss.

»Dein Kater scheint weg zu sein«, bemerkte ich mit einem missmutigen Blick zu ihr.

Sie hatte mir besser gefallen, als sie im Bett lag …

»Beinahe. Euer Kaffee wirkt Wunder und ich bin hart im Nehmen.« Sie kramte in ihrer Tasche und drückte mir eine Fünfdollarnote in die Hand. »Hier übrigens das Geld für die noch offene Rechnung. Der Rest ist Trinkgeld.«

»Mh.« Ich steckte den Schein ein.

»Bye Kevin!« Sie winkte meinem Bruder zu, der sich gerade von den zwei Engländerinnen hatte loseisen können und uns mit einem breiten Grinsen nachsah.

Verdammt … das würde noch Fragen nach sich ziehen – ich hasste es, wenn mein kleiner Bruder sich in meine Angelegenheiten einmischte.

»Wo ist dein Auto?«, wollte Kate wissen, als wir den weitläufigen Parkplatz betraten.

»Dort drüben.« Ich deutete auf einen privaten Bereich, der sich etwas näher beim Gutshaus befand.

»Der graue Pick-up?«

Ich nickte und griff rechts unter die Haube, wo ich den Schlüssel immer versteckte, ehe ich um meinen Wagen herum ging und einstieg.

»Du weißt schon, dass das riskant ist?«, kommentierte Kate mit hochgezogenen Augenbrauen, als sie neben mir auf den Beifahrersitz kletterte.

»Mit dir in einem Auto zu sitzen?«, brummte ich. »Ist mir bewusst.«

Kate lachte leise, während sie sich anschnallte. »Ich meinte eigentlich dein Schlüsselversteck, aber ich mag deinen Humor.«

»Ich dachte, du willst nichts von mir?« Ich warf ihr einen Seitenblick zu, während ich den Wagen startete.

Sie verdrehte die Augen. »Das hat sich nicht geändert, keine Sorge. Mann, bist du vielleicht verklemmt … ich wollte nur nett sein.«

»Dann lass es.« Ich starrte durch die Frontscheibe, während ich den Wagen auf die Straße lenkte, die ins Napa Valley führte.

Eine Zeit lang war sie tatsächlich still und ich atmete bereits innerlich auf, als sie mich anstupste.

»Jordan?«

Ich seufzte leise. »Ja.«

»Wieso hasst du Menschen so sehr?«

Nun wandte ich ihr doch wieder den Kopf zu und sah sie stirnrunzelnd an. Ihr Blick war weder neugierig noch mitleidig, sondern irgendwie … traurig? Aber der Moment verstrich gleich wieder.

»Ich versteh nicht, wie du alle von dir wegstoßen kannst«, murmelte sie. »Ja, du hattest vielleicht eine schwierige Kindheit, okay, aber …«

»Genug!« Ich schlug die Faust aufs Lenkrad, was sie zusammenzucken ließ. »Du hast keine Ahnung von mir oder dem, was ich durchgemacht habe, okay?! Und ich werde einen Scheiß tun und dir etwas darüber erzählen! Das geht dich nichts an!«

Sie hob abwehrend die Hände. »Schon gut, schon gut. Schrei nicht so, mein Kopf verträgt das noch nicht wirklich.«

Ich schnaubte und starrte wieder auf die Straße. Meine Zähne knirschten, als ich sie aufeinanderpresste. Sie musste das Geräusch gehört haben, aber sie ging nicht darauf ein. Stattdessen lehnte sie sich etwas vor und drückte den Knopf fürs Radio.

Irgendein alter Popsong von Madonna erklang und ich schloss genervt die Augen, ehe ich mich ebenfalls vorlehnte und den Knopf wieder ausschaltete.

»Keine Musik?«, fragte Kate.

»Nein.«

Ein leises Seufzen war ihre Antwort, dann zückte sie ihr Handy und begann darauf herumzutippen. Wahrscheinlich schrieb sie mit Emilia, um ihr zu sagen, dass sie eine Mitfahrgelegenheit gefunden hatte. Ich starrte in den Rückspiegel und betrachtete den alten blauen VW, der uns seit einer Weile folgte. Das war aber nichts Ungewöhnliches, denn der Highway ins Napa Valley hatte nur wenige Abzweigungen. Also richtete ich den Blick wieder auf die Straße vor uns und versuchte, Kates Herumgetippe zu ignorieren.

Als sie jedoch ihr iPhone zu mir drehte und ein ›Klick‹ ertönte, fuhr ich mit dem Kopf zu ihr herum. Sie grinste mich an und zeigte mir den Schnappschuss, den sie von mir gemacht hatte.

»Siehst du, wie düster du dreinschaust?«, fragte sie und deutete auf das Bild. »Das ist doch echt schade – du wärst ein hübscher Kerl, aber so wie du dich gibst, vergraulst du alle um dich herum.«

Ich verengte meine Augen und knurrte sie an. »Lösch das auf der Stelle!«

»Und wenn nicht?« Sie hob triumphierend die Augenbrauen. »Vielleicht poste ich es ja sogar auf Instagram, damit meine Follower was zu lachen haben.«

»Untersteh dich!«

Ich lenkte den Wagen rechts ran und trat auf die Bremse. Der VW fuhr hupend an uns vorbei, aber ich ignorierte ihn und griff nach ihrem Handy, um selbst dafür zu sorgen, dass kein Bild von mir in irgendwelchen sozialen Netzwerken herumgeisterte. Doch Kate war schneller und hielt das Telefon weg von mir. Durch meinen Sicherheitsgurt wurde ich in meinem Schwung hart abgebremst, sodass es mir die Luft aus den Lungen presste. Ich keuchte, packte dann aber ihre Schulter und zog sie zu mir, um an ihre rechte Hand zu gelangen.

Kate lachte aus vollem Hals, als ich mit dem Oberkörper halb auf ihr zu liegen kam und begann tatsächlich, mich zu kitzeln. Ich konnte mich nicht erinnern, wann ich das letzte Mal von jemandem gekitzelt worden war … es musste viele, viele Jahre her sein. Jetzt mit einem Mal ihre Finger durch das Shirt in meine Haut drücken zu fühlen, an Stellen, die viel zu empfindlich waren dafür, war befremdlich. Aber ich konnte nichts dagegen tun, das Lachen bildete sich in meinem Bauch, staute sich in meiner Brust und erst, als ich den Mund öffnete und es befreite, spürte ich, wie erleichternd sich das anfühlte.

Kate lachte noch lauter und hörte nicht auf, mich zu kitzeln, bis ich meinerseits meine Hände an ihren Oberkörper legte und sie mit meinen Fingern noch mehr zum lachen brachte.

»Halt, halt, halt!«, rief sie, als sie kaum mehr Luft bekam und ließ mich endlich los. Sie wischte sich die Tränen aus den Augen und grinste mich an.

Mein Gesicht befand sich dicht vor ihrem und mein Atem ging stoßweise, da ich mich nur langsam vom Lachanfall erholte. Auch in meinen Augen hatten sich Tränen gebildet, aber ich blinzelte sie weg.

Für einen Moment sahen wir uns einfach nur an, heftig schnaufend, die Reste des Lachens noch verdauend. Ihr Grinsen wurde verhaltener, ihr Gesicht ernster. Aber ihre blauen Augen leuchteten regelrecht, der Mund war etwas geöffnet, auf ihrer Oberlippe hatten sich Schweißperlen gebildet und ein paar blaugrüne Haarsträhnen waren ihr ins Gesicht gefallen.

In diesem Augenblick wurde mir klar, dass Kate besonders war. Sie hatte es mit ihrer verqueren Art geschafft, mich für ein paar Sekunden aus meinem Loch zu zerren, in welchem ich sonst hockte … und zu zeigen, was ich verpasste. Was verdammt Scheiße war.

Ehe ich es mich versah, überwand ich die restliche Distanz zwischen uns und fühlte einen Lidschlag später ihre Lippen, als ich meinen Mund auf ihren presste. Ich hörte noch, wie ihr ein überraschter Laut entweichen wollte, aber ich erstickte ihn mit meinem Kuss.

Für einen kleinen Moment wehrte sie sich. Ich spürte ihr Handy, als sie ihre Hände gegen meine Schultern drückte, dann erstarb jedoch jeglicher Widerstand und ich sah, wie sie die Augen schloss. Ihre Lippen wurden weich, ich spürte ihre Zunge, die sich einen Weg in meinen Mund bahnte, mit meiner eigenen kämpfte, ehe sie sich zurückzog und mich hinter sich herlockte.

Auch *ich* schloss die Augen, um mich ganz auf sie konzentrieren zu können.

Ihre rechte Hand ließ mich kurz los und als sie sich um meinen Nacken schlang, bemerkte ich, dass sie ihr Handy irgendwo hingelegt haben musste. Sie zog mich noch dichter zu sich, küsste mich noch leidenschaftlicher. Meine Hände begannen von selbst, an ihrem Körper hinaufzuwandern, strichen über ihre Brüste, hinauf zu ihrem Hals und wieder zurück.

Ich hinterfragte nicht, ob das, was ich gerade tat, sinnvoll war. Ob ich es bereuen könnte. Ob ich das überhaupt wollte.

Es gab in diesem Moment einfach nur Kate und mich in meinem Pick-up und diesen irren Kuss, den keiner von uns als erster beenden wollte.

Sie holte durch die Nase leise Luft und stöhnte dann in meinen Mund, was mich augenblicklich erregte.

»Ich will dich«, murmelte sie, als sie ihre Lippen kurz von meinen löste.

Ich küsste sie erneut, ehe ich ihr in die Augen sah. »Wir sollten das nicht …«

Sie unterbrach mich, indem sie wieder ihren Mund auf meinen drückte. »Nicht. Zerstör es nicht schon wieder«, flüsterte sie an meinen Lippen.

Aber da war es schon zu spät … ich begann mir vorzustellen, wohin das führen würde. Begann mir auszumalen, was sie von mir erwarten würde. Was ich alles falsch machen würde. Wie ich es verbocken würde …

Nein. Das hier durfte nicht weiterführen als bis zu diesem Punkt. Ich spürte, dass zwischen ihr und mir gerade etwas am Entstehen war. Etwas, das im Keim erstickt werden musste. Auch wenn ich von ihr fasziniert war, so konnte ich ihr ja doch nie das bieten, was sie eigentlich von mir wollte. Was ich vorhin in diesem kurzen Moment in ihr entdeckt hatte. Sie wollte jemanden, der ebenso lebensbejahend war wie sie selbst – und ich war alles andere als das. Ich war kaputt und es bräuchte mehr als einen Lachanfall, um mich zu flicken.

Nein. Das konnte ich nicht von ihr verlangen.

Ich lehnte mich zurück auf meine Seite und räusperte mich. »Lösch das Bild.« Dann gab ich wieder Gas, ohne sie noch einmal anzusehen.

»Du …« Ich konnte die Fassungslosigkeit in ihrer Stimme hören. Aber besser, sie wurde jetzt von mir enttäuscht als später, wenn ich etwas zu verlieren hatte.

»Nein!«

»Jordan!«

»Lass es gut sein!« Ich trat noch fester aufs Gaspedal.

»Du bist so ein Arschloch!«

Ich nickte und schwieg.

»Am liebsten würde ich dich schütteln und zwar so lange, bis dieser Dreck, der dein Herz verpestet, endgültig aus dir heraus ist!«, ereiferte sie sich.

Ich nickte erneut.

»War's das jetzt? Du küsst mich leidenschaftlich und schweigst mich dann an?!«

Ich schwieg.

»Jordan!«

Ich spürte ihre Hand an meinem Unterarm und löste meine Finger vom Lenkrad, um sie abzuschütteln. Doch sie krallte sich regelrecht an mir fest, also bremste ich erneut und fuhr wieder an den Straßenrand, der von Weinreben flankiert war.

»Hör zu, Kleine«, knurrte ich. »Das was du von mir willst, werde ich dir nicht geben, okay?! Ich bin kein Kerl, der auf lockere Abenteuer steht und quasi auf Abruf bereit ist, wenn eine Frau pfeift und ihre Beine breit macht! Ich will das nicht!«

Auch wenn ich wusste, dass ich sie mit diesen haltlosen Vorwürfen verletzte – ich musste es tun. Musste dafür sorgen, dass sie nicht etwas in mir sah, das gar nicht da war. Es war wie ein Pflaster abzuziehen. Kurzer Schmerz, dann wär's vorbei.

Meine Worte blieben nicht ohne Wirkung. Sie starrte mich entgeistert an. »Das denkst du also von mir?«

Ihr Blick versetzte mir einen Stich, aber ich presste die Lippen zusammen.

Ja, ich hatte sie verletzt – schon wieder. Aber dieses Mal mit voller Absicht, indem ich ihr Dinge an den Kopf warf, von denen ich wusste, dass sie ihr weh taten.

Doch genau das war notwendig bei einer Frau wie ihr, die zu stur war, die Augen zu öffnen und zu sehen, wen sie da überhaupt vor sich hatte. Sie sollte sich von mir fernhalten und wenn ihr ein Knurren nicht deutlich genug war, dann biss ich eben zu.

Für etwa zwei Sekunden starrte sie mich an, dann hob sie die Hand und gab mir die Ohrfeige, die ich verdient hatte. »Weißt du was?! Du kannst mich mal! Ich werde hier aussteigen! Mit dir in diesem Wagen halte ich es keine Sekunde länger aus!«

»Nein.« Ich betätigte die Türverriegelung, als sie tatsächlich Anstalten machte, aus dem Pick-up zu steigen. »Ich fahr dich jetzt ins Napa Valley und dann werden wir uns nie wieder sehen.«

»Boah bist du melodramatisch!«, stöhnte sie, hörte aber wenigstens auf, aus meinem Auto springen zu wollen und lehnte sich im Sitz zurück.

Erneut startete ich den Wagen und war froh, dass sie die restliche Fahrt endlich das tat, was sie bisher nie getan hatte: schweigen.

Nur, dass sich dieses Schweigen noch weniger ertragen ließ, als wenn sie ohne Punkt und Komma redete …

Mann, war ich froh, wenn ich dieses Mädchen endlich los war!

16

KATHLEEN

Ich hatte mal in einem Dokumentarfilm gesehen, wie eine schwarze Mamba ein Chamäleon tötete – mit einem gezielten Biss direkt in den kleinen Körper. Das Chamäleon war augenblicklich gelähmt.

Gelähmt … genau so fühlte ich mich, als ich nun neben meiner persönlichen schwarzen Mamba im Auto saß und auf die Landschaft starrte, die an uns vorbei zog. Es war ein wunderschöner Tag, die Weinreben idyllisch. Meine Augen sahen das zwar, doch es fühlte sich nicht wirklich real an.

Ich hatte mir vorgenommen, Abstand von diesem Kerl zu halten.

Ich hatte mir vorgenommen, mir eine Auszeit zu gönnen.

Ich hatte mir vorgenommen, mich hier im Napa Valley zu amüsieren, vielleicht ein paar One-Night-Stands zu haben, aber vor allem die Seele baumeln zu lassen.

Es war so anders gekommen – und das nur einen Tag, nachdem ich meinen Urlaub angetreten hatte.

Verdammt, wieso ließ ich mich von dieser schwarzen Mamba lähmen? Mich von ihrem Gift so sehr treffen? Ich war kein Chamäleon, ich war ein Mensch. Mit Gefühlen. Leider.

Mir war klar, dass Jordan mir diese Dinge an den Kopf geschmissen hatte, weil er mir weh tun wollte. Wieso gelang es ihm dann? Wieso konnte ich dieses Gefühl nicht einfach abschütteln?

Als Emilias Weingut in Sicht kam, war ich erleichtert und betrübt gleichermaßen. Ich hätte gerne mit Jordan diese Dinge klargestellt, die im Moment zwischen uns standen. Gleichzeitig wollte ich nur noch von ihm weg und ihn nie mehr wiedersehen. Er war zu verwirrend, zu düster, zu fies – kurz: nichts für mich und mein Leben, das ich nach Möglichkeit versuchte, positiv zu gestalten. Negatives gab es auch so an jeder Ecke genug – Jordan war das lebende Beispiel dafür.

Nachdem er den Wagen in der Einfahrt angehalten und die Tür entriegelt hatte, sprang ich förmlich raus und schulterte meine Handtasche. Ohne mich noch einmal nach ihm umzusehen, ging ich auf das Gutshaus zu und erst, als ich mich von innen gegen die Haustür lehnen konnte und seinen Motor wieder starten hörte, atmete ich auf.

Notiz an mich: Sonoma Valley in Zukunft meiden.

Princesa, die im Flur hinter der Tür lag, begrüßte mich mit einem freudigen ›Wuff‹, als sie mich erblickte.

Ich ging in die Hocke, um sie zu streicheln, was sie mit einem wohligen Brummen kommentierte. Hunde waren wirklich die besseren Menschen ... sie wussten es wenigstens zu schätzen, wenn man sich mit ihnen abgab.

»Du siehst aus, als sei dir der Wein auf dem ›Camillo‹-Gut wirklich nicht bekommen«, erklang zu meiner Rechten eine Männerstimme mit spanischem Akzent.

Ich wandte den Kopf und erblickte Alejandro, der gerade den Eingangsbereich betreten hatte. Er trug wieder ein ärmelloses weißes Shirt und Jeans, beides schmutzig, als hätte er in Erde gewühlt. Hatte er wahrscheinlich auch. Seine schwarzen Haare waren zerzaust und sein Mund zu einem Schmunzeln verzogen.

»Solltest du nicht irgendwelche Schädlinge bekämpfen?«, fragte ich, während ich mich aus der Hocke erhob und meine Handtasche auf einen Sessel neben der Tür abstellte.

Princesa war gleich wieder auf den Beinen und schnüffelte äußerst interessiert daran, daher nahm ich meine Tasche wieder weg, ehe sie nochmals darüber herfallen konnte.

Alejandro zuckte mit den Schultern. »Habe ich bereits. Weißt du, wo Emilia ist?«

»Ich bin gerade erst nach Hause gekommen«, erwiderte ich und tätschelte die Hündin nochmals zärtlich auf den Kopf. »Du und Miguel wohl auch?«

Er nickte und deutete mit dem Kopf in Richtung Wohnzimmer. »Sí. Wahrscheinlich ist sie mit Enrico hinten im Garten.« Er ging mir voran, während er weitersprach. Princesa und ich folgten ihm. »Heute ist Sonntag, da ist viel los. Wirklich dumm, dass ausgerechnet heute Antoines Weingut von diesen Schädlingen attackiert wurde.«

»Antoine ist ...?«

»Ein benachbarter Weinbauer«, erklärte Alejandro bereitwillig und öffnete die Hintertür zum Garten. »Er hat französische Vorfahren, das erklärt seinen kuriosen Namen. Netter Kerl, hat das Herz am rechten Fleck und mir ebenfalls schon aus der Patsche geholfen. Daher konnte ich seine Bitte nicht abschlagen.«

»Verstehe«, nickte ich, während ich mit ihm zusammen auf den Sitzplatz trat, wo Alejandro und Emilia eine kleine Gartenwirtschaft aufgezogen hatten.

Auch heute war er gut besucht, wenngleich nicht mit so vielen Gästen wie üblich.

»Emilia hat wohl das Schild rausgehängt«, murmelte Alejandro, der den Blick über die Tische schweifen ließ.

Ich war neben ihm stehen geblieben und sah ihn fragend von der Seite an, während ich Princesa kraulte, die nicht von meiner Seite wich und immer wieder zu meiner Handtasche schielte. Nein, ich hatte immer noch kein Steak da drin, aber das wollte wohl nicht in ihren Hundekopf.

»Das Schild müsstest du eigentlich bei der Einfahrt gesehen haben«, meinte Alejandro und ging zu einem kleinen Serviertisch, auf dem ein Krug Wasser mit Eiswürfeln und mehrere Gläser standen. Er schenkte sich ein Glas ein und sah mich fragend an, woraufhin ich ihm mit einem begeisterten Nicken signalisierte, dass ich auch durstig war. Kaltes Wasser war jetzt genau das Richtige. »Wenn wir keine Besucher haben möchten, hängen wir ein Schild hin, dass heute nur in kleinem Rahmen Degustationen stattfinden und die Küche geschlossen ist«, erklärte Alejandro und reichte mir ein zweites Glas. »Dann fahren die meisten Cars weiter.«

Joah, das hatte ich dann wohl übersehen, da ich neben einer knurrenden schwarzen Mamba saß.

»Wie bist du überhaupt hergekommen?«, fragte er in dem Augenblick, als hätte er meine Gedanken lesen können. »Emilia sagte, du seist noch im Sonoma Valley deinen Kater am auskurieren und kämst nach.«

»Jordan hat mich gefahren«, erklärte ich schulterzuckend und trank einen großen Schluck des Eiswassers.

Unheimlich erfrischend …

Er runzelte die Stirn, während er sein Glas absetzte, das er gerade in einem Zug hatte leeren wollen. »Jordan … vom ›Camillo‹-Weingut? DER Jordan Camillo?« Seine Augenbrauen hüpften beeindruckt in die Höhe. »Dios mio.«

»Ja, der Chef höchstpersönlich«, bestätigte ich und konnte mir trotz allem, was mir dieser Kerl an den Kopf geworfen hatte, ein Schmunzeln nicht unterdrücken. Alejandros überraschtes Gesicht war einfach zu herrlich. »Hab ihm einen geblasen, nun frisst er mir aus der Hand.«

Okay, so weit von der Wahrheit entfernt war mein Scherz eigentlich nicht, dennoch entlockte ich Alejandro ein herzhaftes Lachen. Das erste, das ich überhaupt bei ihm sah, sonst wirkte er meist eher nachdenklich, beinahe so, als hätte er eine schwierige Prüfung zu erledigen, die ihm das Leben auferlegt hatte.

»Du bist wirklich ein verrücktes Huhn«, meinte er schmunzelnd und stellte das inzwischen leere Glas wieder hin. »Also wenn du in nur einer Nacht diesen grimmigen Kerl dazu bringst, dich den ganzen Weg vom Sonoma Valley hierher zu fahren, dann muss ich sagen, dass ich echt Respekt vor dieser Leistung habe. Und auf der

Hut sein werde – da unter diesem Farbtopf wohl doch so einiges an Charme schlummert.«

»Ich bin liebenswert, ja. Schön, dass dir das auffällt«, grinste ich und klimperte übertrieben mit den Augen. »Lass uns aber jetzt erst mal deine Frau suchen, ich kann sie hier nirgendwo entdecken.«

»Wahrscheinlich ist sie in die Küche gegangen«, überlegte Alejandro. »Miguel wollte dorthin, um ihr unter die Arme zu greifen. Wir haben zwar Personal, aber die Küche ist sein Heiligtum, die lässt er ungern aus den Augen.« Er schmunzelte.

»Ich könnte auch was zu essen vertragen«, meinte ich und merkte, dass mein Kater von heute Morgen seinen Tribut forderte – irgendetwas Fettiges, Herzhaftes.

»Bueno. Setz dich, ich bringe dir was aus der Küche«, meinte Alejandro. »Bist ja unser Gast.«

»Siehst du, mein Charme wirkt schon«, grinste ich, was ihn erneut leise lachen ließ.

»Treib es nicht zu weit, Kolibri.« Er sah mich vielsagend an, aber ich konnte in seinen dunklen Augen erkennen, dass es ihn amüsierte, mit mir zu sprechen. »Irgendwelche Sonderwünsche?«

»Fett, Kohlenhydrate, Fleisch«, zählte ich auf, während ich an einem der Tische Platz nahm. »In dieser Reihenfolge und viel davon. Am besten ein Katerfrühstück, das wär jetzt genau das Richtige!.«

Wieder entlockte ich ihm einen erheiterten Gesichtsausdruck. »Hast wohl wirklich einen ziemlichen Kater gehabt.«

»Das kannst du laut sagen«, seufzte ich und trank die Reste meines Wassers. »Aber alles andere wäre auch kein Start in meinen Urlaub gewesen, oder?«

»Jedem das seine. Ich bin gleich wieder da.«

»Ich vermisse dich jetzt schon.«

Das leise Lachen, das seinen Abgang begleitete, ließ mich schmunzeln. Hach ja, wieso konnten nicht alle Männer wie er sein? So … freundlich, unkompliziert. Jap, Emilia hatte echt das große Los mit diesem Kerl gezogen und ich war ein klein wenig stolz auf mich, dass ich dazu beigetragen hatte, dass sie nun zusammen waren.

Nachdem Alejandro mir eine große Portion Rührei mit Speck (ja, das konnte man auch nachmittags essen) und Baguette gebracht hatte, sowie einen Kaffee, fühlte ich mich wieder wie neu.

Ich bezog endlich mein Gästezimmer und duschte nochmals ausgiebig, ehe ich mich umzog. Emilia war inzwischen wieder aufgetaucht, sie hatte – wie von Alejandro vermutet – in der Küche ausgeholfen. Mit einem Baby, das alle Aufmerksamkeit forderte, wahrscheinlich ein schwieriges Unterfangen. Mich beschlich wieder das schlechte Gewissen, dass ich meine Freundin einfach alleine gelassen hatte.

17

KATHLEEN

Es war früher Abend, als ich Emilia im Wohnzimmer vor dem Kamin antraf. Sie fütterte gerade Enrico mit einer Flasche und hatte dieses selige Lächeln auf den Lippen, das nur junge Mütter so perfekt hinkriegen.

»Na, hast du dich gut von deinem ersten Abend hier erholt?«, fragte sie, als sie mich entdeckte.

»Du meinst von meinem ersten Kater hier?« Ich lächelte und ließ mich neben ihr auf einen der gepolsterten Stühle nieder.

»Planst du noch weitere?« Meine Freundin sah mich schmunzelnd an.

Ich zuckte mit den Schultern. »Mal sehen, was mein Urlaub noch so bringt«, grinste ich, ehe ich ernster wurde. »Entschuldige bitte, dass ich dich mit all den Aufgaben so alleine gelassen habe. Ich hätte …«

Emilia unterbrach mich, indem sie den Zeigefinger hob. »Du bist unser Gast, Kate. Ich freue mich einfach, dass du da bist und ich auch mal jemanden zum Reden habe. Alejandro, Miguel und die anderen Mitarbeiter sind zwar lieb, aber sie ersetzen keine Frauengespräche.« Sie lächelte, aber es war ein halbherziges Lächeln. »Weißt du, manchmal fühle ich mich hier einfach alleine.«

Diese Seite von ihr kannte ich noch gar nicht. Oder doch ... es war die Seite, die sie nach New York gebracht hatte. Auch wenn ich geglaubt hatte, Emilia hätte sich verändert und sei nun spießig geworden, so entdeckte ich in diesem Moment nun doch wieder ihr Feuer, das entzündet werden wollte. Das Partygirl, das sie einst war – und das nun mit einem Baby auf dem Arm im Napa Valley saß und alten Zeiten hinterher trauerte.

»Ich wusste nicht, dass du dich so einsam fühlst«, murmelte ich mitfühlend.

Emilias Lächeln wurde gequält. »Nun, ich versuche es meist auch zu verbergen. Ich meine – ich hab hier doch alles, was sich eine Frau wünscht und will nicht undankbar erscheinen. Ich habe einen tollen Mann, Menschen, die ich liebe, Enrico ...« Sie seufzte und sah auf ihr Baby runter, das während dem Trinken eingeschlafen war. Sie stellte das Fläschchen zur Seite und putzte die kleinen Lippen mit einem weichen Tuch sauber.

»Es hat nichts mit Undankbarkeit zu tun, wenn man sich manchmal wünscht, etwas Abwechslung in seinem Leben zu haben«, erwiderte ich. »Hast du denn niemanden, den du hierher einladen könntest? Abgesehen von mir natürlich.«

Emilia hob den Blick und sah mich stirnrunzelnd an. »Nun ... so viel Zeit habe ich leider nicht, um Kontakte zu knüpfen oder gar

Freundschaften zu pflegen. Ein guter alter Freund ist Nick, mit ihm treffe ich mich ab und an zu einem Glas Wein, aber sonst …«

»Aber gestern, da hast du doch einige Leute gekannt«, warf ich ein. »Vielleicht sollten wir hier auch einfach mal ein Fest feiern. Ich fand die Runde gestern ganz nett, lass uns das wiederholen.« Mit einem Mal war ich Feuer und Flamme dafür, meine Freundin aus ihrer drohenden Sinnkrise zu zerren. »Gib mir die Nummern von diesem Nick, Selena, Cley … wer war noch alles da? Ah ja, Armando, Melinda … ich trommle sie zusammen und veranstalte ein Abendessen hier auf dem Weingut!«

Emilia lächelte gerührt. »Weißt du, genau für diesen Feuereifer lieb ich dich. Du tust mir so gut, Kate. Danke.«

Ich winkte ab und erhob mich. »Nichts zu danken – du hast mich jetzt an der Backe und ich helfe, wo ich kann. Da Babywickeln und Weinreben ablesen nicht zu meinen Stärken gehören, dann eben mit Kochen und Freundschaften festigen. Darin bin ich ziemlich gut.« Ich grinste sie an.

»Wo du recht hast.« Auch ihre Lippen verzogen sich nun zu einem breiteren Lächeln. »Also gut, ich gebe dir die Nummern. Die von Cley habe ich allerdings nicht, aber er hängt ohnehin meist mit Selena und Nick ab.«

Fünf Menschen an einen Tisch zu kriegen, war gar nicht so einfach, wie ich gedacht hatte. Mein erster Anruf ging an Armando, dieser erteilte mir aber direkt eine Abfuhr für kommenden Freitag, da er anscheinend wieder auf das ›Camillo‹-Weingut musste. Die Erwähnung dieses Namens verpasste mir einen kleinen Stich, aber ich ließ mir nichts anmerken. Sollte Jordan doch bleiben, wo der

Pfeffer – äh die Weinreben – wuchsen! Auch übers Wochenende war Armando schon verplant, also machten wir einen Abend in zwei Wochen aus. Nun ja, immerhin.

Dennoch wollte ich so bald wie möglich jemanden zu Emilia einladen, einfach nur schon, damit sie auf andere Gedanken kam. Daher wählte ich als nächstes Selenas Nummer, die nach dem zweiten Klingeln auch gleich ran ging.

»Selena James«, erklang ihre rauchige Stimme in meinem Ohr.

»Hey, Selena, ich bin's, Kate, die Freundin von Emilia«, begrüßte ich sie. »Ich weiß nicht, ob du dich an mich erinnerst, gestern hatten ...«

»Kate! Wie schön, dass du dich meldest.« (Sie klang wirklich erfreut). »Wir haben gerade über dich gesprochen.« (Oh und sie war direkt).

»Ha! Ich wusste doch, dass sie mich vermisst!« Das war Cleys Stimme, ich erkannte ihn direkt an seinem polternden Lachen. »Du schuldest mir einen Whiskey, Nick!«

»Wahrscheinlich will sie nur eine Beschwerde abgeben«, erklang Nicks Stimme. »Niemand mit auch nur ein bisschen Grips im Hirn würde ...«

Was er sonst noch sagen wollte, würde ich wohl nie erfahren, denn ich hörte, wie Cley »Na warte!«, rief und dann Männerlachen.

»Entschuldige, die zwei sind manchmal schlimmer als Kindergartenkinder«, erklang wieder Selenas Stimme und ich hörte, wie sie in einen anderen Raum ging, denn Nick und Cleys Lachen wurde leiser. »Hast du dich gut erholt?«

Ich biss mir auf die Unterlippe, da es mir irgendwie peinlich war, dass sie meinen Absturz mitbekommen hatte. »Ja«, antwortete ich zerknirscht. »Aber das ist nicht der Grund, wieso ich anrufe. Ich wollte fragen, ob ihr Lust hättet, kommenden Freitag hier auf dem Weingut mit uns zu essen? Emilia braucht grad etwas Aufmunterung und ich organisiere daher ein kleines Abendessen für sie.«

»Nächsten Freitag …«, wiederholte Selena gedehnt. »Ja, das sollte eigentlich klappen, danke für die Einladung. Ich freue mich, euch besser kennenzulernen. Aber soll ich die zwei Kindsköpfe echt mitbringen?«

Ich konnte ihr Schmunzeln förmlich vor mir sehen und grinste ebenfalls. »Ja, immer her mit ihnen, Emilia hat Erfahrung mit Babys.«

Ich mochte Selenas Lachen, das daraufhin in meinem Ohr ertönte. Es klang echt und herzlich.

»Also, dann sehen wir uns Freitag? Um welche Zeit dürfen wir vorbeikommen?«, fragte sie.

»Sechs Uhr abends?«

»Ist notiert.«

»Gibt es etwas, das ihr nicht mögt?«

Selena leitete die Frage an ihre zwei Männer weiter, was direkt ein »trockene Muschis« von Cley zur Folge hatte.

Ich grinste das Telefon an und freute mich bereits jetzt schon auf den Abend. Das würde witzig werden.

Nachdem ich mir notiert hatte, dass Nick Vegetarier war und Cley um Koriander einen großen Bogen machte, verabschiedete ich mich von Selena und nickte zufrieden. Das wäre ja gelacht, wenn ich meine Freundin nicht ein bisschen aufmuntern könnte …

Meine erste Woche auf dem Weingut verging wie im Flug. Die meiste Zeit half ich Emilia im Haushalt oder begleitete sie zu irgendwelchen Weingütern, wo sie mit irgendwelchen Weinbauern über irgendwelchen Wein sprach. Ich verstand leider zu wenig davon, um mitreden zu können, daher beschränkte ich mich darauf, Enrico, den sie meist mitnahm, bei Laune zu halten und mit ihm im Kinderwagen Spaziergänge durch die Weinreben zu unternehmen.

Der Kleine wuchs mir zugegebenermaßen immer mehr ans Herz – ich hatte selbst nicht gewusst, dass ich für Kinder so viel übrig haben könnte. Bis jetzt hatten sie mich eher genervt, statt interessiert, aber bei Enrico war das irgendwie anders. Er weckte in mir … Muttergefühle? Ja, so könnte man das wohl nennen. Auf jeden Fall mochte ich es, ihn zu wiegen, seinen Babyduft einzuatmen und ihn zum Lachen zu bringen, indem ich ihn am Bauch kitzelte. Enrico war ein tolles Baby … unkompliziert, fröhlich und einfach süß.

Ich hatte eine gute Zeit gewählt, um dem Napa Valley einen Besuch abzustatten. Es war Ende Oktober und damit die Weinlese fertig, sodass auf den Weingütern langsam wieder Ruhe einkehrte und ich entsprechend viel Zeit mit Emilia verbringen konnte.

Am Freitagmorgen stand ich früh auf, da ich das Essen zusammen mit Miguel vorbereiten wollte. Natürlich hatte er es sich nicht nehmen lassen, seine Hilfe anzubieten – schließlich war es auch seine Küche, in welcher ich mein Können auf die Probe stellte. Und insgeheim war ich froh, denn ich hatte vor, ein traditionelles mexikanisches Gericht zu kochen, von dem mir Alejandro verraten hatte, dass Emilia es in ihrer Kindheit immer zum Geburtstag gewünscht hatte.

Zunächst wollte ich einige Tapas zubereiten, was an sich schon einen ziemlichen Aufwand bedeutete – und dann Mole Poblano, eine Chili-Schokosauce mit Huhn und dazu Enchiladas. Für Nick natürlich eine vegetarische Version. Die Zutaten hatte ich mir am Vortag bereits besorgt und stand nun zusammen mit Miguel in der Küche, der mir geduldig erklärte, wie ich die Gemüsebrühe für das Hähnchen zubereiten sollte.

Mir wurde immer mehr bewusst, dass ich mich gerade einer ziemlichen Herausforderung stellte mit meinem Gericht. Aber ich liebte es, zu kochen – vor allem mit einem Profi wie Miguel an meiner Seite, von dem ich mir den einen oder anderen Trick abgucken konnte.

Es war wirklich erstaunlich, wie er es nebenbei noch schaffte, die Gäste, die auch an diesem Tag wieder zahlreich das Weingut besuchten, zu bewirten.

Irgendwann am späten Nachmittag hatten wir alles soweit vorbereitet, dass wir uns zwei Stühle schnappten und mit einem Glas Wein draußen vor der Küche im Innenhof in die Sonne setzten. Miguel zündete seine Pfeife an und Princesa gesellte sich schwanzwedelnd zu uns. Nachdem ich sie ausgiebig hinter den Ohren gekrault hatte, streckte sie sich zu meinen Füßen lang aus und grunzte zufrieden.

Ich nippte an dem Getränk, aber so sehr ich den ›dos Santos‹-Wein auch mochte, irgendwie schmeckte er mir heute einfach nicht. Wahrscheinlich war es der Aufregung zuzuschreiben – immerhin bewirtete ich heute Abend drei mir bisher noch fremde Leute.

»Und, wie gefällt Ihnen bisher Ihr Urlaub, Señora Kate?«, fragte Miguel, der kleine Rauchwolken in den stahlblauen Himmel blies.

Ich wandte mich ihm zu. »Es ist einfach traumhaft schön bei euch. Ich kann verstehen, dass sich Emilia hier so wohl fühlt.«

Miguel strich sich eine seiner dunklen Locken zurück und runzelte die Stirn. »Es ist gut, dass Sie hier sind. Señora Emilia blüht auf und lacht viel häufiger.«

Ich nickte langsam. »Das freut mich. Sie … sie meinte, sie sei ab und an etwas einsam.«

Der alte Hausdiener warf mir einen prüfenden Seitenblick zu, ehe er ebenfalls nickte. »Sí. Ich weiß …«

Eine Weile schwiegen wir und schauten kleinen Spatzen zu, die über den Innenhof des Weinguts hüpften. Ich wollte eben das Gespräch fortsetzen, da wurde die Luft vom lauten Brummen eines Motorrads erfüllt. Im nächsten Augenblick bog eine Harley in die Einfahrt ein und mein Herz tat einen kleinen Satz, denn ich erkannte augenblicklich den muskelbepackten Wikinger, der so lässig aussah, als entspränge er einem Motorradmagazin.

Mist, wieso war er schon hier?

18

KATHLEEN

Rasch strich ich mir ein paar Strähnen zurück – ein lächerlicher Versuch, mein Aussehen herzurichten. Durch das stundenlange Vorbereiten in der Küche war ich verschwitzt und wollte gar nicht wissen, wie es um mein Make-up stand. Ich hatte eigentlich noch kurz duschen und den Tisch decken wollen, ehe die Gäste kamen.

Verdammt, mein Handy hatte das letzte Mal doch erst halb fünf angezeigt, als ich die Uhrzeit prüfte!

So gelassen wie möglich stand ich auf und beobachtete, wie Cley sich Motorradmagazin-mäßig-cool von seiner Harley schwang, den Helm abnahm und seine dunkelblonde Mähne durchschüttelte.

Jetzt Zeitlupe anstellen … das wär's.

Er trug eine abgewetzte Jeans sowie ein schwarzes Shirt, das jedoch so eng saß, dass man jeden Muskel erkennen konnte.

Hui, war der Typ sexy.

Ich rechnete kurz nach. Ne, an meinem Eisprung konnte es nicht liegen, dass ich ihn so scharf fand, der war mindestens eine Woche her und hatte mir eine peinliche Aktion mit diesem … nein! Stopp! Aufhören! Nicht an diesen Griesgram denken, das hatte ich mir doch verboten!

Ich setzte ein extra breites Lächeln auf, als ich Cleys Blick begegnete und ging so sexy wie ich konnte über den Innenhof auf ihn zu. Princesa folgte mir schwanzwedelnd, hielt jedoch Sicherheitsabstand zu dem Hünen, was ich ihr nicht verübeln konnte. Aus der Nähe wirkte Cley wie ein Fels in einer Brandung.

»Hey, du bist schon hier?«, rief ich, als ich mich etwa noch fünf Schritte von ihm entfernt befand.

»Hey«, grinste er und seine goldbraunen Augen leuchteten. »Ich war eh grad noch auf einer kleinen Tour und dachte, ich schau mal vorbei, ob ich noch was helfen kann. Selena und Nick kommen nach.«

Er hatte den Helm auf den Sitz seiner Harley gelegt und schlenderte das letzte Stück zu mir, während er sich die Haare mit einer (ziemlich sicher) lange trainierten Technik nach hinten wuschelte.

Als er vor mir stand, streckte er mir die Hand entgegen und ich wechselte das Weinglas rasch in meine linke, da ich ganz vergessen hatte, dass ich es immer noch hielt, obwohl ich kaum davon getrunken hatte. Seine Finger umschlossen meine und ich hatte das Gefühl, förmlich in seine Hand einzutauchen, die sich warm und fest anfühlte.

Mein Lächeln war nicht aufgesetzt, als ich ihm in die Augen sah und mich einen Moment lang in dem Gold verlor.

Wow, ja, es knisterte wirklich zwischen uns, das schien er auch zu merken, denn sein Grinsen wurde eine Spur schelmischer.

»Und?«, fragte er.

Hatte er schon immer so eine tiefe Stimme besessen?

Verwirrt schüttelte ich den Kopf und wollte meine Hand zurückziehen, aber er hielt sie fest. »Was meinst du?«

»Ob ich was helfen kann.«

Irrte ich mich, oder strich sein Daumen gerade über meinen Handrücken? Aber ich konnte nicht hinsehen, denn diese Augen hielten mich gefangen.

»Äh … ja, ich … nein.«

Wieso stammelte ich gerade wie ein Teenager, der einen Popstar traf?! Was war nur los mit mir?

»Also Jein?« Sein Grinsen wollte ihm nicht aus dem Gesicht weichen und ja, verdammt, ich fand es sexy, dass er so viel Selbstbewusstsein an den Tag legte.

Sein Blick glitt hinter mich und er nickte wahrscheinlich Miguel zu. Wahrscheinlich. Auch das konnte ich nicht überprüfen, denn dieser Kerl verlangte gerade alle meine Aufmerksamkeit.

Endlich ließ er meine Hand los, die sich daraufhin komischerweise einsam und kühl anfühlte. Aber ihn zu bitten, sie nochmals zu halten, wäre nun selbst für *mich* schräg gewesen.

Meine Selbstkontrolle irgendwo am Boden zusammenkratzend, wo sie in den vergangenen Sekunden dank seinem charmanten Lächeln hingeschmolzen war, warf ich meine Haare zurück und strahlte Cley an. »Miguel und ich haben alles vorbereitet, ich wollte eigentlich gerade duschen gehen und mich umziehen.«

Wie rasch seine Augen zu funkeln beginnen konnten, war mir nicht bewusst gewesen. Ob er sich gerade vorstellte, wie ich nackt aussah? Ein angenehmer Schauer rann über meinen Rücken zu meinem Nacken hinauf und mein Lächeln wurde eine klitzekleine Spur sündiger. Nur klitzeklein. Um mal anzutesten.

Seine Reaktion war ein teuflisches Grinsen.

Oha! Uiii … äääääh … das ging ja schnell.

»Dabei brauchst du aber keine Hilfe, oder?« Er legte den Kopf schief und lachte leise. »Falls doch, war mein Timing wohl perfekt.«

Ich schnaubte amüsiert und winkte ab. »Danke für das Angebot, ich werde vielleicht darauf zurückkommen.«

»Nur vielleicht?«

Boaaah, dieser Kerl flirtete aber heftig. Wo war bitte sehr der Like-Button bei ihm? Ich würde direkt ein Herzchen posten.

»Mal sehen, wie der Abend verläuft.« Ich schenkte ihm einen kleinen Augenaufschlag. »Aber wo du schon mal hier bist, kannst du mir gerne helfen, den Tisch zu decken. Alejandro ist noch in den Weinreben und Emilia macht mit Enrico gerade einen kleinen Spaziergang.«

»Wir haben das Haus also für uns?« Cleys Blick wurde wieder dunkler und ich verbot mir, nochmals einen angenehmen Schauer zu empfinden. »Na dann, geh voran, ich folge dir auf Schritt und Tritt.«

Grinsend wandte ich mich um und bemerkte, dass Miguel sich wohl wieder in die Küche zurückgezogen hatte, denn die beiden Stühle standen einsam vor mir. Princesa schien das Interesse an

Cley verloren zu haben, sie legte sich neben ihrer Hundehütte in die Sonne.

»Wer kommt eigentlich heute Abend alles?«, fragte Cley im Plauderton.

Ich warf einen Blick über die Schulter, während ich mit ihm zusammen den Innenhof überquerte und zum Haupteingang des Weinguts ging. »Außer dir, Alejandro und Emilia nur Selena und Nick, wieso?«

Er zuckte mit den Schultern. »Ach, ich wollte nur wissen, ob dieser Flachw… Jordan auch dabei ist.« Er grinste. »Gut, dass er es nicht ist, obwohl ich den Eindruck hatte, dass du und er …«

Er ließ den Rest ungesagt und ich verspürte mit einem Mal Ärger, der sich in mir breit machte. »Da war nichts und wird nichts sein«, brummte ich, während ich die Tür etwas zuuuu rasch öffnete und das Haus betrat.

»Das wollte ich hören.« Mit einem Mal spürte ich seinen Oberkörper an meinem Rücken.

Verdammt, er war doch eben noch etwa einen Meter hinter mir gewesen!

Sein Atem strich über meine Schläfe, als er sich zu mir herunterbeugte und ich hörte, wie die Tür hinter uns ins Schloss fiel.

»Du bist scharf, aber das weißt du«, raunte er an meinem Ohr.

Und ja, verdammt, jetzt spürte ich wirklich eine Gänsehaut. Eine sehr, sehr sexy Gänsehaut.

Seine Hände glitten zu meiner Hüfte und zogen mich noch dichter an sich. Da er mich überragte, konnte ich den Kopf problemlos an seine Schulter anlehnen und mich gegen ihn sinken lassen.

Wow, es fühlte sich echt toll an, diesen gestählten Körper so dicht an meinem zu spüren. Und seine Hände, die nun etwas mutiger wurden und von meiner Hüfte zu meinem Bauch strichen.

»Und du willst mich«, murmelte er.

Ich spürte seinen Bart über meinen Hals kitzeln und seufzte leise, ehe ich mein Weinglas auf der Kommode vor mir abstellte und mich umdrehte, um ihm in die Augen zu blicken. »Ich wäre eine Lügnerin, wenn ich jetzt verneinen würde«, lächelte ich. »Aber lass uns das doch ...«

Weiter kam ich nicht, denn er presste seine Lippen auf meine und drängte mich gegen die Wand neben der Tür. Es ging so schnell, dass ich nicht einmal Luft holen konnte – oder er raubte sie mir. Keine Ahnung. Seine Lippen waren warm, sein Bart erstaunlich weich und sein heißer Geruch tat sein übriges, um mich gefangen zu nehmen.

Oja, dieser Kerl war Sex pur ... seine Hände, sein Körper ...

Ich öffnete meinen Mund, tastete mich mit der Zunge zu ihm vor und wurde sofort belohnt, indem er seinerseits den Kuss vertiefte. Seine Finger strichen über meine Schultern, hinunter zu meiner Hüfte und krallten sich dort fest, während er seinen Körper an mich drückte.

Ein leises Stöhnen entwich mir, als er eine Hand unter mein Shirt schob, über meinen Bauch strich und sie langsam nach oben wandern ließ.

Verdammt, ich war noch nie so rasch so heiß geworden.

Ja, ich wollte ihn. Und wie ich das tat ... nach dem ganzen Schlamassel mit Jordan letzte Woche *brauchte* ich das hier. Genau das. Ich brauchte Cley, der unkompliziert und sexy war. Der flirtete, lachte, scherzte. Der mich nicht anknurrte oder anfauchte oder anbrummte. Sondern einfach nur gut tat.

Seine Hand hatte inzwischen meine rechte Brust erreicht und er strich mit dem Daumen das Körbchen meines BHs entlang, den ich ausnahmsweise heute trug. Sanft schob er ihn etwas herunter, um kurz darauf über meine Brustwarze zu streifen.

Ein weiteres Stöhnen war meine Antwort darauf, was ihn ermutigte, das Körbchen ganz nach unten zu drücken, meine Brust mit seiner großen Hand zu umfassen und zu kneten. Dabei rieb er immer wieder über die Spitze, was kleine Stromstöße durch meinen Körper jagte und mich alles um mich herum vergessen ließ.

»Ich … muss noch … duschen«, stieß ich atemlos hervor, als er meine Lippen für einen kurzen Moment freigab.

»Ich nehme an, du möchtest jetzt *doch*, dass ich dir dabei helfe?« Seine Stimme war um mindestens eine Oktave gefallen – was eigentlich kaum möglich war. Seine Augen glühten förmlich vor Verlangen.

»Wenn du schon mal hier bist …«, antwortete ich gedehnt, was ihm ein leises Lachen entlockte.

»Ich glaube, wir werden eine Menge Spaß miteinander haben«, murmelte er. »Aber um eines klar zu stellen: Es bleibt unverbindlich, ja? Ich bin nämlich grottenschlecht, was Beziehungen angeht.« Sein Gesicht war wieder ernster geworden.

Ich nickte (vielleicht etwas zu begeistert). »Ja! Auf jeden Fall unverbindlich. Ich bin auch eine Niete in Sachen Beziehungen.«

»Dann ist gut«, raunte er und küsste mich erneut, ehe er meine Brust losließ. Nicht aber, ohne noch einmal in meine Brustwarze zu kneifen, was mir ein leises Keuchen abverlangte. Sein Grinsen war sündig, während er den BH wieder an seinen richtigen Platz schob. »Na dann, lass uns duschen gehen.«

Ich wollte mich schon an ihm vorbeischieben, da stieß ich einen spitzen Schrei aus, denn er hatte mich kurzerhand hochgehoben und über die Schulter geworfen. Es ging so schnell und mit so einer Kraft, dass ich nicht wusste, wie mir geschah. Plötzlich hatte ich Aussicht auf seinen knackigen Hintern und trommelte mit den Fäusten auf seinen breiten Rücken.

»He, lass mich runter!«

Sein polterndes Lachen ließ seinen ganzen Körper vibrieren. »Mir gefällt, was ich sehe.« Er strich mit der freien Hand über die Rückseite meiner Oberschenkel und weiter hinauf zu meinen Hotpants, ehe er mir einen Klaps auf den Hintern gab. »Sag mir, wohin ich dich bringen soll, Mylady.«

Ich gab es auf, mich von ihm befreien zu wollen und seufzte. »Durch die Kaminhalle, Treppe hoch, das Zimmer am Ende des Ganges.«

Mann, war ich froh, dass Emilia und Alejandro nicht hier und Miguel hoffentlich in der Küche waren, während Cley mich kurzerhand zu meinem Zimmer trug. Erst vor der Tür setzte er mich ab und ich stieß ihm gespielt beleidigt gegen die harte Brust.

»Behandelst du so eine Lady?« Ich funkelte ihn an.

»Ich wollte wissen, wie weit ich mit dir gehen kann«, grinste er und beugte sich wieder zu mir herunter. »Ziemlich weit, denk ich. Das wird heiß mit dir. Ich hoffe, die Duschstange hält was aus.«

Auch wenn ich ihn lieber weiter angefunkelt hätte, so blieb mir bei der Vorstellung, ihn gleich unter der Dusche nackt zu sehen, nichts anders übrig, als dämlich zu grinsen.

Hach ja, Cley war so erfrischend. So, so, sehr.

»Na dann komm, du Casanova«, lächelte ich und öffnete meine Zimmertür. »Lässt du mir bitte einen kurzen Vorsprung? Ich muss noch für kleine Mädchen.« Ich deutete auf die Tür, die von meinem Schlafzimmer weg und ins Bad führte.

Eigentlich wollte ich mir noch rasch die wichtigsten Stellen rasieren und dafür sorgen, dass ein Kondompäckchen bereitlag, aber das musste ich ihm ja nicht auf die Nase binden.

»Mit voller Blase ist der Sex noch geiler«, grinste Cley. »Hab ich irgendwo mal gelesen.«

»Ich weiß genau, *wo* du das gelesen hast«, nickte ich. »Na, dann weiß ich ja schon mal, worauf ich mich einzustellen habe, Mr. Grey.«

Cley lachte auf und strich sich seine Löwenmähne zurück. »Ab unter die Dusche mit dir!«

»Aye!« Ich lachte ebenfalls, packte meine Handtasche und verschwand im Bad.

Dort sorgte ich erstmal dafür, dass alles an mir so verführerisch roch und so glatt war, dass ich mich nachher fallen lassen konnte.

Als ich in den Spiegel blickte, grinste mir eine fröhliche Kate entgegen. »Das hast du gut gemacht, Mädchen«, lächelte ich. »Entspannen, genießen, Spaß haben. Das ist es, weswegen wir hergekommen sind.«

Rasch durchwühlte ich meine Handtasche auf der Suche nach dem Kondompäckchen und die Gedanken verdrängend, wann ich es das letzte Mal ausgepackt hatte. Es kam mir vor, als wäre das in einem anderen Leben gewesen.

Endlich ertastete ich es. Ich wollte gerade ein Kondom herausziehen, als ich stutzte und die Packung anstarrte.

»Was zum Teufel …« Ich keuchte laut auf.

»Alles in Ordnung da drin? Hast du schon ohne mich angefangen?«, ertönte Cleys Stimme vor der Tür.

»Ich … ja, alles bestens. Warte, bin gleich fertig«, murmelte ich mechanisch, während meine Augen sich nicht von dem Päckchen lösen konnten.

Ja. Das waren Bissspuren. Von einem Hund. Da drauf. Und drin. Überall …

»Verdammt …«, hauchte ich.

Dann schaltete mein Körper auf ›Alarm‹ um und ich schüttete alle Kondompäckchen ins Waschbecken, durchwühlte sie fahrig und ohne sie wirklich wahrzunehmen.

»Ruhig … ruhig«, stammelte ich. »Ruhig bleiben, Mädchen. Das … vielleicht …«

Doch so sehr ich es mir auch anders wünschte – mindestens die Hälfte der Päckchen wies Bissspuren auf, einige sogar regelrechte Löcher.

»Verdammt.«

Das musste Princesa gewesen sein, als sie vor einer Woche über meine Handtasche hergefallen war.

»Verdammt …«

Mir war nach Heulen zumute und ich fröstelte. Das letzte Mal, als ich ein Päckchen hervorgeholt hatte, war mir natürlich nichts aufgefallen. Denn … es war dunkel gewesen … und ich …

»Verdammt …!«

»Ähm, Kate? Alles okay?«

Cleys Stimme holte mich auf den Boden der Tatsachen zurück. Auf den harten, harten Boden.

Ich warf meinem Spiegelbild einen Blick zu, blinzelte die Tränen weg.

Jetzt war nicht der Zeitpunkt für einen Nervenzusammenbruch. Ganz und gar nicht. Ich musste jetzt dafür sorgen, dass ich Cley irgendwie aus meinem Zimmer bekam. Denn an Sex war nun nicht mehr zu denken. Nicht, ehe ich nicht mit Sicherheit wusste, dass ich vor einer Woche kein durchlöchertes Kondom verwendet hatte. Wie ich das herausfinden wollte, war mir im Moment noch schleierhaft, aber ich würde nun nicht wie ein hysterisches Huhn rumflattern.

Er hatte mich Papagei genannt …

Aufhören! Aufhööören!

Ich straffte die Schultern, atmete einmal tief durch und öffnete die Badezimmertür. Cley stand direkt davor und sah mich immer noch so verführerisch an wie zuvor. Allerdings … war ich durch den Anblick der verbissenen Kondompäckchen schlagartig immun gegen seinen Charme.

»Na? Dusche gefällig?«, fragte er und ließ seinen Blick über meinen Körper gleiten.

Ich hatte in der Aufregung ganz vergessen, meine Hotpants und das Shirt wieder anzuziehen, sodass ich nun nur in Unterwäsche vor ihm stand.

Shit, das war wohl ein falsches Signal für ihn, denn er griff blitzschnell nach meiner Hüfte, zog mich wieder an sich und küsste mich, ehe ich es verhindern konnte. Ich stemmte beide Hände gegen seine Brust, aber es dauerte geschlagene fünf Sekunden, ehe ich wieder Abstand zwischen uns schaffen konnte.

»Was ist los?«, fragte er verwirrt. »Zu schnell?«

»Ich … hab meine Tage«, stieß ich die erstbeste Ausrede hervor, die mir gerade einfiel.

Cley runzelte die Stirn und legte den Kopf schief. »Gut zu wissen, aber das macht mir nichts aus.«

Oh man, wieso konnte ich diesen Typen nicht vor *Jordan kennenlernen?!*

Halt. Hatte ich ja eigentlich … Mist, ich hätte niemals in diesen Keller gehen dürfen!

»Ich mag das aber nicht«, murmelte ich und wich seinem Blick aus. »Lass es uns verschieben, ja? Tut mir leid.«

Tat es mir wirklich … der Sex wäre fantastisch geworden, das hatte ich im Gefühl.

Er legte eine Hand an meine Wange und zwang mich, ihn wieder anzusehen. »Da ist noch etwas anderes, oder?« (War dieser Kerl Hellseher?!) Er schnaubte leise. »Du musst es mir nicht sagen, es geht mich ja auch nichts an. Dann … verschieben wir das.«

Ich nickte dankbar. »Tut mir leid«, murmelte ich erneut. »Du bist toll, echt. Und ich …«

Er erstickte meine Worte mit einem weiteren Kuss. »Nicht so viel reden, Prinzessin. Es ist okay, man kann nicht immer gewinnen.«

Wie recht er damit hatte …

19

KATHLEEN

Der Abend, welcher darauf folgte, war ein wahres Desaster. Mal abgesehen davon, dass Emilia mich ständig mit besorgten Blicken taxierte, da sie merkte, dass ich etwas durch den Wind war, war das Essen zwar mehr als gelungen, aber meine Unruhe übertrug sich auf Enrico, der neben mir in seinem Kinderwagen lag. Er schrie die ganze Zeit so laut, bis Alejandro und Emilia aufstanden und ihn ins Bett brachten. Wieso junge Eltern das immer zu zweit machen mussten, blieb mir ein Rätsel und auch wenn Emilia sich entschuldigte und meinte, sie käme zurück, wusste ich, dass das nicht zutreffen würde. Sowohl sie als auch Alejandro waren müde und sie würden wahrscheinlich beim Versuch, ihr Kind zu beruhigen, gleich mit einschlafen.

Das war's dann gewesen mit dem Aufmunterungs-Essen für Emilia …

Nick und Selena waren total cool und eigentlich wären sie voll auf meiner Wellenlänge gewesen – aber das vermeintliche Wissen, das sie sich mit vielsagenden Blicken zuwarfen, machte es unerträglich, mit ihnen und Cley an einem Tisch zu sitzen. Natürlich hatte er ihnen brühwarm erzählt, dass er schon länger hier war. Aus … Gründen. Und natürlich hatte er nicht erwähnt, dass wir nicht miteinander geschlafen hatten. Und ich hätte es nicht korrigieren können, ohne Nick und Selena noch neugieriger darauf zu machen, was denn nun wirklich zwischen Cley und mir vorgefallen war.

Verdammt, wie konnte man sich an einem einzigen Abend so sehr in die Zwickmühle bringen?!

Irgendwann wünschte ich mir nur noch, dass meine Gäste endlich gehen würden, aber ich konnte sie ja schlecht einfach vor die Tür stellen – zumal ich sie eigentlich mochte und normalerweise mit ihnen einen richtig schönen Abend verbracht hätte – normalerweise … wenn ich nicht gerade Angst hatte, schwanger von einem Griesgram zu sein …

Miguel, der ebenfalls beim Essen teilgenommen hatte, war gerade dabei, den Tisch abzuräumen und bedeutete mir mit einer Handbewegung, sitzen zu bleiben, als ich ihm helfen wollte. Also tat ich ihm den Gefallen und versuchte, die verebbende Konversation mit meinen Gästen wieder aufzunehmen. Leichter gesagt als getan, wenn man wie ich am liebsten aufgesprungen und einen Schwangerschaftstest gekauft hätte.

»Wie lange bleibst du nochmal im Valley?«, fragte Selena, während sie sich im Stuhl zurücklehnte und ihren Rotwein trank.

Ihr rotes Haar leuchtete im Schein des alten Kerzenleuchters, der über dem Tisch hing, wie Feuer und ihre stark geschminkten Augen blitzten neugierig. Sie war echt eine Schönheit, kein Wunder, konnte Nick kaum seine Finger von ihr lassen – auch jetzt hatte er einen Arm auf die Rückenlehne von Selenas Stuhl gelegt und fuhr ihr gedankenverloren mit einem Finger über die Schulter. Es war eine zärtlich-vertraute Geste, vollkommen unschuldig und doch so vielsagend.

»Ein paar Wochen«, antwortete ich vage. »Ich kann es noch nicht genau sagen, das kommt ein wenig auch auf meine Kunden an.«

»Du bist Kunsthändlerin, richtig?«, fragte Nick, dessen Eisaugen auf mir ruhten.

Den ganzen Abend schon versuchte ich, mich an diesen Blick zu gewöhnen, den er ab und zu drauf hatte. Schwierig, ich wusste nie, ob er wirklich herablassend war oder nur so tat oder einfach nicht anders konnte, als so zu schauen.

Jetzt nickte ich und strich mit dem Finger über den Rand meines Weinglases, das noch halb voll war. Würde ich in den nächsten Wochen je wieder Wein trinken hier im Valley? Wenn ich schwanger war, war es aus mit dem Alkohol …

»Ich habe mir unter Kunsthändlern immer alte biedere Säcke vorgestellt«, ertönte Cleys Stimme zu meiner Linken. Er lachte leise, was mich den Kopf zu ihm drehen ließ. »Du bringst mein Weltbild etwas durcheinander, Kate.« Sein Blick war warm und freundlich und wie er meinen Namen aussprach, ließ mich unwillkürlich schmunzeln.

Mensch … wieso war ich vorhin so hysterisch geworden? Der Sex mit ihm wäre … Nein, stopp! Ich konnte die Zeit nicht zurück drehen und ich würde ganz sicher nicht mit ihm schlafen – erst musste ich klären, ob ich ein kaputtes Kondom verwendet hatte, als ich mit Jordan im Keller war. Und wie ich das herausfinden würde, war mir noch absolut schleierhaft … da konnte ich keinen zweiten Typen zum Flirten gebrauchen – so leid es mir um Cley tat.

In einem anderen Leben: Ja, sofort!

In meinem Leben: Nein, Finger davon lassen!

Selena deutete meinen ausweichenden Blick leider vollkommen falsch, denn sie grinste breit. »Kann es sein, dass wir dich demnächst öfters bei uns sehen?«, fragte sie verschwörerisch.

Mit ›bei uns‹ meinte sie wahrscheinlich die WG, die Nick und Cley zusammen führten. Sie selbst wohnte ja im Studentenwohnheim des Napa Valley Colleges – soweit zumindest meine Infos … gut möglich, dass sie dort so gut wie nie war und dafür mit den Jungs abhing. Ich an ihrer Stelle hätte es getan.

»Nein«, erwiderte ich rasch. Viel zu rasch. Ich biss mir auf die Zunge und atmete leise durch. »Ich … also …«

»Ich hätte nichts dagegen«, goss Cley auch noch Öl ins Feuer. »Ich kann dir gern meine Whiskey-Sammlung zeigen.«

»Vorsicht, das ist sein Code für ›Ich vögle dich, bis du nicht mehr gehen kannst‹«, lachte Selena und auch Nick schmunzelte.

So langsam wurde das Gespräch echt unangenehm. Ich hatte nichts dagegen, wenn jemand über Sex sprach oder flirtete, aber jetzt gerade wollte ich einfach nur im Erdboden versinken.

Wenigstens schien Selena das zu merken, denn sie machte einen abrupten Themenwechsel. »Der Abend ist noch jung, sollen wir noch was trinken gehen in der Stadt?«

»Wir können auch hier noch was trinken«, meinte Nick schulterzuckend und wandte sich wieder mir zu. »Sofern wir nicht rausgeworfen werden, natürlich.« Sein Lächeln wurde breiter und die Narbe auf seiner Oberlippe beinahe weiß.

Ich schüttelte rasch den Kopf. »Natürlich nicht, ihr dürft gerne noch etwas bleiben. Entschuldigt ihr mich kurz? Ich muss mal für kleine Mädchen.« Noch während ich das sagte, erhob ich mich und nahm mein Handy, das gewohnheitsmäßig neben mir auf dem Tisch lag.

Ehe ich mich vollkommen verrückt machte, musste ich endlich googeln, ab wann man einen Schwangerschaftstest machen konnte. Dafür verzog ich mich aufs Gästeklo, das ein paar Zimmer weiter weg war.

Mit fahrigen Fingern tippte ich die Suche ein und wartete ungeduldig, bis das Rädchen sich fertig gedreht hatte.

›Schwangerschaftstest – ab wann kann man ihn machen?‹

Ich tippte darauf und überflog die Zeilen. Okay, zuverlässige Tests gab es ab zwei Wochen nach dem Eisprung – also wenn meine Periode ausblieb. Ich suchte meine Menstruations-App und zählte die Tage ab. Verdammt, das hieß, ich musste noch eine ganze Woche warten … wie sollte ich das nur überstehen, ohne die Wände hochzugehen? Und ohne mir vor Emilia etwas anmerken zu lassen? Denn ich wollte nicht, dass sie sich ebenfalls Sorgen machte, sollte das Ganze ein falscher Alarm sein. Was ich inständig hoffte …

Ich atmete leise durch, starrte in den Spiegel und versuchte, mich zu beruhigen.

»Du musst einfach nur eine Woche warten«, flüsterte ich der angespannten Kate zu. »Nur eine Woche. Das schaffst du.« Ich nickte entschlossen und plusterte die Wangen auf, dann stieß ich die angehaltene Luft aus. »Eine Woche.«

Ehe sich meine Gäste fragten, wo ich blieb, verließ ich das Klo wieder.

Während ich durch das nächtliche Gutshaus ging, fiel mir auf, wie ruhig es war – so friedlich und idyllisch, dass ich einen Moment stehen blieb, die Augen schloss und in die Stille lauschte. Ich konnte sogar die Kerzen flackern hören, die mit ihrem Licht dafür sorgten, dass der Gang zum Gästeklo nicht in vollkommener Dunkelheit lag.

Als mich eine Hand an der Schulter berührte, zuckte ich zusammen und es hätte nicht viel gefehlt, dass ich laut aufgeschrien hätte.

»Alles in Ordnung?«

Cley. Ausgerechnet.

Ich wirbelte zu ihm herum und starrte auf seine breite Brust, ehe ich den Kopf hob und in sein besorgtes Gesicht blickte.

»Du warst vorhin so schweigsam – nicht, dass ich behaupten würde, dich zu kennen, aber ich hätte dich etwas … redefreudiger eingeschätzt«, schmunzelte er und strich sich mit einer Hand durch seine Löwenmähne. »Selena und Nick lassen ausrichten, dass sie dir für den schönen Abend danken.«

»Sie sind gegangen?« Wieso mir mit einem Mal die Tränen zuvorderst waren, wusste ich selbst nicht genau. Vielleicht, weil ich mit allem gerade etwas überfordert war. Oder weil ich mit meiner Verpeiltheit den Abend ruiniert hatte. Oder …

»Ich habe sie weggeschickt.« Cleys Lächeln war wieder so warm wie vorhin am Tisch. »Du scheinst etwas durch den Wind zu sein, da dachte ich, wir beenden den Abend besser, als dass du weiter so tun musst, als würdest du ihn genießen.«

Ich senkte den Blick und atmete leise durch. »War das so offensichtlich?«, murmelte ich.

Cley legte einen Finger unter mein Kinn und hob es wieder an. »Prinzessin, das war ziemlich offensichtlich. Aber ist nicht schlimm, wir alle haben manchmal Tage, an denen wir nicht wir selbst sind. Nick und Selena verstehen das. Und ich ebenso.«

In seine Augen zu blicken, die mich mit so viel Verständnis anschauten, schmerzte beinahe körperlich. In einem anderen Leben hätte ich diesen Moment genutzt. Hätte Cley geküsst. Und da weitergemacht, wo wir vorhin aufgehört hatten. In meinem Leben nickte ich und drehte den Kopf dann, um seinen Finger von meinem Kinn loszuwerden.

»Danke für dein Verständnis«, murmelte ich. »Ich mag euch alle. Echt. Und ich bin normalerweise wirklich redseliger und unterhaltsamer ... es ist nur ... ich hab grad ziemlich Schiss vor ... egal. Ich sollte vielleicht einfach ins Bett gehen und ...«

»Ich weiß, wir kennen uns noch nicht so lange«, unterbrach Cley mein Gestammel. »Aber wenn du mit jemandem reden möchtest, ruf mich an, okay? Hier, meine Nummer.« Er steckte mir einen kleinen Zettel in die Tasche meiner Jeans und legte dann den Kopf schief. »In einem anderen Leben hätten wir viel Spaß miteinander haben können.«

Ich lächelte schwach. »In meinem Leben können wir vielleicht Freunde werden.«

Sein leises Lachen polterte durch den Gang. »Oder das.« Er zwinkerte mir zu. »Dann werde ich mich mal auf meine Pferde schwingen und dem Sonnenuntergang entgegenfahren. Danke für den netten Abend. Meine Einladung zum Steakessen steht übrigens noch.«

»Ich werde darauf zurückkommen.« Mein Lächeln wurde etwas stärker. »Danke Cley.«

»Für dich gerne.« Er beugte sich zu mir herunter und drückte mir einen Kuss auf die Wange. »Bis die Tage.«

»Bye.«

Ich sah ihm hinterher, wie er den Gang entlang zur Haustür ging, sich dort nochmals umdrehte, kurz winkte und dann verschwand. Noch lange starrte ich auf die Tür, ehe ich merkte, dass ich mir die Wange hielt, auf die er mich geküsst hatte.

Verdammt … wieso konnte ich nicht dieses andere Leben leben?

Ich griff in meine Jeanstasche und holte den kleinen Zettel raus, auf dem Cley seine Nummer notiert hatte. Vielleicht hatte ich in ihm tatsächlich einen Freund gefunden … und vielleicht war das mehr wert, als ein One-Night-Stand.

Aber wer wusste das schon …?

20

KATHLEEN

Wenn man auf etwas wartet, ist die Zeit ein Arschloch.

Das war die Erkenntnis, die ich aus der darauffolgenden Woche zog.

Ich wühlte mich durch sämtliche Internetforen, die mit möglichen Schwangerschaften zu tun hatten, tastete meinen Körper an Stellen ab, die vollkommen lächerlich waren, um eine Schwangerschaft festzustellen und hatte nun diverse Tests in meiner Handtasche, da ich mich nicht für einen hatte entscheiden können. Die Frau in der Apotheke hatte mich nur mit diesem wissenden Lächeln angesehen und mir viel Glück gewünscht. Und wie ich das brauchte …

Emilia schien zu ahnen, dass irgendetwas mit mir nicht stimmte, aber immer, wenn sie versuchte, mich darauf anzusprechen, wich ich aus oder wechselte das Thema. Ich wollte sie nicht mit Problemen belasten, die vielleicht gar keine waren. Erst musste ich herausfinden, ob meine Befürchtungen wirklich stimmten, erst dann würde ich wissen, was ich zu tun hatte.

So oft wie in den vergangenen Tagen, hatte ich nie das Bild eines Mannes angestarrt.

Jordan, der am Lenkrad saß und mit angespannter Miene nach vorne schaute.

Ich hätte das Foto, das ich natürlich entgegen seiner Aufforderung nicht gelöscht hatte, inzwischen blind zeichnen können. Seine Gesichtszüge waren mir so vertraut, dass ich sogar glaubte, hinter seine mürrische Fassade blicken zu können. Die dunklen Augen, das dichte Haar, diese kleine Narbe an seinem Wangenknochen, die mir vor zwei Wochen nicht aufgefallen war … seine Lippen. Wenn ich die Augen schloss, konnte ich sie noch auf meinen fühlen.

Es war anders gewesen als mit Cley. Viel … inniger? Doofes Wort, aber ein anderes fiel mir nicht ein. Cley zu küssen hatte Spaß gemacht, doch bei Jordan war es irgendwie … echter. Ja, vielleicht traf das besser zu. Irgendwie hatte ich das Gefühl gehabt, dass wirklich ER mich küsste. Das ›Ich‹, welches er sonst niemandem zeigte. Und das machte es besonders. Vielleicht redete ich mir das alles auch nur schön, weil wir eventuell ein Kind zusammen bekommen würden – keine Ahnung. Aber mein Herz schlug zugegebenermaßen etwas schneller, wenn ich an ihn dachte.

Auch jetzt, als ich auf einem Liegestuhl hinter dem Gutshaus auf einer Wiese lag und mich sonnte, hatte ich mein Handy geöffnet und betrachtete Jordans Gesicht.

Wie er wohl reagieren würde, wenn ich tatsächlich von ihm ein Kind erwartete? Wäre er ein guter Vater? Würden wir ein Paar werden?

Ich seufzte leise, schaltete das Handy aus und schloss die Augen. Von meiner Periode war weit und breit nichts zu sehen und die üblichen Regelschmerzen waren bisher auch ausgeblieben … Heute Abend würde ich den ersten Schwangerschaftstest machen – ich war so nervös, als stände mir eine Prüfung bevor. Aber das war wohl jede Frau, wenn sie befürchtete, schwanger zu sein.

Gedankenverloren strich ich mir über den Bauch, während ich dem Schnarchen von Princesa lauschte, die neben mir im Gras lag. Es war so friedlich hier im Napa Valley und heute sogar genügend warm, sodass ich draußen in der Sonne liegen konnte, obwohl es früher Abend war. Ich wünschte mir, das alles in einen großen Koffer packen zu können, wenn ich wieder nach New York zurückkehrte.

»Kate?«

Emilias Stimme klang irgendwie gehetzt, sodass ich die Augen aufriss und mich umsah. Princesa war ebenfalls erwacht und erhob sich schlaftrunken, ehe sie schwanzwedelnd ihrem Frauchen entgegenlief. Ich erblickte meine Freundin bei den Tischen, die sich inzwischen geleert hatten, da Miguel nur bis fünf Uhr abends das kleine Restaurant für Touristen öffnete. Danach legte er sich meist eine Stunde hin, ehe er das Abendessen zubereitete.

»Kate!«

Jetzt war Emilias Stimme resoluter, denn sie hatte mich auf der Liege entdeckt und kam nun mit langen Schritten auf mich zu.

Irgendwie wurde ich das Gefühl nicht los, dass ich schon wieder im Schlamassel steckte und als mein Blick auf die beiden Gestalten fiel, die soeben den Hinterhof betraten und Princesa ein leises Knurren entlockten, kam es mir siedend heiß in den Sinn.

»Scheiße!« Ich sprang förmlich von meiner Liege hoch und rannte Emilia entgegen, die die Mischlingshündin am Halsband gepackt hatte, damit sie sich nicht auf die Gäste stürzte. »Sorry, Süße, ich hab das total vergessen!«

Meine Freundin funkelte mich an. »Du hättest mir sagen können, dass Armando und Melinda heute zum Abendessen eingeladen sind – von dir. Wie sieht das denn jetzt aus? Ich war bis vorhin Enrico am Füttern und Miguel schläft. Alejandro ist bei Antoine und wird nicht vor Mitternacht zurück sein. Okay, das ist nicht mal so schlimm, da er und Armando sich nicht sonderlich gut verstehen. Aber ich kann die beiden ja schlecht wieder weg schicken – Armando ist wichtig. Als Freund und als Geschäftspartner. Wir müssen uns was einfallen lassen.«

»Ich kümmere mich darum.« Ich legte ihr eine Hand auf die Schulter und drückte sie sanft. »Es tut mir leid, ich hab nicht mehr daran gedacht, dass ich die beiden für heute eingeladen hatte – diese Woche war … egal. Wir werden einen tollen Abend mit Armando und Melinda haben, versprochen. Ich koche höchstpersönlich. Geh du zurück zu Enrico, ich rufe dich, wenn das Essen bereit ist.«

Meine Freundin sah mich zwar skeptisch an, nickte dann aber. »Gut, dann bis nachher. Wenn ich helfen kann, sag es mir bitte.«

Ich nickte eifrig und ging mit ihr zusammen zum Gutshaus zurück, um die zwei Überraschungsgäste zu begrüßen. Armando lächelte wie immer charmant und verkörperte den Gentleman in Perfektion, während Melindas Lächeln zurückhaltender wirkte. Ihr Blick blieb wieder etwas länger als normal an meinen Haaren hängen, als ich ihre Hand schüttelte. Ja, mein Aussehen war – trotz normalem schwarzem T-Shirt und Jeans meinerseits – schon ein krasser Kontrast zu ihrer engelsgleichen blonden Haarfarbe, dem hellblauen Kleid und diesem hübschen Gesichtchen. Ich konnte ihr eine gewisse Verwirrung nicht verübeln. Neben ihr wirkte ich wie eine Rockgöre neben einer Disney-Prinzessin – oder einer Fee.

Emilia hatte Princesas Halsband nicht losgelassen und bugsierte die Hündin nun ins Gutshaus, damit sie Armando nicht weiter anknurren konnte.

»Schön, dass ihr hier seid«, sagte ich gut gelaunt, als meine Freundin weg war. »Entschuldigt bitte, ich habe vollkommen die Zeit vergessen. Die Sonne hier im Napa Valley ist aber auch einfach zu schön. An eurer Stelle würde ich wohl nur irgendwo rumliegen und sie mir auf den Bauch scheinen lassen, während ich Wein trinke.« Armando fiel in mein Lachen ein und auch auf Melindas Gesicht erschien ein Grinsen. Das Eis war gebrochen. »Kommt mit, ich serviere euch einen kleinen Aperitif, bis Emilia sich um Enrico gekümmert hat. Ich hoffe, ihr mögt Nachos?«

»Wir lieben Nachos«, schmunzelte Armando und folgte mir zurück ins Haus, wo ich sie ins Kaminzimmer führte und ihnen bedeutete, sich zu setzen. »Danke für die Einladung.«

»Danke dass ihr gekommen seid«, lächelte ich. »Bin gleich wieder da.«

Ich hatte während der letzten zwei Wochen immer mal wieder Miguel in der Küche geholfen und kannte mich daher bestens aus. Rasch suchte ich alles zusammen, packte einen Weißwein und Gläser sowie Wasser mit aufs Tablett und kehrte zu Armando und Melinda zurück. Sobald es eindunkelte, würde es zu kühl sein, um draußen zu sitzen, und da Melinda nur dieses hellblaue Stöffchen trug, hatte ich sie vorsorglich ins Kaminzimmer geführt.

Nachdem ich den Apéro hingestellt und ihnen Wein eingeschenkt hatte, schnappte ich mir einen Hocker und setzte mich dazu.

»Trinkst du keinen Wein?«, fragte Armando, während er auf mein Wasserglas deutete.

Ich schüttelte den Kopf. »Mir steckt der Kater von vor zwei Wochen noch etwas in den Knochen.« Das war auch die Ausrede gewesen, die ich Emilia immer auftischte, wenn sie mir zum Abendessen Wein einschenken wollte.

»Kenn ich irgendwoher«, schmunzelte Armando und prostete mir zu. »Dann auf einen schönen Abend.«

Ich erwiderte sein Lächeln. »Cheers. Schön, dass ihr es einrichten konntet.«

»Danke für die Einladung. Schade, dass es letzte Woche nicht geklappt hat.« Er nippte an seinem Wein. »Selena hat so von deinem Mole Poblano geschwärmt.«

»Oh, das freut mich.« Ich senkte den Blick und versuchte nochmals zu rekonstruieren, wieso genau Selena und er sich kannten … ach ja, sie war die Mitbewohnerin von Melinda. Wahrscheinlich hatten sie sich daher über den Abend bei uns unterhalten. »Es war wirklich gelungen, muss ich selbst zugeben«, antwortete ich. »Aber für heute habe ich Spaghetti geplant, wie meine … Mutter sie immer zubereitet hatte.«

Dass meine leibliche Mutter mich nicht gewollt und daher in ein Heim gesteckt hatte – und ich erst durch Rose erfuhr, was es bedeutete, geliebt zu werden, musste ich ihnen ja nicht direkt auf die

Nase binden. Das hatte ich nur bei Jordan getan. Weil es sich richtig angefühlt hatte.

Jordan … verdammt, auch jetzt ging er mir nicht aus dem Kopf.

»Ich bin gespannt darauf«, meinte Armando und unterbrach damit mein sich anbahnendes Gedankenkreisen. Er legte eine Hand auf Melindas Knie und strich sanft darüber. »Ich koche auch öfters Spaghetti für uns.« Sein Lächeln war allein für sie gedacht und ließ das blonde Mädchen erröten.

Irgendwie kam ich mir gerade fehl am Platz vor.

»Ich geh dann mal in die Küche«, meinte ich ausweichend und erhob mich wieder. »Ich rufe euch, wenn das Essen bereit ist.«

»Kein Stress, wir haben Zeit«, rief mir Armando hinterher.

Im Gegensatz zum Abend mit Nick, Selena und Cley, verlief dieser hier ohne Probleme. Emilia hatte Enrico zwar wieder in den Kinderwagen gelegt und diesen neben den Esstisch gestellt, aber der Kleine schlief so friedlich, als gäbe es nichts Schöneres auf der Welt als sein Bettchen.

Armando unterhielt uns mit lustigen Anekdoten aus seinem Weinhändler-Alltag und Miguel, der mir in der Küche zur Hand ging, sorgte zusätzlich dafür, dass unsere Gäste sich wohl fühlten.

Gerade war er aufgestanden, um das Geschirr in die Küche zu bringen und abzuwaschen. Trotz seines Alters ließ er es sich nicht nehmen, das für uns zu tun und ich wusste inzwischen, dass es nichts brachte, dagegen zu protestieren oder ihm Hilfe anzubieten. Daher saß ich zusammen mit den Dreien weiter am Tisch und lauschte Armandos Geschichten.

Alles wäre perfekt gewesen, hätte der Weinhändler nicht irgendwann das Thema gewechselt. »Wir waren letzte Woche auf dem

›Camillo‹-Weingut, um dort einen neuen Wein zu testen.« Sein Blick glitt zu mir und wurde … irgendwie komisch. »Jordan hat sich nach dir erkundigt.«

Ich verschluckte mich beinahe an dem Wasser, das ich gerade hatte trinken wollen. »Jor… Jordan? Also *der* Jordan.«

»Es gibt nur einen Jordan dort.« Auch wenn über Armandos Lippen ein leichtes Schmunzeln glitt, so schauten seine Augen doch seltsam besorgt. »Er wollte wissen, ob es dir gut geht.«

Ich schüttelte verwirrt den Kopf und versuchte, mir meine Befangenheit nicht anmerken zu lassen. »Wieso sollte ihn das interessieren?«

Emilia sah ihn ebenso aufmerksam an wie ich.

Armando zuckte mit den Schultern. »Keine Ahnung, ich dachte einfach, ich sag es dir. Vielleicht interessiert es dich. Er klang unruhig, aber vielleicht habe ich mir das nur eingebildet.«

»Er *war* unruhig.«

Mein Blick glitt zu Melinda, die bisher das Sprechen größtenteils Armando überlassen hatte. Ihre blauen Augen sahen mich mit derselben Besorgtheit an, wie die ihres Freundes.

»Ich mein, ich kenne ihn nicht«, fuhr sie fort und strich sich eine imaginäre Strähne zurück. »Aber so, wie er sich ausdrückte – irgendwie war das seltsam.«

»Vielleicht solltest du ihn mal anrufen?«, schlug Emilia vor.

Ich schüttelte den Kopf. »Nein. Das … ich werde …«

Ehe ich den Satz beenden konnte, ergriff mich eine Welle der Übelkeit. So heftig, dass ich aufsprang und aus dem Esszimmer lief. Ich schaffte es gerade noch ins Gästebad, ehe ich das ganze Abendessen der Kloschüssel vermachte.

Heftig atmend saß ich auf dem gekachelten Boden und wischte mir mit dem Handrücken über den Mund.

Verdammt, was war das gewesen?

Allein bei dem Gedanken an Jordan wurde mir wieder übel und ich würgte.

»Kate? Alles in Ordnung mit dir?«

Seltsamerweise war es nicht Emilia, sondern Melinda, deren Stimme vor der Tür erklang.

»Kann ich reinkommen?«

Ich nickte und da sie das nicht sehen konnte, schickte ich ein leises »Ja« hinterher. Sie schien es gehört zu haben, denn kurz darauf betrat sie das Bad und kniete sich besorgt neben mich.

»Du siehst blass aus«, bemerkte sie und reichte mir ein feuchtes Handtuch, das sie irgendwo hergezaubert hatte.

Vielleicht war sie wirklich eine Fee.

Ich wischte mir damit übers Gesicht und es war mir egal, dass meine Schminke dabei ruiniert wurde.

»Emilia musste sich um Enrico kümmern, daher ...« Sie sprach den Satz nicht zu Ende, sondern strich mir mit einer fast schon mütterlichen Geste über den Kopf. »Hey, kann ich etwas für dich tun?«

»Holst ... holst du mir meine Handtasche? In meinem Zimmer?« Sie nickte und erhob sich. »Treppe rauf, letztes Zimmer hinten im Gang«, wies ich sie noch an, da war sie auch schon weg.

Eine erneute Welle der Übelkeit ergriff mich und ich beugte mich wieder übers Klo.

Als ich fertig gewürgt hatte, erschien die gute Fee wieder im Bad. »Hier, ich ... tut mir leid, aber ... bist du schwanger?«

Ich hob den Blick und sah Melinda verlegen einen Schwangerschaftstest in der Hand halten.

»Entschuldige, der ist rausgefallen, als ich …« Sie steckte ihn rasch zurück in die Tasche und reichte sie mir. »Ich wollte nicht indiskret sein, entschuldige bitte … tut mir leid.«

Diese Fee entschuldigte sich eindeutig zu viel …

»Kein Thema«, murmelte ich und griff in die Tasche, um den Test wieder herauszuholen – zusammen mit den beiden anderen. »Bitte, das muss unter uns bleiben. Ich … ich bin mir nicht sicher, ob ich … also ich muss erst …« Ich deutete auf die Tests.

Melinda verstand und nickte rasch. »Klar, ich lass dich alleine und werde den anderen nichts sagen.« Sie zögerte. »Oder soll ich warten? Ich war noch nie in so einer Situation, ich … äh … also ich kann auch mit dir zusammen …«

Ich schmunzelte darüber, dass sie sich anscheinend unwohler fühlte als ich mich selbst. »Du musst nicht mit mir warten, danke Melinda. Aber bitte entschuldige mich bei den anderen und sag, ich bin ins Bett gegangen, da ich wohl zu viel Sonne erwischt habe.«

Sie zögerte und dann tat sie etwas, das sie wahrscheinlich fast noch mehr verwunderte als mich. Sie ging in die Hocke und umarmte mich. Nicht fest, sondern eher flüchtig, wie ein Kind, das sich bei einem Erwachsenen bedanken soll und nicht genau weiß, wie es das zu tun hat.

»Ich weiß nicht, ob du das Kind möchtest oder nicht«, flüsterte sie an meinem Ohr. »Wie auch immer, ich drück dir die Daumen. Es wird so kommen, wie es kommen soll.«

Mich umfing ihr Duft nach Orange und auch, als sie schon weg war, konnte ich das sanfte Aroma noch riechen. Irgendwie tröstend … und irgendwie beängstigend.

Ich atmete tief durch, erhob mich und packte den ersten Test aus.

In wenigen Minuten wüsste ich, was Sache war … in wenigen Minuten würde sich meine Welt verändern … oder so bleiben wie bisher … ich hatte keine Ahnung, was ich mir wünschte.

Es wird so kommen, wie es kommen soll …

Diese Worte gingen mir wie ein Mantra durch den Kopf, während ich auf den Streifen pinkelte.

21

Jordan

Normalerweise saß ich am Freitagabend nicht alleine im Weinkeller und trank.

Normalerweise …

Heute war nichts normal. Nicht, seit ich …

Mir entwich ein leises Stöhnen, während ich mit beiden Händen von unten nach oben über mein Gesicht fuhr und die Finger dann in meinen Haaren vergrub.

Verdammt … ich wusste nicht, wie ich Kate kontaktieren sollte, ohne dass ich wie ein stalkender One-Night-Stand rüberkam – oder ein besorgtes Weichei … keine Ahnung, was schlimmer war.

Wieder glitt mein Blick auf das Display meines Handys und ich spürte dieses Ziehen im Magen, das mir Übelkeit bescherte.

Da war das Bild. *Ihr* Bild. Und dazu diese Nachricht …

Ich wusste, von wem sie stammte … wusste, wieso er sie mir geschickt hatte. Und es funktionierte. Leider.

Ich hatte verdammt noch mal Schiss. Nicht um mich – damit wäre ich klar gekommen, sondern um …

»Jordan?«

Im ersten Moment glaubte ich, jetzt vollkommen den Verstand verloren zu haben, denn das war eindeutig *ihre* Stimme, die gerade meinen Namen gesagt hatte. Mein Kopf fuhr hoch und ich hätte beinahe die halbleere Weinflasche umgestoßen, als ich vom Stuhl aufsprang.

Mein Blick glitt zur Treppe und … da oben stand sie.

Benommen strich ich mir mit dem Handrücken über die Augen, da ich nicht sicher war, ob ich sie mir nur einbildete oder ob sie tatsächlich dort stand.

»Kate.« Meine Stimme war kaum ein Räuspern.

Sie schien zu zögern, gab sich dann aber einen Ruck und stieg die Stufen zu mir herunter – nicht ohne sich zu vergewissern, dass der Türstopper, den ich seit der bescheuerten Aktion immer unter der Tür anbrachte, auch wirklich dafür sorgte, dass wir nicht noch einmal eingesperrt wurden.

Ich beobachtete jede ihrer Regungen. Jeden Atemzug, den ich durch das eng anliegende lila Kleid, das sie heute trug, erkennen konnte. Darüber hatte sie eine leichte Herbstjacke angezogen, denn die Temperaturen wurden abends kühl. Die in meinen Augen viel zu große Handtasche hatte sie ebenfalls wieder dabei.

Während ich meinen Blick kaum von ihr nehmen konnte, gewann eine Stimme in meinem Kopf immer stärker Überhand.

›*Es geht ihr gut. Es … geht ihr gut. Sie ist hier …*‹

Die Erleichterung, die erst wie ein Donner nach dem Blitz einsetzte, war wie Balsam für meine Seele. Ich hatte mir verdammt noch mal Sorgen gemacht seit der Nachricht. Wie stark meine Angst um Kate tatsächlich gewesen war, wurde mir jetzt, wo sie vor mir stand, erst richtig bewusst. Denn es schien, als würde ein Knoten in meiner Brust platzen und meinen Körper in Wärme tauchen. Komisch, vor drei Wochen hatten wir uns erst kennengelernt und dennoch … diese Frau ging mir seither nicht mehr aus dem Kopf.

»Kate«, wiederholte ich, als sie das Kinn etwas anhob, um in mein Gesicht zu blicken.

Ihre dunkelblauen Augen blitzten im Kerzenlicht (der Strom war wieder einmal ausgefallen), aber nicht angriffslustig, sondern eher … unsicher?

»Wieso …«, ich räusperte mich. »Wieso bist du hergekommen? Ist … etwas passiert?«

Kate zog die Augenbrauen zusammen und legte den Kopf schief, als wolle sie ergründen, worauf ich hinaus wollte. Für den Bruchteil einer Sekunde huschte ihr Blick zu dem Stuhl, auf dem wir … dann sah sie mich wieder an. »So kann man es auch nennen … wir … müssen reden.« Ihre Stimme war viel schwächer, als ich sie in Erinnerung hatte.

»Ja, das müssen wir«, nickte ich langsam und sah sie eindringlich an.

»Du … weißt von ihm?« Ihre Augen wurden größer und der Gesichtsausdruck angespannter.

Ich runzelte die Stirn, dann nickte ich erneut. »Ja. Ich glaube schon, ich …«

»Jor?« Kevins Stimme ließ uns gleichermaßen zusammenfahren.

Unwillig wandte ich den Blick zur Treppe, wo mein Bruder Kevin stand. »Was ist?!« Ich konnte mein Knurren nicht unterdrücken, denn meine Gedanken wirbelten gerade im Kreis.

Kate wusste es. Und ich hatte keine Ahnung, wieso sie dann dennoch hergekommen war, wenn es nicht eines bedeutete: Ärger.

»Ich dachte, ihr könnt doch besser oben im Wohnzimmer miteinander sprechen«, meinte Kevin arglos. »Hier unten im Keller ist es für eine Señora viel zu kühl. Es ist November, schon vergessen?«

Ich brummte etwas Unwirsches, musste ihm aber recht geben. Hier unten war alles andere als der richtige Ort, um über das zu sprechen, was wir zu besprechen hatten.

»Komm mit«, sagte ich kurz angebunden zu Kate, nahm ihre Hand und zog sie ohne lange zu fackeln hinter mir her, die Treppe rauf, an meinem Bruder vorbei, der uns ungeniert angrinste. »Lass uns allein«, blaffte ich ihn an, was ihn – immer noch grinsend – beide Hände heben ließ.

»Sicher, großer Bruder, ich will bei eurer … ›Unterhaltung‹ bestimmt nicht dabei sein.«

Meinen tödlichen Blick lächelte er gekonnt weg, sodass ich kopfschüttelnd weiterging.

Kate folgte mir erstaunlich protestlos, ich hätte zumindest ein empörtes Schnauben von ihr erwartet. Anscheinend war die Lage brenzliger, als ich gedacht hatte …

Statt ins Wohnzimmer, brachte ich sie kurzerhand in meinen Privattrakt des Hauses, den nur mein Stiefvater betreten durfte, ohne dass er Gefahr lief, von mir angeschnauzt zu werden. Meine ›Wohnung‹ bestand aus einem kleinen Aufenthaltsraum, einer Küche und dem Schlafzimmer, das drei Türen besaß – eine zum

Badezimmer, die zweite zum Gang und die dritte zum Wohnzimmer.

»Setz dich«, wies ich Kate an und deutete auf das alte Sofa, das ich eigentlich schon seit etlichen Jahren austauschen wollte. »Wasser?«

Sie nickte, ohne den Blick zu heben, während sie sich auf der Couch niederließ, ihre Jacke auszog und die Handtasche auf den Boden stellte.

Ich goss zwei Gläser ein und kehrte zu ihr zurück, um mich neben ihr niederzulassen. Erst jetzt, im gedämpften Licht meines Wohnzimmers, fiel mir auf, wie blass sie wirkte.

»Geht es dir gut?«, fragte ich langsam und nippte an meinem Wasserglas.

Sie tat dasselbe mit ihrem und nickte, dann zuckte sie mit den Schultern. »Ich … naja, also … seit der Nachricht, dass …«

»Hör zu«, unterbrach ich sie. »Ich werde dafür sorgen, dass es dir hier bei mir gut geht. Du musst dich nicht fürchten, wir stehen das zusammen durch.«

Jetzt hob sie den Blick und sah mich verdattert an. »Äh … also mit *so* einer Reaktion hätte ich jetzt nicht gerechnet.«

Meine Augenbrauen schoben sich zusammen und ich atmete leise durch. »Ich weiß, du hältst mich für ein Arschloch, aber das bin ich nicht – nicht in solch einer Situation.«

Nun glitt zum ersten Mal, seit sie hier war, ein leises Lächeln über ihre Lippen und ihre Augen funkelten wieder in der vertrauten Lebensfreude, die mir schon einmal fast den Boden unter den Füßen weggerissen hätte.

»Du sorgst dich um mich? Um … *uns*?«, hauchte sie.

»Verdammt nochmal, ja, das tu ich«, brummte ich und stellte mein Glas zur Seite. »Was denkst *du* denn?«

»Keine Ahnung«, gab sie zu und stellte ihr Glas ebenfalls weg. »Wie soll es nun weitergehen?«

Mein Blick glitt über ihr Gesicht und blieb einen Moment lang an ihren Lippen hängen. Die Erinnerung, wie sie sich auf meinen angefühlt hatten, war so präsent, dass ich die Faust ballen musste, sonst hätte ich sie kurzerhand an mich gezogen. »Ich möchte nicht, dass du heute Abend gehst – nicht wenn …« Ich atmete tief durch, denn das, was ich sagen wollte, fiel mir alles andere als leicht. »Bleib hier bei mir, ich werde dich beschützen und …«

»Jordan.«

Verdammt noch mal konnte ihre Stimme weich klingen! Wieso hatte ich bloß vergessen, wie sanft ihr Blick wurde? Wie gut sie roch? Wie hübsch sie aussah?

Ja, ich hatte in den vergangenen drei Wochen oft an sie gedacht. Viel zu oft … aber es passierte mir nun mal nicht jeden Tag, dass ein Wirbelwind wie Kate durch mein Leben fegte, mit mir im Keller Sex hatte und mich mit ihrer Art so sehr verwirrte, dass ich selbst nicht mehr wusste, was ich eigentlich wollte.

So sehr ich versucht hatte, mir einzureden, dass sie mir nichts bedeutete, war mir dennoch eines klar geworden: Kate war und blieb besonders. Und die Tatsache, dass sie hier war, neben mir in meinem Zimmer saß, bedeutete, dass auch *ich* ihr nicht ganz gleichgültig sein konnte. Auch wenn sie viel zu gut für mich war und ich viel zu schlecht für sie … hier und jetzt saßen wir nebeneinander und sahen uns an – und verdammt noch eins, wieso sollte ich sie nicht einfach …

Ehe ich den Gedanken zu Ende hatte denken können, überwand Kate die Distanz zwischen uns, legte ihre Hände auf meine Schultern und eine Sekunde später spürte ich ihre Lippen auf meinen. Sanft, warm, weich. Ihre Zunge strich über meine Unterlippe, sodass ich gar nicht anders konnte, als meinen Mund für sie zu öffnen.

»Jordan«, hauchte sie.

Mir entwich nur ein Keuchen, denn da küsste sie mich schon mit einer Leidenschaft, die in mir alle Sicherungen durchbrennen ließ. Ich spürte ihre Finger über meinen Körper streichen, ihre Brüste, die sich gegen mich drückten, ihren Po, den ich mit meiner Hand umfasste, knetete.

Ich ließ mich nach hinten gegen die Seitenlehne des Sofas sinken, sodass sie schließlich auf mir lag. Unsere Lippen trennten sich dabei keine Sekunde voneinander.

Verdammt, war dieses Mädchen scharf …

Hungrig stieß ich meine Zunge in ihren Mund und wurde durch ein Stöhnen ihrerseits angestachelt, sie noch stärker an mich zu ziehen. Ich legte meinen linken Unterarm um ihre Taille, sodass sie wie in einem Schraubstock gefangen war, während ich mit der anderen Hand ihr Kleid ein wenig nach oben schob, um die nackte Haut ihres Hinterns zu spüren. Sie ließ es zu, spreizte sogar etwas die Beine, sodass sie sich mit den Knien rechts und links von mir abstützen konnte. Nun presste sich ihre Mitte genau auf die Stelle, die sich bereits nach ihr verzehrte.

Wenn sie sich jetzt bewegen würde, würde ich …

Himmel! Sie begann tatsächlich, sich leicht an mir zu reiben, was in mir einen Schalter umlegte.

Ein Knurren entfuhr mir, während ich meine Finger unter ihren String schob, der ohnehin kaum etwas von ihrer Spalte verdeckte. Sie stöhnte erneut, als sie spürte, wie ich über ihre Rosette strich, die sie anscheinend rasierte. Immer und immer wieder glitt mein Finger über die empfindliche Stelle. Es schien sie anzutörnen, denn ihr Becken rieb sich stärker an mir. Vorsichtig drang ich mit der Fingerkuppe hinten in sie ein.

Kate unterbrach den Kuss und richtete sich etwas auf, warf mit geschlossenen Augen den Kopf nach hinten, sodass sich mir ihre Kehle entblößte.

»Verdammt, Jordan«, keuchte sie. »Ich glaube … ich … ich komme.«

Verblüfft starrte ich sie an – so rasch war noch keine Frau bei mir gekommen. Nur durch ein bisschen Reiben und …

»Oh ja!«, schrie sie und presste ihr zuckendes Becken noch stärker auf meinen Ständer, der unter ihrer Bewegung so hart wurde, dass auch ich stöhnte. »Ja!«

Sie stieß einen spitzen Schrei aus, dann rieb sie sich noch einige Male an mir und brach schließlich keuchend auf mir zusammen, als hätte sie einen Marathon hinter sich gebracht.

»Oh mein Gott, ich …«, stammelte sie an meiner Brust. »Das war … Gott war das geil.«

Ich strich mit dem Finger wieder durch ihre Spalte, etwas weiter nach unten und spürte ihre Feuchtigkeit, als ich bei ihrem Lustzentrum ankam.

»Ich … äh …«, murmelte ich, als Kate keinerlei Anstalten machte, sich auch nur einen Zentimeter zu bewegen. Ihr Körper lag schwer auf meinem, ihr Atem ging stoßweise.

»Du bist ein Genie«, hauchte sie, hob den Kopf und küsste mich auf die erstbeste Stelle, die sie fand – mein Kinn. »Ein Sex-Genie.«

War sie betrunken?

Ich mein, okay, manche Frauen kamen schneller als andere – aber vor drei Wochen hatte sie mir noch vorgeworfen, nicht auf ihre Kosten gekommen zu sein. Und jetzt? Ich wurde aus Kate einfach nicht schlau …

22

KATHLEEN

Ich spürte den warmen Körper unter mir, die Härte, die immer noch gegen meine Mitte drückte, seinen Atem, der unregelmäßig ging, den beschleunigten Herzschlag … nahm seinen Geruch wahr, von dem ich nicht genug bekommen konnte.

Er war ein Magier – ein Zauberer … was auch immer er mit mir getan hatte, es war … geil.

Ja, okay, vielleicht war es auch meinen Hormonen zu verdanken, dass ich so schnell gekommen war wie noch nie in meinem Leben. So genau wollte ich das gar nicht analysieren. Wichtig war, dass ich noch lange nicht genug von ihm hatte. Das war erst der Anfang gewesen.

Wieso noch mal hatte ich ihn mit einer schwarzen Mamba verglichen? Der Panther stand ihm so viel besser … oh ja, und wie. Jordan war einfach nur sexy und diese abweisende Art, die er auch heute schon wieder zur Schau gestellt hatte, zog mich auf magische

Weise an. Denn ich hatte das Gefühl, hinter seine Fassade blicken zu können. Den Jordan zu sehen, den er um jeden Preis verbergen wollte. Aber jetzt, wo er unter mir lag, konnte er gar nichts verbergen … und schien es auch nicht zu wollen.

Noch immer strich sein Finger durch meine Spalte, neckte die Stellen, die sich gerade von dem Orgasmus erholten und schon wieder nach mehr schrien.

Ich hatte eine ganze Woche gebraucht, um mich zu überwinden. Um hierher zu kommen und ihm das zu sagen, was ich seit dem Besuch von Melinda und Armando wusste: Ich war schwanger.

Erst nach zwei Tagen und zig weiteren Tests – zu allen Tageszeiten –, hatte ich die Wahrheit endlich akzeptiert. Die Morgenübelkeit, die mich seit einigen Tagen plagte, tat ihr Übriges, um mir die Realität vor Augen zu führen: Ich erwartete ein Kind. Und infrage kam nur ein einziger Mann. Ein einziger, mit dem ich in den vergangenen Wochen geschlafen und bei dem ich nicht gut genug aufgepasst hatte: Jordan.

Oh ja, ich hatte mir gewünscht, dass es jemand anders wäre. Dass es nicht dieser Griesgram sei. Aber … Wünsche konnten ein Leben nun mal nicht beeinflussen. Und schon gar kein Schicksal.

Kurz war mir der Gedanke gekommen, abzutreiben, aber … das brachte ich nicht übers Herz. Ich konnte doch kein unschuldiges Leben auslöschen. Nein. Ich würde das Kind bekommen.

Niemand wusste davon. Ich hatte erst mit Jordan sprechen wollen und daher Emilias Auto unter einem Vorwand ausgeliehen, um ins Sonoma Valley zu fahren.

Bis zu dem Zeitpunkt, als ich vor ihm stand, war ich nicht sicher, ob er tatsächlich der Richtige war. Ob er ein guter Vater wäre.

Aber die Selbstverständlichkeit, mit der er auf meine ersten Worte reagiert hatte, war einfach umwerfend. Er hatte mich nicht einmal richtig ausreden lassen, für ihn war klar, dass er für uns sorgen würde. So etwas hätte ich wirklich nicht erwartet.

Womöglich hatte er mit Armando gesprochen – ziemlich sicher sogar. Ich konnte mir vorstellen, dass Melinda zu der Sorte Frauen gehörte, die ein Geheimnis für sich behielten – aber mit ihrem Freund umso lieber teilten. Also wusste Armando davon und er hatte es wahrscheinlich Jordan verraten.

Aber das war mir egal, denn Jordan hatte so reagiert, wie es sich wohl jede Frau an meiner Stelle gewünscht hätte. Auch wenn er anscheinend das Wort ›Schwangerschaft‹ lieber mit ›Situation‹ umschrieb, so hatte er es akzeptiert und wollte mich sogar beschützen – uns. Mein ungeborenes Kind und mich.

Ja, vielleicht könnten wir wirklich eine Familie werden. Er, Krümelchen und ich. Vielleicht … ich war auf jeden Fall gewillt, es zu versuchen. Denn da war etwas zwischen Jordan und mir. Ganz eindeutig. Nein, das konnte ich mir nicht bloß einbilden und war auch nicht auf irgendwelche überschießenden Hormone zurückzuführen. Er mochte mich. Und ich ihn. Vielleicht sogar etwas mehr als das … und ich würde alles daran setzen, aus diesem ›Etwas‹ Liebe entstehen zu lassen. Zumindest probieren wollte ich es, denn Jordan war sexy und hatte im Grunde sein Herz auf dem rechten Fleck – wenngleich dieser Fleck etwas verrußt und verstaubt war … aber er war der Vater meines Kindes.

»Schläfst du?«, murmelte er und ich hörte seine tiefe Stimme in seiner Brust vibrieren.

»Ganz und gar nicht«, antwortete ich und hob den Kopf, um ihn anzulächeln. »Ich glaube, ich bin gerade dabei, mich in dich zu verlieben.«

Worte, die mir entwichen waren, ohne dass ich genauer darüber nachgedacht hatte. Womöglich waren die nun *wirklich* meinen Hormonen zuzuschreiben, aber als ich in mich hinein horchte, fühlte ich mich tatsächlich etwas verliebt. In Jordan verliebt. Und in unser Kind.

Natürlich war seine Antwort darauf bloß ein ungläubiges Grunzen. Seine Hand hörte auf mich zu streicheln und verharrte in meiner Spalte, als sei sie da festgefroren. »Okay, du bist wirklich betrunken«, knurrte er mit hochgezogenen Augenbrauen.

»Bin ich nicht«, erwiderte ich und schob meine Hände in seinen Nacken. »Küss mich.« Er starrte auf meine Lippen, als ob sie giftig wären, doch so rasch ließ ich mich nicht abwimmeln. »Küss mich und sag mir, dass du nichts dabei empfindest.«

Er verdrehte die Augen. »Natürlich empfinde ich etwas dabei. Sonst würde ich es ja nicht tun.«

»Und was?«, wollte ich wissen.

Ich spürte, wie er mit den Schultern zuckte und sah, wie sein Gesicht sich wieder verfinsterte. »Keine Ahnung. Muss man alles benennen können?«

»Nicht alles, aber das: Ja.«

»Du bist komisch drauf heute«, schnaufte er und zog seinen Finger aus meiner Spalte, strich stattdessen über meinen Po. »Was ist los?«

»Ich würde gern wissen, ob du mir – *uns* – eine Chance gibst«, flüsterte ich. »Denn sonst …« Ich sprach nicht zu Ende.

Was sonst wäre, durfte ich mir gar nicht erst vorstellen ... ich wollte nicht, dass Krümelchen ohne Vater aufwuchs. Das hatte ich selbst schon erlebt und es war ... Scheiße. Nein, mein Kind sollte es besser haben. Und das lag ganz allein bei Jordan.

»Willst du mir jetzt Druck machen?«

Da war es wieder, dieses Knurren. Aber ich ließ mich davon nicht mehr beeindrucken.

»Küss mich.« Ich schob mich etwas höher, sodass mein Gesicht dicht über seinem schwebte. »Bitte.«

Ich konnte in seinen Augen erkennen, dass er gerade einen Kampf mit sich selbst ausfocht. Ja, ich machte ihm Druck, aber er gehörte nun mal zu der Sorte Mann, die sonst nicht kapierten, was gut für sie war – hoffte ich zumindest. So gut kannte ich ihn ja eigentlich noch gar nicht. Und dennoch ... da war dieses warme Gefühl in meiner Brust, das sich mit jedem Herzschlag ausweitete. Mir war schon oft nachgesagt worden, dass ich mich viel zu schnell in jemanden verliebte, ein viel zu großes Herz besäße. Aber bei Jordan fühlte es sich einfach nur richtig an, ihn in mein Innerstes zu lassen.

Mein Lächeln wurde zu einem breiten Grinsen, das meine Augen funkeln ließ. Zu viel für ihn. Ihm entwich ein resignierter Laut, dann hob er den Kopf ein wenig an und presste seine Lippen auf meine.

Ich nutzte meine Chance, öffnete meinen Mund und eine Sekunde später spürte ich wieder seine Zunge, die leidenschaftlich über meine strich. Ich verlor mich in diesem Kuss. Mein Körper wurde unter Strom gesetzt, mein Bauch kribbelte vor Verlangen. Meine Hände griffen von selbst in sein dichtes Haar, bogen seinen Kopf etwas nach hinten, sodass ich ihn tiefer küssen konnte. Er ließ es geschehen, ließ zu, dass ich die Führung übernahm.

Meine Finger strichen über seine Brust, seitlich hinunter über seinen Bauch, bis ich am unteren Ende seines schwarzen Shirts angekommen war. Ich schob meine Hand darunter, fühlte seine warme Haut und … wulstige Narben.

Ein Zittern glitt durch seinen Körper, wie bei einem Pferd, das gerade aufgeschreckt wurde. Dann schob er mich mit einer Bestimmtheit von sich weg, dass ich erschrak. Beinahe wäre ich vom Sofa gefallen, ich konnte mich gerade noch an der Lehne festhalten.

»Genug!«, knurrte er und sprang auf. »Das … du … tu das nicht!«

Ich starrte ihn verblüfft an. »*Was* nicht? Dich berühren? Ich bitte dich! Das ist jetzt aber ziemlich klischeehaft, findest du nicht?!«

Jordans dunkle Augen bohrten sich in meine und sein Gesicht glich einem einzigen Gewitter. »Klischeehaft?!«, zischte er. »Du findest es ›klischeehaft‹, dass ich … dass mein Vater mich … dass meine Haut …« Er schüttelte den Kopf, konnte den Satz nicht zu Ende sprechen. Dann fokussierte er sich wieder auf mich und seine Augen verengten sich. »Hör zu, kleiner Paradiesvogel: Flatter davon, solange du noch kannst. Und hör auf, solch dämliche Dinge zu sagen, wie dass du dich in mich verliebst! Denn das ist unmöglich! Hörst du?!«

Jetzt war es an *mir* aufzuspringen. Ich baute mich vor ihm auf und blitzte ihn an. »Wenn hier etwas unmöglich ist, dann DU! Hör endlich auf mit diesem ›Oh mein Gott, sie sollen mich alle hassen, denn ich bin so sehr hassenswert‹! Ja, ich bin dabei, dich in mein Herz zu lassen! Leb damit! Das kannst du auch nicht mit noch so vielen Beleidigungen und mit noch so lautem Knurren verhindern! Kapiert?!«

Meine Stimme war immer lauter geworden, am Ende schrie ich nur noch. Was dazu führte, dass mit einem Mal die Tür zum Wohnzimmer aufgerissen wurde und Kevin vor uns stand.

»Kate? Alles in Ordnung?«, fragte er stirnrunzelnd. Dann schnellte sein Blick zu seinem Halbbruder, der die Arme vor der Brust verschränkt hatte und ihn wütend taxierte. »Jor. Benimm dich gefälligst, okay?!«

»Hau ab!«, knurrte Jordan.

Kevin dachte nicht daran, sondern sah mich wieder an. »Soll ich bei dir bleiben?«

»Soll ich bei dir bleiben«, äffte Jordan ihn nach. »Hau ab sag ich! Kate und ich klären das miteinander, verstanden?«

»Das war unüberhörbar«, erwiderte Kevin mit vielsagender Miene.

Ich seufzte leise. »Schon gut. Danke, dass du dich sorgst. Aber Jordan und ich – wir … klären das. Okay?«

Kevins Augen blieben kurz an meinen kleben, dann nickte er zögernd. »Okay. Aber wenn er sich daneben benimmt, dann rufst du mich.«

»Mach ich«, nickte ich. »Danke.«

»Und jetzt hau ab«, knurrte Jordan.

»Du mich auch«, brummte sein Bruder, ehe er die Tür wieder hinter sich schloss.

Für ein paar Sekunden war es still in Jordans Wohnzimmer. Er stand regungslos vor mir, sah mich nicht an. Und ich wusste nicht genau, was ich tun sollte, um ihm verständlich zu machen, dass ich hier war, weil ich es versuchen wollte. Mit *uns* versuchen wollte. Ich wollte zumindest probieren, mit ihm zusammen zu sein, ehe ich die Flinte ins Korn warf und alleinerziehende Mutter wurde. Wenn ich keine Chance für uns gesehen hätte, hätte ich auf der Stelle kehrt gemacht. Aber … da war etwas zwischen uns – Jordan musste das nur endlich zulassen.

Also atmete ich tief durch und tat das, was ihn bereits schon einmal aus der Reserve gelockt hatte. Ich griff nach hinten, tastete nach dem Reißverschluss meines Kleides und öffnete ihn, während ich gleichzeitig aus meinen Pumps stieg.

Jordans Augenbrauen schoben sich wieder zusammen, doch ehe er fragen konnte, was das werden sollte, ließ ich auch schon den Stoff zu Boden gleiten. Jetzt stand ich vor ihm – nackt und nur mit einem Stringtanga bekleidet, da ich auf einen BH verzichtet hatte.

So. Auf in den Kampf.

23

Jordan

Ich starrte sie an und schluckte.

Diese Frau … immer, wenn ich dachte, ich würde sie kennen, überraschte sie mich, indem sie etwas tat, womit ich nie und nimmer gerechnet hatte. Jede andere wäre an ihrer Stelle wutschnaubend aus dem Zimmer gerannt und hätte sich bei Kevin ausgeheult, was für ein Arschloch ich doch sei.

Aber Kate … sie stand nackt vor mir und sah mir fest in die Augen.

»Was …« Ich musste mich räuspern, denn Himmelherrgott, ihr Körper war wirklich sexy. »Wird das?«

Sie legte den Kopf schief. »Wonach sieht es denn aus?«

»Du willst also … ich habe keine Panikattacke oder so.« Meine Stimme klang viel zu rau und ich räusperte mich ein zweites Mal.

Jetzt glitt ein Lächeln über ihr Gesicht und sie warf ihre blaugrünen Haare zurück. »Ich weiß. Aber Wutattacken kann man ebenfalls mit Sex bekämpfen.« Sie trat einen Schritt auf mich zu und hob die Augenbraue mit dem Piercing. »Und Mauern kann man mit Gefühlen einreißen.« Ihre Hand legte sich auf meine Brust, strich sanft über mein Shirt. »Und Narben mit Liebe verschwinden lassen …« Sie hob den Blick und sah mich an. Dieses Mal lag ein Hauch Unsicherheit in ihren dunkelblauen Augen.

»Liebe.« Ich schnaubte das Wort. »Ich glaube nicht daran.«

»Nicht?« Sie lächelte traurig. »Ja, das sieht man. Aber Liebe ist etwas, das jeder in sein Leben lassen muss. Jeder. Auch du.«

»Und wieso *muss* ich das bitte sehr?« Ich hatte immer noch die Arme vor der Brust verschränkt und versuchte zu ignorieren, dass sie mit ihren Fingern darüber fuhr – und dabei nackt war.

»Weil du sonst etwas verpasst.«

»Verpasst.« Ich lachte freudlos auf und starrte dann auf sie herunter. »Du willst also nichts verpassen, ja?«

Ehe sie mir antworten konnte, hatte ich sie gepackt, herumgedreht und zwei Sekunden später stand sie gegen die Wand gepresst vor mir. Ihr entfuhr ein verblüfftes Keuchen, doch sie wehrte sich nicht gegen meinen Griff.

Ich hatte mein Knie zwischen ihre Schenkel geschoben und hielt sie mit meinem Oberkörper gegen die Wand gedrückt, während ich mit den Händen über ihre Haut seitlich nach unten fuhr. Ich konnte fühlen, wie sie erzitterte, aber es war ein erwartungsvolles Zittern, kein ängstliches. Denn sie hatte die Augen geschlossen und den Mund etwas geöffnet, als ob sie stöhnen wollte.

»Du willst nichts verpassen?«, knurrte ich ihr ins Ohr.

Sie stieß einen Laut aus, der angetörnt klang. Noch immer wehrte sie sich nicht, sondern ließ mich ihre Rundungen erkunden. Meine

Hände strichen wieder nach oben und ich gab ihren Oberkörper etwas frei, sodass ich ihre Brüste von hinten umfassen konnte. Ihr Hinterkopf sank gegen meine Schulter und ihr Mund öffnete sich etwas weiter, während sie leise seufzte. Sachte strich ich mit den Daumen über ihre bereits harten Brustwarzen, zwirbelte sie zwischen den Fingern, was sie keuchen ließ.

»Wie fühlt sich das an? Verpasst du gerade was?«, raunte ich.

Meine Stimme klang fremd in meinen Ohren. Viel zu rau und tief. Aber Kate schien es noch stärker anzutörnen, sie drückte ihren Kopf gegen meine Schulter, während ich weiter ihre Brustwarzen massierte.

Diese bedingungslose Hingabe von einer Frau, die im Grunde ganz und gar nicht unterwürfig war, stachelte mich weiter an. Ich ließ mein Knie zwischen ihren Schenkeln, brachte aber etwas Abstand zwischen sie und mich und öffnete die Knöpfe meiner Jeans. Mein Ständer sprang regelrecht hervor, so sehr hatte er sich nach Freiheit gesehnt. Warm kam er auf ihrem Po zu liegen, was diesen erwartungsvoll mir entgegenrecken ließ.

»Du willst mich, oder?«, raunte ich und beugte mich wieder über sie, fuhr mit der Zungenspitze einmal über ihre Ohrmuschel. »Sag es.«

Zu meinem Erstaunen legte sie beide Hände gegen die Wand und drückte mir ihren Hintern noch stärker entgegen. »Ja«, hauchte sie. »Ich will dich.«

Verdammt, sie machte mich fertig …

Knurrend rieb ich meinen Schwanz an ihrer Spalte und verwünschte mich, dass ich kein Kondom dabei hatte. Sonst wäre ich augenblicklich in sie eingedrungen. Doch da sprach sie die Worte, die alle Bedenken in den Wind schossen.

»Wir brauchen kein Kondom, oder? Ich bin gesund und …«

Mehr musste ich nicht hören – sie schien also zu verhüten und damit war alles geklärt, was es im Moment zu klären gab. Ohne sie aussprechen zu lassen, hatte ich mit einer raschen Bewegung ihren String zur Seite geschoben und drückte meinen Ständer gegen ihr feuchtes Zentrum. »Verflucht«, stöhnte ich, als ich in sie eindrang.

Ihr entwich ein lustvoller Laut. Nie hatte sich eine Frau geiler angefühlt als Kate. Ich spürte, wie ich Zentimeter für Zentimeter in sie hinein glitt und presste meine Lippen auf ihren Hals, während ihr Körper vor Erregung zitterte.

»Fuck«, knurrte ich gegen ihre Haut, als ich so weit in ihr drin war, wie mir diese Position ermöglichte.

Das fühlte sich einfach zu geil an … mein Schwanz war umgeben von ihrer Feuchtigkeit und sie wehrte sich nicht, im Gegenteil. Sie wollte mich.

»Fick mich«, hauchte sie gegen die Wand.

Ihre Stimme war so voller Verlangen, dass ich nicht anders konnte, als mich zu bewegen. Langsam zog ich mich aus ihr zurück, bis ich kaum mehr ihre Wärme wahrnahm. Dann stieß ich in sie, spürte ihren Puls gegen meinen Schwanz pochen, hörte sie aufkeuchen.

»Jordan«, flüsterte sie meinen Namen, was mich noch stärker erregte.

Ich presste mich gegen sie, nagelte sie regelrecht an der Wand fest, während ich mein Becken wieder von ihrem Zentrum entfernte und dann gegen sie schnellen ließ. Sie spreizte ihre Beine, drückte mir ihren Po entgegen und stöhnte voller Lust. Meine Bewegungen wurden schneller.

Ihre Mitte begann immer stärker zu pulsieren, so sehr, dass ich keinen klaren Gedanken mehr fassen konnte.

Verdammt, war diese Frau geil! Und feucht. Und eng …

Ehe ich es mich versah, überkam mich eine Woge der Erregung, die meinen ganzen Körper ergriff. Noch ein paar Mal stieß ich zu, versenkte meinen Schwanz so tief wie möglich, dann konnte ich mich nicht mehr zusammenreißen. Alles begann sich um mich herum zu drehen, ich fühlte nur noch sie und stöhnte in ihr Ohr, während ich mich in ihr ergoss. Mein Becken zuckte unkontrolliert und als der letzte Strahl in sie floss, presste ich sie so sehr an die Wand, dass ihr die Luft aus den Lugen gedrückt wurde.

Eine Weile standen wir so da, bis ich wieder zu Atem kam.

Himmel, so einen Orgasmus hatte ich schon lange nicht mehr erlebt …

Sorgfältig zog ich mich aus ihr zurück, als mein Schwanz zu schrumpfen begann und ließ sie los.

Kate blieb noch ein paar Sekunden an der Wand stehen, dann drehte sie sich zu mir um und lächelte mich an. Sie lächelte. Ich hätte mindestens eine Ohrfeige erwartet, nachdem ich sie so rücksichtslos genommen hatte.

»Das war doch ein guter Anfang.« Ihre Stimme war ebenso amüsiert wie ihr Gesichtsausdruck. »Lass uns in dein Bett gehen und schauen, was sonst noch alles so drin ist.«

Ungläubig starrte ich sie an. Warum zum Henker wollte sie immer noch was von mir? Wieso lächelte sie? Und warum schlug mein Herz so viel schneller, wenn ich sie ansah?

»Komm«, meinte sie und ehe ich es mich versah, ergriff sie meine Hand und zog mich hinter sich her. »Ich nehme an, das Schlafzimmer ist dort?« Sie zeigte auf die verschlossene Tür.

Ich nickte geistesabwesend, während ich mich in mein Zimmer führen ließ.

Verdammt noch eins, was machte diese Frau nur mit mir? Wieso tat sie mir so … gut? Ja, sie tat mir gut. Und ich würde einen Scheiß tun, das hier zu beenden, solange sie mir nicht den Laufpass gab.

Während Kate mein Zimmer betrachtete – so viel gab es hier nicht zu sehen – zündete ich eine Kerze an, die mir meist abends half, gegen die Dunkelheit zu kämpfen, ehe das Nachtlicht diese Rolle übernahm. Der Schein tauchte unsere Umgebung, die aus dem Bett, einer Kommode und einem Schrank bestand, in warmes Licht.

»Lass es uns dieses Mal langsam angehen, ja?«, bat Kate, als sie sich zu mir umdrehte. »Ich … möchte dich gerne kennenlernen.«

Worte, die noch nie eine Frau zu mir gesagt hatte. Ja, ich hatte schon ein paar Freundinnen gehabt – und Affären. Aber selten war es einer davon darum gegangen, mich kennenzulernen. Entweder sie wollten mein Geld oder meinen Schwanz. Einige Male auch beides. Doch nie interessierte sich eine dafür, wer ich war. Ich hatte es so hingenommen, denn es bereitete einem zugegebenermaßen viel weniger Ärger, als wenn man sich auf eine ernsthafte Beziehung einließ.

Nun starrte ich auf Kate herunter, die mich mit ihren schönen Augen anblickte – und direkt in meine Seele sah. So kam es mir zumindest vor.

Beängstigend …

»Es gibt nicht viel kennenzulernen bei mir«, brummte ich und schloss die Tür hinter uns. Dann versicherte ich mich, dass die zweite Tür ebenfalls geschlossen war – das fehlte noch, dass mein Stiefvater oder Kevin hereinplatzten.

»Oh ich denke, da irrst du dich«, lächelte Kate und trat vor mein Bett. Mit der Hand strich sie über die Decke. »Darf ich?«

Jap, und auch noch nie hatte eine Frau gefragt, ob sie sich auf mein Bett setzen durfte. Kate war wirklich anders als sie alle …

Mein Nicken war zwar nur angedeutet, aber es genügte ihr und sie ließ sich auf meiner Matratze nieder.

»Hm, etwas hart … aber das passt ja zu dir«, meinte sie mit einem schiefen Lächeln. »Komm, setz dich doch neben mich.«

Mir wurde erst jetzt bewusst, dass die Knöpfe meiner Jeans immer noch offen standen. Räuspernd versorgte ich meinen Schwanz und kam dann ihrer Aufforderung nach. Sie überrumpelte mich gerade zu sehr, als dass ich etwas anderes hätte tun können. Ich meine … sie saß nackt auf meinem Bett – und … verdammt sie war viel zu sexy …

»Zeigst du sie mir?«, fragte Kate und sah auf mein Shirt.

Ich wusste, was sie meinte und schüttelte sofort vehement den Kopf.

Das fehlte noch, dass ich …

»Bitte.« Ihre Augen konnten so groß und flehend werden, dass ich mich darin verlor.

»Wieso?« Meine Stimme war immer noch heiser, aber dieses Mal räusperte ich mich nicht. Sollte sie doch denken, was sie wollte.

Kate zuckte mit den Schultern. »Nun … ich möchte es verstehen.«

Jetzt lachte ich trocken auf. »Du möchtest verstehen, was mein Vater mir angetan hat?«

Spielte sie auf die Nachricht an? Keine Ahnung … aber jetzt war definitiv nicht der Zeitpunkt für Vergangenheitsbewältigung.

Kates Augen wurden dunkel vor Mitgefühl – eine Regung, die ich bei keinem anderen Menschen aushielt … aber bei ihr … es fühlte sich echt an. Irgendwie hatte ich mit einem Mal den Eindruck, dass sie wirklich verstand, was ich all die Jahre als kleiner Junge hatte durchmachen müssen. Denn sie hatte es ebenfalls nicht leicht gehabt in ihrer Kindheit.

»Darf ich?«

Ohne eine Antwort abzuwarten, griff sie an den Saum meines Shirts und begann, es nach oben zu schieben. Ganz langsam, sodass ich jeden Augenblick hätte protestieren können. Tat ich aber nicht. Stattdessen sah ich sie an und versuchte, den Reflex zu unterdrücken, ihre Hände zu packen und sie von mir wegzustoßen.

Ein Teil von mir wollte, dass sie aufhörte. Der andere … wollte, dass sie mich sah. Alles an mir. Wie ich wirklich war.

24

KATHLEEN

Seine Augen waren so dunkel, dass ich nicht genau erkennen konnte, ob er sich gegen mich wehren wollte oder sich einfach in Schockstarre befand. Dennoch wussten wir beide, dass das hier wichtig war – für uns. Wenn wir es tatsächlich miteinander versuchen wollten, würde er mir diese letzte Hürde zu seinem Herzen nicht verweigern dürfen.

Jordan und ich, wir waren wie Feuer und Wasser … nein, wie Lava und Schockfrost. Oder wie Hammer und Amboss, denn sobald wir aufeinander trafen, flogen die Funken. Und dennoch war da diese Anziehung. Dieses Wissen, dass aus uns beiden etwas größeres werden konnte. Etwas … wichtigeres.

Ich hielt kurz inne und legte meine Hand auf meinen Bauch. Gemäß medizinischer Berechnung war ich bereits in der fünften Schwangerschaftswoche, da die ersten beiden Wochen nach meiner letzten Periode zur Schwangerschaftsdauer hinzugezählt wurden.

Das hieß, dass da drin jetzt ein kleines Herz zu schlagen begonnen hatte und Krümelchen mehr und mehr heranwuchs. Ein Leben entstand in mir. Und dieses Leben hatte es verdient, dass Jordan und ich uns zusammenrauften. Dass wir zumindest versuchten, einander kennenzulernen. Und vielleicht sogar eine Familie zu werden.

Nie hätte ich mir vorgestellt, dass ich irgendwann auf diese Weise mein erstes Kind erwarten würde. Ich hatte immer davon geträumt, dass Prinz Charming auftauchte, sich vor mir auf die Knie warf und mir einen dicken Klunker an den Finger steckte. Ja, ich war naiv gewesen – und eine verträumte Prinzessin.

Bei dem Gedanken schmunzelte ich. Ich und Prinzessin … und dennoch hatte es sich all die Jahre so angefühlt, als würde ich auf meinen edlen Ritter warten. Dass ich ausgerechnet hier im Sonoma Valley auf ihn stieß … nun, damit hätte ich nicht im Traum gerechnet. Nun ja, wahrscheinlich ging ich gerade etwas zu weit, Jordan in irgendeiner Weise mit einem Ritter zu vergleichen. Ziemlich sicher sogar. Aber hey, wer war ich schon, um Ansprüche zu stellen?

»Hat *er* das getan?«, hauchte ich, als im Kerzenlicht die ersten Narben auf seinem Bauch zu erkennen waren.

Jordan starrte mich immer noch unverwandt an und erst, als ich ihn ansah, nickte er knapp.

Ich unterdrückte ein Frösteln. »Womit hat er …«

»Mit seinem Gurt oder einer Rute«, unterbrach er mich, ehe ich die Frage überhaupt stellen konnte.

Ich nickte ebenfalls und spürte eine Gänsehaut über meine Arme gleiten. Wie viel Grausamkeit musste in einem Menschen wohnen, um einen Jungen derart zu quälen? Was musste Jordan in seiner Kindheit alles durchmachen?

Feine schwarze Härchen bedeckten die weiteren Narben, je höher ich das Shirt schob, bis ich seine behaarte Brust entblößt hatte. Ich legte meine Hand auf die Stelle, unter der sein Herz kräftig und etwas zu schnell schlug. Es fühlte sich gut an, vertraut – und dennoch war da noch dieses Fremde an ihm.

»Magst du mich?«, fragte ich so leise, dass er die Augenbrauen zusammenschob.

Für einen Moment sah er mich nur an, ehe seine Züge weicher wurden. Jedoch nur für die Dauer eines Lidschlags, dann eroberte die Härte wieder sein Gesicht.

»Spielt das eine Rolle?«, fragte er abweisend.

Hätte ich nicht gewusst, wie sehr er Nähe scheute, wäre ich jetzt beleidigt gewesen. Womöglich hätte ich ihm sogar eine Ohrfeige verpasst. Aber so entlarvte ich seine unbeholfene Art, seine Gefühle zu vertuschen sofort und ein Lächeln stahl sich auf meine Lippen. »Nun ja, wenn wir … also wenn wir es tatsächlich versuchen wollen, dann solltest du mich schon zumindest mögen.«

»Man kann auch Sex haben, ohne dass man sich gleich die ewige Treue schwört«, erwiderte er unwirsch und schob sein Shirt wieder nach unten.

Ich seufze leise und nickte. »Das stimmt, aber wir … das ist eindeutig schon mehr als nur Sex haben, oder? Ich meine, wir haben … also du wirst … eine wichtige Rolle spielen in meinem Leben. Egal, ob wir uns nach dieser Nacht wiedersehen oder nicht.«

Er runzelte die Stirn und ich konnte den Anflug von Fluchtreflex in seinen dunklen Augen erkennen.

Guuuut, ihn auf die Schwangerschaft anzusprechen, war nicht das, was ihm Vertrauen gab. Notiert.

»Okay, vergiss, was ich gesagt habe«, meinte ich und hob beide Hände in die Höhe. »Lass uns diesen Abend genießen, ja? Für Diskussionen und Pläne ist auch morgen noch Zeit.« Ehe er wieder etwas einwenden konnte, legte ich beide Hände auf seine Schultern und drückte ihn mit meinem Gewicht auf das Bett. »Lass mich dich verwöhnen«, flüsterte ich. »Und dann … verwöhnst du mich.«

Ich spürte, dass er wieder etwas einwenden wollte, doch da hatte ich bereits die Knöpfe seiner Jeans geöffnet und tastete nach seiner Männlichkeit. Ein leises Stöhnen war seine Antwort, als ich seinen Penis herausholte und mit den Händen zu streicheln begann. Sorgfältig schob ich die weiche Haut vor und zurück, während ich ihm half, seine Jeans und Unterhose etwas nach unten zu ziehen. Es war erregend zu fühlen, wie er unter meiner Massage wieder härter wurde. Ich beugte mich über ihn, legte meine Lippen auf seine Spitze und fuhr mit der Zunge sanft darüber. Ein leises Keuchen war seine Antwort darauf.

»Zieh deine Jeans aus«, flüsterte ich und half ihm, sich seiner Hose, Schuhe und Socken zu entledigen.

Mein Blick fiel auf einige Striemen, die er auch auf den Oberschenkeln hatte – ich wollte gar nicht wissen, wie sein Rücken und sein Po aussehen mussten …

Ich verdrängte die Gedanken in den hintersten Winkel meines Kopfes und widmete mich seinem Schwanz, der in meinen Händen schon wieder eine beachtliche Größe erreicht hatte.

Sanft hob ich ihn an und beugte mich wieder über ihn, sodass ich mit der Zunge von seinen Hoden über den Schaft bis zu seiner

Eichel streichen konnte. Ich umschloss seine Spitze mit den Lippen. Sie war so warm, weich und feucht, dass ich gar nicht anders konnte, als daran zu lutschen.

Jordan stöhnte und ich sah aus dem Augenwinkel, wie er seine Finger in den Laken vergrub.

Von seiner Reaktion angeheizt, begann ich mit der freien Hand seine Hoden zu massieren, was ihn noch lauter stöhnen ließ. Gleichzeitig strich ich mit den Lippen über seinen Schaft, neckte die empfindliche Stelle an seiner Penisspitze und saugte immer wieder an ihm. Dabei machte ich absichtlich schmatzende Geräusche, was ihn noch mehr anzutörnen schien, denn sein Becken begann sich rhythmisch zu bewegen, als er immer wieder in meinen Mund stieß.

Aber auch ich wurde immer feuchter, wie ich unschwer an dem nassen String zwischen meinen Beinen erkennen konnte.

Ich wollte ihn noch einmal in mir spüren, wollte ihn kommen hören … aber ich verbot mir, mich auf ihn zu setzen. Stattdessen fuhr ich fort, ihn zu verwöhnen, bis er so laut keuchte, dass ich sicher war, dass er bald abspritzen würde. Erst dann hörte ich auf und schwang ein Bein über sein Becken, seinen Penis zwischen meine Schenkel gerichtet. Gerade wollte ich mich auf ihm niederlassen, da packte er meine Hüfte und schob mich von sich.

»Was …«, begann ich, doch da wurde ich schwungvoll zur Seite gedreht und landete neben ihm auf den Laken.

»Du sagtest, dass ich dich verwöhnen soll«, brummte er, während er sich über mir aufrichtete. »Das werde ich tun. Und dann … fick ich dich so hart, dass du morgen noch deine Muschi pochen spüren wirst.«

Mir entwich ein lustvoller Laut. Seine Worte hörten sich für mich nach einem Versprechen an – einem Versprechen, das ich unbedingt eingelöst haben wollte. Bisher hatten wir nur schnellen Sex gehabt. Ich war gespannt darauf, was Jordan unter ›verwöhnen‹ verstand, denn irgendwie konnte ich mir nicht wirklich vorstellen, dass er …

»Spreiz deine Beine«, befahl er und unterbrach damit meine Spekulationen.

Ich tat ihm den Gefallen und lächelte ihn lasziv dabei an. Ich wusste, dass mein String inzwischen mehr einer nassen Wäscheleine als einem Kleidungsstück glich, aber das machte den Anblick, der sich ihm bot, nur noch erregender.

Seine Augen wurden dunkel, als er den Blick zu dem Ort lenkte, der bereits voller Verlangen nach ihm pochte. Wahrscheinlich glänzten meine Schamlippen von meiner Erregung und waren etwas gerötet und geschwollener als sonst, sodass der String sie nicht mehr gänzlich bedecken konnte.

Mit einem knurrenden Laut beugte Jordan sich über meine Mitte und eine Sekunde später spürte ich seine Zunge überraschend sanft neben dem Stoff über meine erhitzte Haut gleiten. Ich schloss die Augen und genoss die Wärme, die sich noch stärker in meinen Schenkeln auszubreiten begann.

Federleicht strich er über meine Schamlippen, ehe er den String zur Seite schob und zermürbend langsam mit der Zunge zu meinem Kitzler glitt. Er tat es, als würde er von mir kosten. Immer und immer wieder. Es war so erregend, dass ich Mühe hatte, nicht laut aufzustöhnen. Stattdessen war *ich* es nun, die ihre Hände in die

Laken krallte und ich schob meine Schenkel so weit auseinander, wie ich konnte, während ich ihm mein Becken entgegen drückte.

»Dachte ich mir doch, dass du zu den Ungeduldigen gehörst«, brummte Jordan und schob seinen Oberkörper über mich, sodass sein Gesicht vor meinem lag.

Doch ich hatte keine Zeit, ihm in die Augen zu blicken, denn ich spürte, wie sein Penis sich gegen meine Mitte drückte. Genau dort, wo ich ihn am heftigsten spüren wollte.

Ich schloss die Augen, stieß ein frustriertes Seufzen aus und versuchte, ihn dazu zu bringen, in mich einzudringen – vergebens. Als ich meine Augen wieder öffnete, sah ich ihn grinsen.

»Möchtest du meinen Schwanz in dir haben?«, fragte er betont gelassen.

»Wenn ich jetzt ›ja‹ sage, wirst du mich weiter necken, oder?«, hauchte ich.

Sein Grinsen wurde breiter (wusste er eigentlich, wie gut es ihm stand?). »Nicht necken. Lecken.« Er schien äußerst amüsiert über seinen Spruch zu sein, denn er lachte leise auf.

»Ich hasse dich …«, stöhnte ich.

»Ich dachte, du verliebst dich gerade in mich?«

Ehe ich etwas erwidern konnte, ließ der Druck zwischen meinen Beinen nach und stattdessen spürte ich eine Sekunde später wieder seine Zunge, die dieses Mal fordernder über meinen Kitzler fuhr. Ich glaubte sogar, seine Zähne zu fühlen, als er begann, an mir zu saugen. Erst sanft, dann immer fester. Gleichzeitig stieß er mit zwei Fingern in mich hinein, sodass mein ganzer Körper elektrisiert wurde.

»Jordan«, keuchte ich.

Seine Antwort war ein weiterer Finger, der sich aber dieses Mal meine Rosette aussuchte und von hinten in mich eindrang. Das Gefühl war so geil, dass ich mich aufbäumte.

»Ich … wow …«

Jordan begann seine Finger immer schneller in mir zu bewegen, sodass es weh getan hätte, wäre ich nicht so erregt gewesen. Ich spürte, wie sich alles in mir zusammenzuziehen begann. Wie sich meine Gedanken nur noch auf die Empfindungen zwischen meinen Beinen richteten. Ich vergaß alles um mich herum, es gab nur noch ihn und mich und …

»Wieso hörst du auf?«, fragte ich atemlos, als er sich plötzlich aus mir zurückzog. »Ich bin noch nicht gekommen …«

»Ich weiß«, raunte er, schob sich über mich und drückte mir einen feuchten Kuss auf den Mund. »Dreh dich um.«

25

Jordan

Ach verdammt, ich konnte mich kaum zusammenreißen, so sehr wollte ich sie. Noch nie hatte eine Frau mich so geil gemacht wie Kate. Und noch nie war es so eine Folter gewesen, sie nicht zu nehmen. Aber ich wollte erst, dass sie das von mir zurückbekam, was sie mir bereits gegeben hatte heute Abend. Zumindest sofern es in meinen Möglichkeiten stand.

Sie tat mir den Gefallen, drehte sich um und legte sich auf den Bauch.

»Hoch mit dir.« Ich schob eine Hand unter sie, sodass sie ihr Becken anheben musste und schließlich vor mir kniete.

Sie vergrub ihr Gesicht in meinen Laken, ihren Po mir entgegengestreckt. Allein dieses Bild hätte dafür gesorgt, dass ich mir bis ans Ende meines Lebens einen runterholen hätte können. Ihr Arsch war so straff und knackig, dass ich mich fragte, wieso ich bisher noch nicht ausgiebig davon Notiz genommen hatte.

Mit einem leisen Knurren senkte ich den Kopf und strich mit der Zunge über ihre Rosette, die immer noch von meiner Behandlung vorhin pulsierte.

»Oh mein Gott«, keuchte sie in meine Matratze und drängte sich mir stärker entgegen.

Ich drang leicht mit der Zungenspitze in sie ein und genoss das Gefühl ihrer Enge. Dann löste ich mich wieder von ihr. »Willst du, dass ich dich ficke?«

Ihre Antwort war nur ein gestöhntes »Mhm«, aber ich wusste, dass ich die Frage gar nicht hätte stellen müssen.

Mit einem schiefen Grinsen packte ich ihre Hüften und positionierte meinen Ständer zwischen ihren Pobacken. Ich ließ meine Eichel durch ihre Spalte gleiten, drückte bei ihrer Rosette etwas zu und lauschte dem erregten Laut, den sie dabei von sich gab. Aber ich wollte nicht ihren Arsch, sondern ihre Feuchtigkeit nochmals spüren. Ihre Hitze … also glitt ich etwas tiefer und spürte ihre Schamlippen, die sich um meinen Schwanz schlossen.

»Du bist so geil«, murmelte ich.

Sie wollte etwas antworten, doch da drang ich bereits in sie ein. Tiefer als vorhin und so schnell, dass sie vor Lust aufschrie.

Wir waren beide dem Höhepunkt schon verdammt nahe, daher tastete ich mit einer Hand von vorne zwischen ihre Schenkel und stimulierte ihren Kitzler, sodass sie unter mir zu zucken begann. Wenige Sekunden später schrie sie ihren Orgasmus in meine Laken, während ich von der Woge ihrer Lust hinweggeschwemmt wurde.

Es war einfach nur geil, ihre pulsierende Erregung zu spüren und zu wissen, dass *ich* es war, der sie derart in Ekstase versetzte. Eigentlich wollte ich noch etwas durchhalten und diesen Augenblick genießen, doch ihr sich zusammenziehendes Becken und die Muskeln ihrer Vagina, die meinen Ständer rhythmisch bearbeiteten, nahmen mir jegliche Kontrolle.

Ich stieß so tief in sie hinein, dass ich ihren Widerstand spürte und sie erneut aufschrie. Dann stöhnte ich und ergoss mich zum zweiten Mal an diesem Abend.

Gütiger Gott, wenn mir jemand gesagt hätte, dass ich heute noch so geilen Sex haben würde, hätte ich ihn ausgelacht. Aber jetzt kniete Kate vor mir und versuchte gerade wieder zu Atem zu kommen, während ich mich taumelnd aus ihr zurückzog und dann neben sie aufs Bett fallen ließ.

»Verdammt«, keuchte sie und sank schnaufend zur Seite. »Ver…dammt.«

Ich brauchte einige Augenblicke, bis ich selbst wieder zu Atem kam und meinen Kopf ihr zuwenden konnte.

Sie lag mit einem Lächeln neben mir und hob die Hand, legte sie auf meine Brust, die immer noch von meinem Shirt bedeckt war. »Ja, ich glaube, damit könnte ich leben«, murmelte sie.

Ich hob eine Augenbraue und sah sie an. »Womit?«, fragte ich ebenfalls heftig atmend.

»Mit dir. Mit uns.«

Ihr Lächeln war so ehrlich und voller Wärme, dass ich es nicht übers Herz brachte, ihr zu sagen, dass sie sich das abschminken sollte. Denn wenn ich *etwas* war, dann beziehungsuntauglich. Aber im Moment hatte ich keine Kraft und vor allem keine Muße, ihr das vor den Kopf zu knallen. Sie würde selbst darauf kommen, wenn es soweit war, dass sie wirklich Pläne für ›uns‹ schmieden wollte.

Ich war kein Beziehungstyp und da war auch noch die Sache, über die ich eigentlich mit ihr reden wollte … aber … das hatte alles Zeit. Bis morgen. Ich wollte mir diesen Abend nicht vermiesen lassen.

»Gibt es etwas, das du mit Geborgenheit verbindest?«, fragte sie unvermittelt.

Ich runzelte die Stirn und sah sie fragend an. »Wie meinst du das?«

»Nun.« Sie zuckte mit den Schultern. »Jeder von uns hat etwas, was ihn an schöne Zeiten erinnert. Bei mir zum Beispiel ist es das Frühstück, das meine … Mutter immer für mich gemacht hat.«

»Du nennst sie Mutter?«, fragte ich mit hochgezogenen Augenbrauen. »Die Frau, die dich von der Straße geholt hat?«

»Ja.« Sie nickte mit Nachdruck. »Das war sie auch. Mehr als jede andere Frau auf dieser Welt.«

Ich nickte stumm. Bei mir verhielt es sich ähnlich mit Álvaro. Auch er war mehr Vater, als es mein leiblicher Vater jemals gewesen war. Beim erneuten Gedanken an meinen Erzeuger zog sich alles in mir zusammen und ich verdrängte das Bild, das sich in meinem Kopf festsetzen wollte.

Jetzt war nicht der Moment, mit ihr darüber zu sprechen. Ich wollte das hier genießen.

Eine Weile schwiegen wir, dann sprach sie weiter. »Croissants. Sie hat immer Croissants für mich gebacken. Ich liebe den Duft noch heute. Und mit Butter und Erdbeermarmelade … hmmm … das ist so herrlich. Da fühle ich mich geborgen. Oh und Kaffee.

Kaffee darf natürlich nicht fehlen. Obwohl ich im Moment gerade nicht mehr so viel Kaffee trinke …«

Ihr Lächeln war so verträumt, dass ich mir tatsächlich vorzustellen versuchte, wie sie als Teenager an einem Tisch gesessen und mit ihrer Ziehmutter gefrühstückt hatte.

»Und bei dir?«, fragte sie. »Was gibt dir Geborgenheit?«

Ich schüttelte den Kopf, ohne etwas zu antworten.

Was sollte ich ihr schon sagen?

»Oh«, murmelte sie. »Das ist traurig.«

»Ist es nicht«, entgegnete ich etwas schroffer als beabsichtigt. »Alles, was ich brauche, ist hier auf meinem Weingut. Das hier ist meine Geborgenheit.« Gleichzeitig wusste ich, dass seit der Nachricht vor zwei Wochen nichts mehr so war, wie ich es gerne haben wollte. Aber diese Stimme schob ich zuhinterst in meine Gedanken. »Du bleibst also heute Nacht hier?«, fragte ich, um das Thema zu wechseln.

Sie nickte immer noch lächelnd. »Ja. Wenn ich darf?«

»Natürlich«, murmelte ich und hätte mich dennoch gleichzeitig selbst gerne geohrfeigt.

Es war mindestens fünf Jahre her, seit ich eine Frau bei mir hatte übernachten lassen. Und das war die reinste Katastrophe gewesen – ich war ständig aus meinen Albträumen aufgeschreckt und irgendwann hatte sie gemeint, ich sei ein totaler Psycho und war mitten in der Nacht abgehauen.

Doch irgendetwas sagte mir, dass Kate nicht so wäre. Irgendetwas ließ mich hoffen, dass sie am nächsten Morgen noch hier sei. Neben mir.

»Cool. Ich schreib noch kurz Emilia, dass ich hier bin, damit sie sich keine Sorgen macht«, meinte Kate, erhob sich und ging nur mit ihrem String bekleidet zurück ins Wohnzimmer.

Mein Blick folgte ihr, bis ich sie nicht mehr sah. Ich konnte immer noch nicht ganz glauben, dass diese Frau tatsächlich die Nacht mit mir verbringen wollte … irgendwie fühlte es sich komplett unwirklich an.

Sie kehrte mit ihrem Handy und einem Ladegerät zurück, dessen Kabel sie grinsend schwenkte. »Dieses Mal stirbt mein Akku nicht.«

Sie setzte sich auf das Bett, tippte die Nachricht an Emilia und schloss das Handy dann am Strom an. Zufrieden lächelnd legte sie sich wieder neben mich.

»Ich muss dich warnen«, sagte ich und sie hob den Kopf etwas an. »Ich … habe Albträume. Und ich schlafe nur mit Licht. Ich weiß nicht, ob du eine ruhige Nacht verbringen kannst hier neben mir. Aber ich kann sonst aufs Sofa gehen, dann kannst du das Bett haben.«

Ihre Augen begannen zu blitzen, während sie näher zu mir rückte. »Kommt gar nicht infrage. Jordan, du weißt, dass ich mit deinen Panikattacken umzugehen weiß.« Sie sah mich vielsagend an. »Wenn du einen Albtraum hast, dann …« Sie griff in meinen Schritt, umfasste meinen Schwanz. »Werde ich ihn mir vornehmen.«

Ich schloss die Augen und stieß ein belustigtes Schnauben aus. »Weißt du, dass du verrückt bist?«

Jetzt lachte sie ebenfalls auf. »Du bist nicht der Erste, der das feststellt. Aber hey, Verrückte leben länger – oder so.« Sie ließ meinen

Schwanz wieder los und streichelte darüber. »Tust du mir einen Gefallen?« Ich öffnete die Lider und blinzelte sie an. »Ziehst du dein Shirt für die Nacht aus? Ich möchte deinen Oberkörper an meinem fühlen. Haut an Haut.«

Wieder meldete sich in mir mein Fluchtreflex. Niemand hatte mich je darum gebeten, ihm so offen meine Narben zu zeigen. Niemand. Nicht einmal mein Stiefvater. Doch bei Kate klang es so selbstverständlich. So unproblematisch …

Dennoch konnte ich nicht anders, als ihre Bitte infrage zu stellen. »Wieso?«

Ihr Lächeln blieb auf ihrem Gesicht wie eingemeißelt. »Weil es sich besser anfühlt. Glaub mir.«

Für ein paar Augenblicke sah ich sie einfach nur an. Dann zog ich die Bettdecke, auf der wir lagen, unter mir hervor und legte sie über uns. Kate hielt mit mir Blickkontakt, wartete geduldig.

Meine Finger wanderten zu meinem Shirt und – ich konnte es selbst kaum glauben – schoben es nach oben. Zentimeter für Zentimeter, so wie Kate es vorhin getan hatte. Schließlich zog ich es mir über den Kopf und warf es neben das Bett auf den Boden.

Ohne meinen Blick loszulassen, drückte sich Kate mit einem zufriedenen Lächeln an mich und legte ihren Arm um meine Brust. Sie starrte weder meine Narben an noch strich sie darüber. Es schien beinahe, als würde sie sie nicht bemerken. Als wären die Striemen nie auf meiner Haut gewesen.

»Schlaf gut«, hauchte sie, hob den Kopf und drückte mir einen Kuss auf die Wange.

Ich fühlte ihr Bein sich über meines schieben, während sich mein Arm wie von selbst um ihre Schulter legte, sie noch näher an mich zog. Den anderen winkelte ich an und schob ihn unter meinen Kopf.

So lag ich lange noch da, starrte an die Decke, die von der Kerze beleuchtet wurde und hörte ihren Atem leiser und regelmäßiger werden. Irgendwann löste ich mich sorgfältig von ihr, löschte die Kerze und zündete das Nachtlicht an. Dann kehrte ich zu ihr zurück und sofort tastete sie wieder nach meinem Körper, drängte sich an mich.

Es war so seltsam … so … vertraut? Wie auch immer. Ich war zu müde, das jetzt noch zu analysieren. Also drehte ich mich ihr zu und drückte einen Kuss auf ihren Scheitel. Ein leises Seufzen war ihre Antwort, aber ich war mir sicher, dass sie bereits schlief. Dennoch schlang sich ihr Arm noch fester um mich, so, als wolle sie mich festhalten.

Diese Nähe … diese … Bedingungslosigkeit.

Verdammt … womöglich war ich auch gerade dabei, sie in mein Herz zu lassen. Keine Ahnung … ich kannte dieses Gefühl nicht – hatte es bisher in meinem Leben noch nie gespürt. Aber Kate war ja auch anders als alle Frauen, denen ich bisher begegnet war …

26

KATHLEEN

Selten hatte ich so gut geschlafen wie in dieser Nacht. Entgegen Jordans Ankündigung hatte er mucksmäuschenstill neben mir gelegen und sich kaum gerührt. Nun, als die Sonnenstrahlen zwischen den Vorhängen hindurch ins Zimmer schienen, wurde ich von einem leisen Maunzen vor der Tür geweckt und mir kam in den Sinn, dass Jordan ja eine Katze hatte. Womöglich war sie es nicht gewohnt, nachts aus dem Zimmer ausgesperrt zu werden und protestierte deshalb lautstark vor der geschlossenen Tür.

Lächelnd schälte ich mich aus dem Laken und warf einen Blick auf Jordan, der immer noch tief und fest schlief. Sein Gesicht war mit einem stärkeren Bartschatten als sonst bedeckt und die schwarzen Locken zerzaust. Die Bettdecke war etwas nach unten gerutscht und entblößte seine Brust, die von diesen hellrosa Striemen verunstaltet wurde. Ich schauderte, als ich darüber nachdachte, wie viele Schläge Jordan in seinem Leben schon eingesteckt haben musste – von seinem eigenen Vater. Wie böse konnte ein Mensch nur sein, seinem Kind so etwas anzutun?

Gerade wollte ich mich über ihn beugen und ihn wachküssen, da überwältigte mich eine Welle der Übelkeit, die ich nun bereits kannte. Ich sprang aus dem Bett und zu der Tür, vor der keine Katze miaute, und die nicht ins Wohnzimmer führte, denn dahinter vermutete ich das Bad. Zum Glück hatte ich recht und konnte gerade noch eine kleine Katastrophe verhindern. Keine Ahnung, wie Jordan reagiert hätte, hätte er mich schon wieder kotzen gesehen – auch wenn dieses Mal der Grund kein Alkohol, sondern etwas viel Schöneres war.

Ich hoffte, dass sich diese Morgenübelkeit nach einigen Wochen wieder legen würde. Zudem schmerzten meine Brustwarzen und meine Brüste spannten – und das konnte nicht nur am Sex mit Jordan liegen.

»Krümelchen«, murmelte ich, nachdem ich mir den Mund mit Wasser ausgespült hatte und strich über meinen flachen Bauch, der in einigen Wochen beginnen würde, anzuschwellen. »Was tust du nur mit mir?«

Dann stellte ich mich kurz unter die Dusche und suchte leider vergebens nach einem Duschgel … wusch Jordan sich etwa nicht? So gut es ging, reinigte ich mich eben ohne Seife und trocknete mich dann mit dem Handtuch ab.

Wenigstens einen Kamm gab es hier, sodass ich meine verwuschelten Haare richten konnte, ohne meine Handtasche holen zu müssen, die noch im Wohnzimmer lag. Mit ein paar geübten Handgriffen und Klopapier anstelle von Abschminktüchern richtete ich mein verschmiertes Make-up und kehrte dann zu Jordan zurück.

Dieser schien den Schlaf der Gerechten zu schlafen, denn als ich ins Zimmer kam, lag er immer noch mit geschlossenen Augen auf dem Bett.

Während ich ihn so betrachtete, kam mir mit einem Mal eine Idee. Er hatte gestern Abend nicht reagiert, als ich ihn fragte, was ihm Geborgenheit gäbe. Wie wäre es nun, wenn ich ihm einfach einen Teil von meinen Erinnerungen schenken würde? Indem ich … gute Idee!

Rasch nahm ich mein Handy und verschwand ins Wohnzimmer, wo immer noch meine Kleider und meine Tasche neben dem Sofa lagen. Bei der Erinnerung an gestern Abend musste ich ein Seufzen unterdrücken. Den String konnte ich nicht mehr verwenden, aber ich hatte immer Ersatzwäsche mit dabei.

Ich sprühte etwas Deo und Parfüm über meinen Körper, zog mich an, schlüpfte in meine Pumps und riss aus einem kleinen Notizblock, den ich immer in meiner Handtasche dabei hatte, eine Seite raus. Darauf kritzelte ich eine Nachricht.

Ich hole uns ein königliches Frühstück,
bleib ja wo du bist!
XOXO Kate

Dann stahl ich mich noch einmal ins Schlafzimmer und deponierte den Zettel neben Jordans Kopfkissen, ehe ich auf Zehenspitzen wieder hinaus schlich. Auf meine Jacke verzichtete ich, da die Sonne draußen bereits schien und ich ja nur mit dem Auto unterwegs sein würde.

So leise ich konnte, verließ ich seine Wohnräume und trat in den Gang, wo mich ein gurrender Kater begrüßte und mir um die Beine strich. Ich versuchte, mich an seinen Namen zu erinnern.

»Hunter?«, fragte ich und der schwarze Kater schnurrte lauter. »Entschuldige bitte, dass ich dich von deinem Herrchen ferngehalten habe in dieser Nacht«, lächelte ich, während ich mich bückte und ihn zwischen den Ohren kraulte. »Aber ich darf dich jetzt nicht zu ihm lassen, sonst weckst du ihn auf – und das wäre schade für meine Überraschung.«

Der Kater schien mit mir vorliebzunehmen, denn er schnurrte weiter und räkelte sich jetzt auf dem Boden.

»Kate?« Als ich mich umdrehte, stand Kevin mit einem breiten Grinsen hinter mir. »Eure ›Unterhaltung‹ scheint ja doch etwas länger gedauert zu haben.« Seine Augenbrauen hüpften in die Höhe.

Ich erhob mich und glättete mein Kleid. »Ja, wir haben uns ziemlich lange und ausgiebig … ›unterhalten‹«, schmunzelte ich.

Kevin kniff die Augen zusammen und streckte abwehrend die Hand aus. »Oh bitte keine Details«, lachte er. »Ich meine … wenn ich meinen Bruder beim … baaah, ich wollte doch gerade frühstücken …« Angewidert verzog er seinen hübschen Mund, aber das Grinsen blieb ihm dennoch auf dem Gesicht stehen.

»Das ist ein gutes Stichwort«, meinte ich und strich mir eine Haarsträhne weg, die mir während Hunters Streicheleinheiten ins Gesicht gefallen war. »Wo gibt es hier frische Croissants?«

Kevin runzelte die Stirn und sah mich verwirrt an. »Frische … äh … unser Restaurant hat immer frische Brötchen.«

Ich schüttelte den Kopf. »Nein, es müssen Croissants sein. Gibt es in der Nähe eine Bäckerei?«

»Du willst für meinen Bruder Croissants holen gehen?« Sein Gesicht war ein einziges Fragezeichen.

»Mag er die nicht?«

»Doch, ich glaube schon, aber …« Er kratzte sich am Kopf und überlegte. »Also wenn du auf dem Sonoma Highway rechts fährst, kommst du nach ein paar Minuten zu einem Café namens ›Casa Sofia‹, das links von der Straße bei der Kreuzung mit der Shaw Ave liegt. Die Besitzerin hat ab und an Croissants, glaub ich.«

»Also rechts auf den Highway, dann links, das schaff ich«, meinte ich nickend. »Bitte weck Jordan nicht, es soll eine Überraschung sein.«

Kevin grinste erneut. »Dann werden wir dich jetzt öfters hier sehen?«

»Mag sein«, lächelte ich und zuckte mit den Schultern. »Das hängt aber vor allem von ihm ab. Und …« Ich verstummte. Sollte ich ihm sagen, dass ich schwanger war? Irgendwie fühlte es sich nicht richtig an – es wäre besser, wenn Jordan und ich es zusammen verraten würden. Also ließ ich mein Lächeln breiter werden. »Danke für den Tipp mit den Croissants. Ich hoffe, ich kann Jordan damit eine kleine Freude bereiten.«

»Immer gerne.« Kevin musterte mich immer noch mit einem breiten Grinsen. »Dann bis später … Schwägerin.«

Ich lachte leise, als ich meine Tasche schulterte und an ihm vorbei zur Treppe ging, die nach unten führte. Trotz meiner Morgenübelkeit fühlte ich mich so wohl wie selten, denn eine große Last war mir von den Schultern genommen worden. Jordan würde ein guter Vater, das hatte ich im Gefühl.

Das kleine Dörfchen, das neben dem ›Camillo‹-Weingut lag, bestand vor allem aus Restaurants und Weinlokalen. Das Café zu finden, war kein Problem, es befand sich wirklich direkt an der Straße. Als ich gerade abbiegen wollte, fiel mir ein VW im Rückspiegel auf, der mir viel zu nah auffuhr. Ich zeigte ihm den Stinkfinger und erntete dafür einen bösen Blick des Fahrers.

»Arschloch«, murmelte ich, als ich auf den Parkplatz vor dem ›Casa Sofia‹ fuhr, welches anscheinend italienische Besitzer hatte.

Als ich aus meinem Auto ausstieg, merkte ich, dass der doofe VW mir gefolgt war. Entweder wollte dieser Typ Krawall oder Croissants. Ich ging stark von Ersterem aus. Aber ich hatte nicht vor, mir diesen Samstag von einem blöden Idioten vermiesen zu lassen, also nahm ich rasch meine Handtasche und betrat das Café, in welchem es tatsächlich nach Croissants roch.

Die ältere Dame, die wohl die Ladenbesitzerin war, blickte vom Tresen auf und lächelte mir freundlich zu, als ich zu ihr ging. »Na, Señora, was darf es für Sie sein?«, fragte sie mit italienischem Akzent, was ihre spanische Anrede ungewollt komisch klingen ließ.

»Vier Croissants bitte«, antwortete ich lächelnd. »Und ein Kaffee sowie ein Schwarztee zum Mitnehmen.«

Seit der Schwangerschaft konnte ich Kaffee nicht mehr viel abgewinnen – obwohl früher mein LEBEN daraus bestanden hatte. Aber Krümelchen war nun mal eher der Schwarztee-Trinker, also passte ich mich ihm an.

Die Frau nickte und begann herumzuhantieren, während ich mich in dem Lokal umsah. Es gab nicht viele Gäste, aber das lag wohl daran, dass es noch ziemlich früh am Morgen und Samstag war. Alles war gemütlich eingerichtet, wenngleich der Charme vom ›Camillo‹-Weingut hier fehlte.

Ich spürte ein wohliges Frösteln, als ich daran dachte, wie ich Jordan nachher wecken würde. Er würde mich überrascht ansehen, dann die Croissants bemerken, verstehen – und dann würden wir im Bett zusammen frühstücken. Er und ich. Und unser Kind. Vielleicht könnten wir ihm einen Namen geben? Oder wenigstens darüber nachdenken, wie es heißen sollte, wenn es ein Mädchen oder Junge wurde?

Es gab noch so viel zu besprechen mit Jordan … ich würde zudem meinen Job irgendwie koordinieren müssen, sodass ich von hier aus arbeiten konnte. Aber da ich selbständig war, würde das schon irgendwie gehen, ich war ohnehin Optimistin. Und meinen kleinen Laden in New York würde einfach mein Angestellter weiterführen.

Noch während ich über unsere Zukunft nachdachte, war meine Bestellung fertig und die nette Dame drückte mir noch etwas Schokolade in die Hand. Irgendein Werbegeschenk, das sie wohl loswerden wollte, denn es war das Motiv eines Liegestuhls und einer Palme drauf – eindeutig das Falsche für die Herbstzeit.

»Danke«, rief ich über die Schulter, als ich den Laden wieder verließ.

Dann blieb ich abrupt stehen, denn mein Blick fiel auf den VW-Fahrer, der anscheinend auf mich gewartet hatte. Er lehnte an seinem Wagen und stieß sich nun ab, als ich mich ebenfalls wieder in Bewegung setzte und raschen Schrittes zu meinem Auto ging, das direkt neben ihm parkte.

Ein kurzer Blick zeigte mir, dass wir alleine auf dem Parkplatz waren, was mir ein flaues Gefühl bereitete.

Beim Näherkommen merkte ich, dass ich den Fahrer irgendwo schon einmal gesehen hatte. Er war vielleicht um die fünfzig Jahre alt, aber seine lateinamerikanischen Wurzeln ließen ihn jünger aussehen. Nur ein paar graue Strähnen in seinem schwarzen Haar verrieten, dass er die Dreißiger und Vierziger bereits hinter sich gelassen hatte. Im Grunde sah er gut aus, aber da war dieser Blick, der lauernd und gleichzeitig aggressiv wirkte. Um in mein Auto einzusteigen, musste ich unweigerlich an ihm vorbei, denn er stand jetzt neben meiner Fahrertür.

»Würden Sie bitte mal zur Seite gehen?«, fragte ich betont höflich.

Seine Augenbrauen schoben sich zusammen und jetzt, als ich direkt vor ihm stand, erinnerte ich mich, dass ich ihn schon einmal gesehen hatte. Diese vernarbten Wangen, die wirkten, als hätte er als Jugendlicher Akne gehabt … er war auf Jordans Fest gewesen. Also auf der Feier für Selena. Er hatte mich angerempelt – oder ich ihn. Wie auch immer …

Na, wenigstens wusste ich jetzt, wieso er mir gefolgt war. Wahrscheinlich hatte er mich ebenfalls erkannt und wollte sich nun entschuldigen – oder so.

Als er keinerlei Anstalten machte, zur Seite zu treten, wurde ich dennoch unruhig. »Sie ... waren auf dem ›Camillo‹-Weingut«, bemerkte ich. »Kennen Sie die Familie?«

Sein Blick wurde für einen kurzen Augenblick noch finsterer, aber dann glitt der Anflug eines Lächelns über sein Gesicht. Wenngleich es irgendwie steif wirkte. »Ich kenne Jordan sehr gut«, nickte er. »Und ich habe Sie und ihn zusammen gesehen. Sie scheinen sich ebenfalls ziemlich gut zu kennen.«

Der Kuss ... verdammt, wer hatte alles davon Wind bekommen? Ich hatte zwar erwartet, dass wir dadurch Aufmerksamkeit auf uns gelenkt hatten, aber dass ich nun von einem Wildfremden darauf angesprochen wurde, war mir tatsächlich dann doch unangenehm.

Dennoch blickte ich ihn jetzt fest an und erwiderte sein Lächeln. »Ja, wir sind zusammen, Jordan und ich«, erklärte ich. »Kann ich ihm etwas ausrichten?«

Er deutete mit dem Kopf in Richtung seines Kofferraums. »Ja, ich hab da hinten was für ihn. Warten Sie, ich hole es.«

Ich nickte ebenfalls und öffnete meinen Wagen, um die Croissants auf den Beifahrersitz zu legen und die beiden Getränke in die Halterungen zu stellen. Meine Tasche deponierte ich auf dem Fahrersitz und wandte mich um, da ich von dem Typen nichts mehr sah. »Hallo?«, rief ich und machte zwei Schritte in Richtung seines Kofferraums, der offen stand.

Nichts. Keine Antwort.

»Ähm, ich müsste dann mal los«, bemerkte ich und trat nun um seinen Wagen herum, um in den Kofferraum sehen zu können.

Dann ging alles extrem schnell. Ich spürte eine Hand auf meinem Gesicht, die ein Tuch darauf presste. Als ich einatmete, roch ich sofort das Betäubungsmittel und wollte mich dagegen wehren, aber mein Körper reagierte bereits nicht mehr so, wie er eigentlich sollte. Ich fühlte mich schwindelig und schnappte reflexhaft erneut nach Luft. Fehler. Das Schwindelgefühl wurde stärker und mein Blick verschleierte.

Ich versuchte, den Atem anzuhalten, aber da wurde ich auch schon mit einem Stoß in den Kofferraum befördert und als ich unwillkürlich Luft holte, um zu schreien, war ich auch schon weg. Alles wurde schwarz um mich, dann verlor ich mein Bewusstsein.

27

Jordan

Gähnend streckte ich mich und bemerkte, dass ich kein Shirt trug. Seltsam … ich schlief eigentlich nie ohne Shirt …

Mit einem Mal kam mir in Erinnerung, was gestern Abend passiert war und ich schreckte hoch. »Kate?«

Nirgendwo eine Spur von der bunten Frau, die mein Leben mal wieder gehörig auf den Kopf gestellt hatte.

Vielleicht war sie noch im Bad? Ich lauschte, konnte aber nichts hören.

War sie etwa abgehauen? Hatte sie Angst vor ihrer eigenen Courage bekommen?

Für einen kurzen Moment spürte ich ein seltsames Stechen in meiner Brust, das sich auf meinen Bauch ausweitete, doch als ich aufstehen wollte, ertasteten meine Finger ein Blatt Papier neben mir.

Kate.

Ich überflog die Nachricht und wie von selbst breitete sich ein Grinsen auf meinem Gesicht aus. Mit einem Seufzen ließ ich mich zurück ins Bett fallen und starrte zur Decke hoch, während ich meine Arme hinter dem Kopf verschränkte.

So blieb ich genau eine Sekunde lang liegen.

Dann schreckte ich erneut auf.

Verdammt! Sie war alleine da draußen! Und ein Irrer lief herum! Ein Irrer, der mir seit zwei Wochen Nachrichten schrieb!

Rückblick, 2 Wochen zuvor …

Eine Woche war es her, seit Kate mich im Weinkeller verführt … äh … therapiert hatte. Immer noch konnte ich ihren Körper fühlen und wenn ich in meinen Pick-up stieg, bildete ich mir ein, ihr Parfüm zu riechen. Geschweige denn, wenn ich tatsächlich in den Weinkeller ging. Dort waren die Erinnerungen an sie so lebendig, dass ich mich zusammenreißen musste, um meinen Schwanz zu beruhigen. Das Putzpersonal hatte alles beseitigt, wohl auch das Kondom – peinlich, aber sie würden eh denken, dass Kevin eine seiner Freundinnen hier unten verführt hätte. Mich hätte niemand im Verdacht, denn so war ich nicht … außer eine Frau wie Kate stolperte in mein Leben.

Unsere Verabschiedung war beschissen gewesen … ich hatte mal wieder alles vermasselt. Aber darin war ich ja auch Weltmeister. Und da ich ihr gesagt hatte, dass wir uns nie mehr wiedersehen würden, konnte ich mich auch nicht einfach so bei ihr entschuldigen.

Ja, gut. Ausrede. Jaja. Aber was brachte es, mich zu entschuldigen, wenn das mit uns ohnehin nur ein einmaliges Abenteuer gewesen war? Eben.

Diese Gedanken begleiteten mich die ganze Woche, bis zu dem Tag, an dem ER schrieb.

Es war Freitag. Der Freitag, den ich mit Armando für die Weinverkostung abgemacht hatte. Er hatte mich angerufen und gesagt, er würde seine Freundin mitbringen, was absolut in Ordnung war. Zwar hätte ich mich lieber mit ihm alleine getroffen, aber ich hatte ihm ja selbst vorgeschlagen, eine Begleitung mitzunehmen. Also würde ich diesen Abend zu dritt durchstehen und auf Männergespräche verzichten.

Wenn ich mich recht erinnerte, war seine Freundin ohnehin eher ein scheues Mäuschen, das sich wohl zurückhalten würde – also kein Problem für mich. Probleme machten mir nur laute, bunte Frauen. So wie meine Stiefschwester Selena – oder eben Kate.

Ich hatte alles für das Abendessen vorbereiten und unseren kleinen Degustationsraum herrichten lassen, den wir nur für besondere Gäste nutzten. Er befand sich neben dem Haupteingang und stellte ein äußerst edles Separee dar, welches Kevin schon des Öfteren für seine Dates zweckentfremdet hatte, wie ich sehr wohl wusste. Und Álvaro wusste es ebenfalls. Aber wir ließen dem Kleinen seinen Spaß, wenigstens einer von uns sollte glücklich sein dürfen.

Armando war überpünktlich und erschien mit seiner Freundin in eben dem Moment, als ich mit letzten Handgriffen den Wein bereitgestellt hatte, den ich ihm verkaufen wollte, und ins Foyer trat.

»Jordan, schön, Sie wiederzusehen«, begrüßte er mich und streckte mir die Hand entgegen, die ich mit einem festen Händedruck schüttelte. »Meine Freundin Melinda kennen Sie ja bereits.« Er deutete auf das hübsche blonde Mädchen, das sich bei ihm untergehakt hatte, sich nun von ihm löste und mir ebenfalls ihre Hand entgegenhielt.

Melinda trug ein knielanges weißes Kleid mit blauen Punkten, die zu ihren Augen passten. Es umschmeichelte ihre zierliche Figur, ohne billig zu wirken. Ihr Blick war schüchtern und sie konnte mir nicht richtig in die Augen sehen, während ich ihre Hand schüttelte. Ich vermutete, dass ich ihr Angst machte, aber da war sie nicht die erste Frau. Auf viele wirkte ich zu grob und mein Gesichtsausdruck zu düster. Ich wusste das, aber ich wollte es nicht ändern, da mir meine abweisende Art lästige Menschen vom Hals hielt.

Doch heute riss ich mich zusammen, schließlich ging es darum, unseren Wein anzupreisen und dafür musste ich auch Armandos Freundin für mich gewinnen. Also schenkte ich Melinda ein Lächeln, von dem ich hoffte, dass es freundlich wirkte. Sie erwiderte es zögernd, nahm dann aber viel zu schnell ihre Hand aus meiner und hakte sie wieder bei Armando unter, der sie amüsiert musterte.

Ich konnte in seinen Augen die Zuneigung erkennen, die er für dieses Mädchen hegte, und wandte angewidert den Blick ab. Liebe war so eine falsche Schlange – wenn man ihr nicht in die Augen sah, biss sie aus dem Hinterhalt zu. Das würde auch Armando noch erkennen.

»Folgen Sie mir doch bitte«, meinte ich und deutete mit der Hand in Richtung Degustationsraum.

Meine Gäste betraten das kleine Zimmer und Armando sah sich anerkennend um. »Sehr edel«, bemerkte er. »Sowas könnte ich in meinem Weinlokal auch gebrauchen.«

»Dein Lokal ist doch ebenfalls schön eingerichtet«, meinte Melinda und sah ihren Freund mit einem leichten Lächeln an.

»Ja, aber diese … Abgeschiedenheit, das hat was«, erwiderte Armando mit einem schiefen Grinsen.

»Setzten Sie sich, ich gebe in der Küche Bescheid, dass Sie hier sind.«

Mit einem Nicken verließ ich den Raum und winkte eine blonde Kellnerin namens Sonja herbei, die für diesen Abend den Service machen würde. Sie verschwand sofort im Separee, um meinen Gästen Wasser einzuschenken und ihnen schon mal den Weißwein zu präsentieren, den ich klammheimlich auch noch mit in die Degustation geschmuggelt hatte. Derweil informierte ich die Küche, dass sie starten konnten.

Gerade als ich wieder zurückkehren wollte, klingelte mein Telefon. Ich sah auf das Display, erkannte jedoch die Nummer nicht. Es war irgendeine lokale Festnetznummer. Wer rief mich an einem Freitagabend an?

Für einen kurzen Moment kam mir Kate in den Sinn, aber das konnte nicht sein.

Gerade wollte ich rangehen, da hörte das Klingeln auf und stattdessen blinkte kurz darauf eine Nachricht auf dem Bildschirm. Auch sie war von einem PC verschickt worden, wie ich erkannte, als ich darauf drückte. Keine Handynummer.

Hola, hijo, hast du mich
vermisst?

In mir gefror alles, während ich auf das Display starrte. Meine Hand begann unwillkürlich zu zittern und der Schweiß brach mir aus.

Hijo. Das bedeutete ›Sohn‹ auf Spanisch. Álvaro nannte mich nie so … so nannte mich nur …

Ehe ich etwas tun konnte, blinkte eine weitere Nachricht auf.

Ich bin zurück und werde dir
das Leben zur Hölle machen.

Jetzt konnte ich seine Stimme in meinem Ohr hören. Wie er mich angebrüllt hatte, wenn er mich schlug. Wie er mich verhöhnte, wenn ich weinte. Sein Lachen, seine Schreie, seine Beleidigungen.

Kurz wurde mir schwindlig und ich musste mich neben der Tür zum Separee abstützen.

Sonja trat gerade aus dem Raum und musterte mich besorgt. »Jordan, alles in Ordnung mit Ihnen?«

Ich schüttelte den Kopf, um meine Gefühle wieder in den Griff zu bekommen. »Ja. Alles gut«, murmelte ich.

Dabei war nichts gut. Gar nichts.

Wieso meldete sich mein leiblicher Vater ausgerechnet jetzt? Was hatte er vor?

So viele Jahre hatte ich ihn auf Abstand halten können. Ich hatte immer wieder die Telefonnummern gewechselt, hatte eine Zeit lang sogar Wachen auf unserem Grundstück postiert, um zu verhindern, dass er es betreten würde. Álvaro wusste nicht, dass mich mein Vater während den letzten Jahren immer wieder kontaktiert hatte. Mir sogar aufgelauert war. Bis er einmal in eine Messerstecherei mit Todesfolge verwickelt wurde und ins Gefängnis kam.

Hatte er seine Zeit etwa bereits abgesessen? Das war doch nur vier Jahre her …

Fahrig fuhr ich mir mit einer Hand übers Gesicht und steckte das Handy ein. Ich konnte jetzt nichts tun, musste mich auf Armando und Melinda konzentrieren. Dieser Abend war wichtig – um meinen Vater würde ich mich morgen kümmern. Vielleicht wollte er mich auch nur verängstigen. Gelungen war es ihm auf jeden Fall schon mal.

»Jordan?«, fragte die Kellnerin und runzelte die Stirn. »Wirklich alles in Ordnung?«

Ich nickte und atmete tief durch. »Ja. Danke, Sonja. Wenn Sie dann bitte den ›Gruß aus der Küche‹ holen würden?«

Sonja nickte und ging davon, während ich noch einmal tief einatmete und mich dann meinen Gästen zuwandte. Dabei ließ mich ein Gedanke einfach nicht los … wusste mein Vater von Kate? Und wieso hatte ich so ein mieses Gefühl, wenn ich an sie dachte?

Der Abend verlief immerhin dahingehend positiv, dass Armando voll des Lobes für unseren Wein war. Er versprach mir, gleich am Montag eine erste Bestellung aufzugeben, um ihn seinen Kunden ans Herz zu legen.

Mehr, als ich mir erhofft hatte.

Dennoch konnte ich diesen Erfolg leider nur bedingt genießen, denn die Nachricht meines Vaters ließ mich einfach nicht los.

In den darauffolgenden Tagen hörte ich nichts mehr von ihm und war schon drauf und dran zu glauben, dass er mich tatsächlich nur hatte verunsichern wollen – als er mit einem Mal vor mir stand.

Es war ein sonniger Tag und ich gerade dabei, von der Arbeit in den Weinreben zurück zum Haus zu gehen, da hielt ich mitten in der Bewegung inne. Denn dort, auf dem Parkplatz, lehnte an einem der Autos ein Mann, den ich gleichzeitig hasste und fürchtete. Mein Vater.

Wie versteinert starrte ich ihn an, während sich auf seinem vernarbten Gesicht ein Grinsen bildete.

»Hola!«, rief er zu mir herüber. »Komm doch her, hijo. Begrüßt du deinen Vater etwa nicht mehr?«

Seine Stimme klang noch genau so bösartig wie ich sie in Erinnerung hatte. Und sie schüchterte mich noch genau so ein. Mit einem Mal war ich wieder der kleine Junge, der versuchte, sich vor den Schlägen zu ducken – ich konnte nichts dagegen tun. Die Bilder meiner Kindheit überrannten mich förmlich und nahmen mir jegliche Möglichkeit, mich wie ein erwachsener Mann zu verhalten.

Mit gesenkten Schultern und niedergeschlagenem Blick ging ich über den Parkplatz auf meinen Vater zu, der sich nun vom Auto abstieß und die Arme vor der Brust verschränkte.

»Siehst beschissen aus«, kommentierte er meinen Auftritt. »Aber was erwarte ich von einem Nichtsnutz.«

»Lass uns in Ruhe.« Meine Stimme war viel zu leise und viel zu dünn. Ich räusperte mich, hob den Blick und versuchte, ihn fest anzusehen. Scheiterte jedoch an seinem gehässigen Lachen.

»Du bist ein Weichei«, höhnte er, hob eine Hand und ich zuckte augenblicklich zusammen.

Verdammt, diesen Reflex hatte ich nicht unter Kontrolle.

Wieder lachte mein Vater. »Ein absolutes Weichei!«, rief er und griff in seine Hosentasche, um eine Zigarette und ein Feuerzeug herauszuholen. Er zündete sie an.

Ich war froh, dass keine Gäste mehr hier waren, die ihn hätten hören können.

»Und sowas will mein Weingut leiten?«, schnaubte mein Vater verächtlich, während er den Rauch ausstieß.

»Es ist nicht dein Weingut«, presste ich durch die Zähne. »Es gehörte meiner Mutter. Und sie hat es mir vererbt.«

»Sie hat es mir gestohlen!«, brüllte mein Vater außer sich. »Aber ich werde es mir zurückholen!«

Ich erschauderte. »Lass uns in Ruhe«, stieß ich erneut hervor.

Er lachte nur. »Mit ›uns‹ meinst du bestimmt deine Geliebte, die du in meinem Haus in aller Ruhe fickst.« Sein Grinsen war so abscheulich, dass ich innerlich erbebte. Ich starrte ihn mit offenem Mund an. »Ha, hättest du nicht vermutet, dass ich von ihr weiß, oder? Aber ich habe euch gesehen. Vor zwei Wochen auf dem Fest und auch beim Nacktbaden!«

»Du warst da?«, keuchte ich.

Hatte ich ihn mir also doch nicht eingebildet. Er war dort gewesen – und ich hatte ihn gesehen!

»Natürlich war ich da«, nickte er und seine dunklen Augen blitzten. »Große Show hast du da mit der Kleinen abgeliefert, muss schon sagen! Hätte ich dir nicht zugetraut, dass du sie vor allen küssen würdest. Und dann hast du sie ganz gentlemanlike nach Hause gefahren. Wahrscheinlich noch ein Nümmerchen dazwischen geschoben, oder? Wusste nicht, dass du auf Clowns stehst!«

Er hatte gerade Kate beleidigt! Das ging jetzt zu weit!

Ehe ich es mich versah, hatte ich meine Hand erhoben, doch etwas in seinem Blick hielt mich zurück.

»Du kannst es nicht, oder?«, lachte er. »Du kannst mich nicht schlagen! Du bist so ein Weichei! Und sowas schimpft sich meinen Sohn!« Er spuckte auf den Boden.

»Du hast es nicht verdient, dass ich dich schlage«, knurrte ich und ließ meine Hand wieder sinken. »Hau ab! Oder ich rufe die Polizei!«

»Hunde die bellen beißen nicht«, meinte er mit herablassendem Blick. »Aber keine Sorge, ich werde gehen. Ich weiß jetzt, was ich wissen wollte. Wir sehen uns wieder, hijo!«

Damit wandte er sich ab und stieg in sein Auto. Ich stand noch mindestens eine Viertelstunde an derselben Stelle, als er schon längst weggefahren war. Und dieses Gefühl, das sich in meiner Brust einnistete, wurde mit jeder Sekunde stärker.

Ich hätte auf dieses Gefühl hören sollen, verdammt!

28

Jordan

Gegenwart

»Kevin!«, rief ich durch das Haus, während ich fahrig meine Jeans zuknöpfte und das Shirt anzog, das ich mir über die Schulter geworfen hatte. »Kevin!«

Dass mich die Angestellten mit komischen Blicken bedachten, als ich in die Eingangshalle kam, war mir einerlei. Ich musste meinen Bruder finden und ihm alles erzählen.

Endlich entdeckte ich ihn beim Tresen, wo er sich gerade mit einer hübschen Touristin unterhielt. Als ihn mein Blick traf, runzelte er die Stirn, sagte etwas zu der jungen Frau und kam mir dann mit langen Schritten entgegen.

»Ist etwas passiert?«, fragte er.

Ich packte ihn am Arm und zog ihn nach draußen in den abgeschotteten kleinen Hinterhof, wo wir unter vier Augen sprechen konnten.

»Wo ist Kate?«, stieß ich hervor, als sich die Türe hinter uns geschlossen hatte.

Nun glitt ein Grinsen über das Gesicht meines Bruders. »Mach dir keine Sorgen, sie ist nur kurz weggefahren, um Croissants zu holen. Wieso auch immer sie das für so wichtig hielt. Ich hab ihr gesagt, dass wir selbst Brötchen …«

»Wann ist sie weg?«, unterbrach ich ihn unwirsch.

Kevin verzog kopfschüttelnd den Mund. »Vor etwa einer halben Stunde. Wahrscheinlich kennt sie sich nicht so gut aus hier und musste das Café erstmal suchen.«

Mit einer Hand fuhr ich mir durch die Haare. »Und wieso geht sie dann nicht ans Telefon?« Ich deutete auf mein Handy, das ich in den vergangenen Minuten am liebsten gegen die Wand geschmissen hätte.

Ich hatte Kate ungefähr zwanzig Mal versucht anzurufen, hatte ihr Nachrichten geschrieben. Doch es kam nur der Anrufbeantworter und meine WhatsApp-Häkchen blieben grau. Sie las sie nicht.

»Was weiß ich, vielleicht hat sie wieder keinen Akku?«, meinte mein Bruder schulterzuckend.

»Ihr Handy war geladen und hat geklingelt!«, stieß ich hervor.

»Dann …« Er sah mich prüfend an. »Hast du was zu ihr gesagt oder was mit ihr getan, das sie gegen dich hätte aufbringen können?«

»Was?«

»Jor.« Kevins Stimme war beschwörend. »Atme jetzt erstmal tief durch und versuch dich zu erinnern, was du ihr gesagt hast.«

Ich schnaubte wütend. »Ich habe ihr gar nichts gesagt. Nichts … gemeines oder so!« Dann holte ich tief Luft. Half nicht. »Sie … er … verdammt …«

Kevins Gesichtsausdruck wurde fragend. »Was genau willst du mir sagen?«

Ich atmete nochmals durch. »Er ist hier. Mein … Vater.«

Nun hüpften Kevins Augenbrauen in die Höhe und sein Kiefer sackte nach unten. »Was? Aber … ich dachte … er sei im Gefängnis?«

»War er auch«, knurrte ich. »Keine Ahnung, wieso er wieder auf freiem Fuß ist – gute Führung kann es wohl kaum sein bei solch einem Arschloch!«

»Ich versteh nicht ganz«, meinte mein Bruder gedehnt. »Was hat das mit Kate zu tun?«

Meine Finger zitterten, als ich nach der Nachricht suchte, die ich gestern Abend erhalten hatte, ehe ich mich in den Keller verzogen und eine halbe Flasche Wein getrunken hatte.

Schließlich fand ich sie und hielt sie Kevin unter die Nase. Sein Gesicht wurde kreideweiß, als er sie las.

Gib mir mein Weingut zurück
oder ihr passiert etwas Schlimmes!

Darunter war ein Foto, auf dem eine Frau beim Einkaufen abgelichtet worden war.

»Das … das ist Kate«, stammelte Kevin.

Ich nickte. »Er hat sie verfolgt.«

»Aber woher weiß er …«

»Das Fest.« Ich stieß einen frustrierten Laut aus. »Verdammt, du hättest sie nicht alleine wegfahren lassen dürfen!«

Jetzt sah mich Kevin vorwurfsvoll an. »Ich wusste doch nichts von dieser Nachricht! Hätte ich das gewusst, hätte ich sie doch nicht fahren lassen!« Er atmete leise durch und fokussierte seinen Blick. »Aber wenn du *mir* schon nichts gesagt hast, hast du es wenigstens *ihr* gesagt?«

Ich nickte, dann schüttelte ich den Kopf.

»Was jetzt?!«, zischte mein Bruder.

»Ja. Ich … sie wusste es schon. Wahrscheinlich hat er ihr geschrieben. Nahm ich an. Wieso sonst sollte sie herkommen?«

Kevin stöhnte auf. »Jor! Echt jetzt?! Vielleicht weil sie dich wiedersehen wollte? Oder weil sie sich mit dir versöhnen wollte? Oder … verdammt! Wieso hast du ihr denn nicht gesagt, dass dein verrückter Vater da draußen auf sie lauert?!«

»Hör auf, mich anzuschreien«, knurrte ich.

Ja, ich musste mir selbst eingestehen, wie dämlich ich gehandelt hatte. Ich hatte einfach angenommen, dass sie Bescheid wusste, nachdem sie ein paar Andeutungen hatte fallen lassen. Aber wer hätte denn auch ahnen können, dass sie keinerlei Schimmer hatte, worauf sie sich einließ, als sie zu mir kam?!

»Okay.« Kevin versuchte, seine Stimme zu beruhigen. »Also, mal angenommen, dass dein Vater nur blufft und Kate sich wirklich einfach verfahren hat. Wir sollten sie suchen. Vielleicht ist alles halb so schlimm und wir reimen uns hier nur Schreckensszenarien zusammen. Ich meine, wieso sollte dein Vater zu derart drastischen Mitteln greifen, um ans Weingut zu kommen?«

Ich seufzte und senkte den Blick. »Er war schon mal hier – vor einer Woche. Und ich habe ihn weggeschickt.«

Kevin starrte mich entgeistert an. »Er war HIER?! Und du hast ihn WEGGESCHICKT?! Und mir nichts davon gesagt, dass er hier war?! Spinnst du?!«

»Hör auf rumzubrüllen!«, fuhr ich ihn an. »Du musst mir versprechen, dass du Álvaro nichts erzählst, ehe wir nicht Gewissheit haben. Ich will ihn nicht unnötig aufregen. Sein Herz ist schwach und …«

»Jaja«, brummte Kevin. »Also, lass uns jetzt erstmal nach Kate suchen. Ein Schritt nach dem anderen.«

»Ich suche nach ihr, du bleibst hier, sollte sie wiederkommen«, bestimmte ich. »Wenn sie auftaucht, ruf mich sofort an, okay?«

»Okay.« Kevin sah mich zweifelnd an. »Du rufst mich aber auch an, wenn du sie findest.«

Ich nickte. »Welches Café hast du ihr genannt?«

»Das ›Casa Sofia‹.«

Ausgerechnet das Café, in welchem sich Álvaro und meine Mutter immer wieder heimlich getroffen hatten, als sie noch mit meinem Vater verheiratet war.

»Herrlich«, schnaubte ich und wandte mich zum Gehen.

Auf dem Weg zum Auto wählte ich nochmals Kates Nummer, aber wieder ging nach ein paar Mal Klingeln nur der Anrufbeantworter ran. Und meine Nachrichten waren immer noch nicht gelesen worden.

»Verflucht!«, fauchte ich und stieg in meinen Pick-up.

Dann kam mir in den Sinn, dass ich gar nicht wusste, was für ein Auto sie fuhr. Wahrscheinlich hatte sie eines gemietet oder aber von ihrer Freundin ausgeliehen. Doch ihre bunten Haare wären hoffentlich selbst hinter einer Frontscheibe auffällig genug, sollte ich sie nicht beim Café antreffen.

Mit hämmerndem Herzen fuhr ich los.

Es dauerte keine zehn Minuten, bis ich bei dem Café war, in welchem Kate die Croissants hatte kaufen wollen. Wieso ihr das so wichtig war, konnte zwar Kevin nicht erahnen, ich jedoch umso mehr. Sie hatte mir zeigen wollen, was Geborgenheit bedeutete, indem sie mir einen Teil von ihren Erinnerungen schenkte.

Verdammt, dieses Mädchen war einfach zu gut für diese Welt!

Und jetzt war sie vielleicht in den Händen meines Vaters – und der war zu ALLEM fähig.

Immer noch zittrig stieg ich aus dem Pick-up und blickte über den Parkplatz. Hier standen ein paar Autos, aber keines war auf den ersten Blick Kate zuzuordnen. Doch ich wusste ja auch nicht, wonach ich suchen sollte. Also ging ich zuerst in den Laden, um die Verkäuferin nach ihr zu fragen.

»Señor Jordan«, rief die ältere Italienerin mit einem breiten Lächeln, das die ganze Welt umarmte. »Schön, Sie in meinem bescheidenen Haus begrüßen zu dürfen. Was darf es denn sein?«

Ich schüttelte den Kopf. »War heute Morgen eine Frau mit blaugrünen Haaren und einem Piercing in der Augenbraue bei Ihnen?«, kam ich ohne Umschweife zum Punkt.

Die Verkäuferin nickte. »Sí. So eine Frau war tatsächlich hier. Wieso?« Ihr Gesichtsausdruck wurde besorgt.

Ich winkte ab. »Wann war sie ungefähr hier?«

Die ältere Frau überlegte. »Nun … ich würde sagen vor etwa einer Stunde oder so«, meinte sie schließlich. »Vielleicht etwas weniger. Sie hat vier Croissants, einen Kaffee und einen Schwarztee gekauft.«

»Hat Sie gesagt, wo sie hin möchte?«, fragte ich weiter.

Die Verkäuferin schüttelte den Kopf. »Nein, sie hat nichts gesagt. Aber sie war sehr freundlich und gut gelaunt.«

Mein Herz bekam einen Stich, da ich Kates Lächeln regelrecht vor mir sehen konnte. »Danke«, murmelte ich und wandte mich ab.

Kate war also hier gewesen und sie hatte wirklich Croissants gekauft. Dann hatte Kevin also recht, sie war nicht abgehauen, sondern sie hatte mir Frühstück bringen wollen. Der Stich in meiner Brust wurde stärker, als ich das Lokal verließ.

Wieder blickte ich mich auf dem Parkplatz um. Vielleicht gehörte ihr einer der fünf Wagen, die hier standen? Ich durfte nichts unversucht lassen. Jeder Hinweis konnte wichtig sein.

Also ging ich zu dem ersten Auto und spähte hinein. Nichts. Womöglich machte ich mich hier gerade selbst zum Affen und Kate lag schon lange wieder in meinem Bett und wartete. Aber dann hätte Kevin mich angerufen …

Ich schritt zum nächsten Auto – und blieb wie angewurzelt stehen, denn das, was ich auf dem Fahrersitz erkannte, war eindeutig Kates riesige Handtasche.

»Shit«, murmelte ich, als ich die beiden Becher und die Papiertüte mit den Croissants entdeckte. Eigentlich vermutete ich, dass die Tür abgeschlossen war, aber als ich den Griff anfasste, ließ diese sich ohne weiteres öffnen.

Mit fliegenden Fingern packte ich ihre Tasche und wühlte (die Frau hatte wirklich ihr halbes Leben da drin!), bis ich ihr Handy fand.

»Shit«, knurrte ich erneut und ließ es zurück in die Tasche fallen.

Kein Wunder, dass sie meine Nachrichten nicht gesehen hatte – sie hatte ihre Tasche nicht bei sich!

Aber … wo war sie? Wo war Kate?

29

KATHLEEN

Es war dunkel und die Luft roch nach Moder. Das waren meine ersten Eindrücke, als ich wieder zu mir kam. Als nächstes spürte ich ein brennendes Ziehen in meinen Handgelenken – und dass mein rechtes Knie schmerzte.

Blinzelnd sah ich mich um, versuchte etwas zu erkennen.

Ich befand mich in einem düsteren kleinen Raum. Einer Art Holzbaracke. Durch schmale Ritzen konnte ich Tageslicht hereinfallen sehen.

Als ich mich bewegen wollte, bemerkte ich, dass meine Hände über meinem Kopf gefesselt worden waren. Die Stricke waren so fest nach oben gezogen, dass meine Finger kribbelten. Ich saß auf einem harten Boden, meine Beine waren leicht gespreizt und an zwei Pflöcken angebunden, die jemand links und rechts in die Erde gerammt hatte. Ich hatte keine Chance, mich zu bewegen.

Nachdem sich meine Augen an das spärliche Licht gewöhnt hatten, erkannte ich einen großen blauen Fleck auf meinem rechten Knie, wo mein Kleid nach oben gerutscht war. Wahrscheinlich hatte ich das Bein angeschlagen, nachdem mich dieser Kerl überwältigt hatte.

Eigenartigerweise spürte ich kaum Panik in mir … es fühlte sich alles an, als sei ich in Watte gepackt worden. Irgendwie unwirklich und weit weg von mir. Womöglich war das noch auf das Betäubungsmittel zurückzuführen, denn meine Gedanken gingen nur schleppend.

Wer war der Kerl gewesen? Wieso hatte er mich überfallen und hierher gebracht? Was wollte er von mir?

Ein heißer Stich fuhr durch mein Herz, als mir in den Sinn kam, dass ich nicht mehr alleine war, meine Sorgen nicht nur *mir* galten. Da war Krümelchen … ich hoffte, es war bei dem Überfall nicht verletzt worden …

Erfolglos versuchte ich zu erkennen, ob ich unversehrt war – äußerlich schon, aber wer wusste schon, wie es in meinem Bauch aussah? Konnte das Betäubungsmittel ihm geschadet haben? Spürte man es, wenn das Baby nicht mehr lebte? Ich hatte keine Ahnung …

Meine Sicht verschleierte und ich bemerkte, dass ich weinte.

Je länger ich mich umsah, desto mehr nahm ich wahr – desto stärker kehrten meine Gefühle zurück. Und jetzt, ja, jetzt spürte ich auch die Panik. Die Todesangst … um mich und mein Kind.

Ehe ich von meiner Furcht überwältigt werden konnte, wurde eine Tür zu meiner Rechten geöffnet und ein Mann trat ein. Ich erkannte sofort seine Statur und mein Herz begann zu rasen, als er auf mich zuschritt. Da das Licht von hinten hereinschien, konnte ich sein Gesicht nicht erkennen. Erst, als er vor mir in die Hocke ging und mich musterte, sah ich seine Augen und erahnte seine Züge.

»Du bist wach«, stellte er fest. Grob packte er mein Kinn und hob es an, drehte meinen Kopf nach rechts und links.

»Wer … sind Sie?«, keuchte ich.

Nun erschien ein Grinsen auf seinem Gesicht, das ich am Aufblitzen seiner Zähne erkannte. »Siehst du keine Ähnlichkeit?«

Ich starrte ihn verwirrt an. Sollte er mich an jemanden erinnern?

»Schade«, meinte er und packte mich noch grober. »Ich hätte gedacht, wir haben etwas Spaß, du und ich. Für meinen Sohn machst du ja auch die Beine breit.«

Jetzt fiel es mir wie Schuppen von den Augen. Das war Jordans Vater. Aber wieso …

Ehe ich etwas erwidern konnte, hatte er mir ein Klebeband über den Mund gelegt. Ich wollte schreien, hatte aber keine Möglichkeit mehr.

»Du gehörst jetzt mir«, raunte er nahe vor meinem Gesicht und sein Atem, der nach Zigarettenrauch stank, drang mir in die Nase.

Ich warf den Kopf zur Seite, aber er packte meinen Unterkiefer und drehte ihn wieder zu sich.

»Mein Sohn hat einen schrecklichen Geschmack, aber ich habe nichts anderes von ihm erwartet.« Er lachte auf. »Wenigstens ist dein Körper einigermaßen in Ordnung.«

Ich spürte seine Hand, die meine Brust umfasste und schmerzhaft zusammendrückte. Sein Gesicht kam meinem noch näher und er strich mir mit der Zunge über die Schläfe.

Ekel und Abscheu wallten in mir auf und Tränen der Wut liefen über meine Wangen.

»Während wir darauf warten, dass mein Sohn mir das gibt, was mir zusteht, werden wir uns etwas zusammen vergnügen«, murmelte er in mein Ohr.

Ich erschauderte, als ich merkte, wie seine Hand meine Brust losließ und stattdessen über meinen Bauch strich, bis sie zwischen meinen gespreizten Beinen zu liegen kam.

Mein Körper war vollkommen überreizt und Übelkeit stieg in mir hoch. Ich schüttelte den Kopf, versuchte, ihm begreiflich zu machen, dass ich mich übergeben musste. Im letzten Augenblick schien er es zu merken und riss mir fluchend das Klebeband weg, sodass ich ausspucken konnte.

Ich würgte einige Sekunden, dann hob ich den Kopf und sagte das Einzige, was mich vor einer Vergewaltigung noch retten konnte und gleichzeitig nicht dazu führte, dass er meinem Kind etwas antat: »Ich … habe Aids.«

Für einen Augenblick erstarrte er, dann schlug er zu. Die Ohrfeige ließ meinen Kopf zur Seite fliegen und mir wurde für einige Lidschläge schwarz vor Augen.

»Du Schlampe!«, knurrte er, während er seine Hände an meinem Kleid abstrich, als würde ihn das vor einer Ansteckung bewahren. »Du dreckige Hure!«

Er holte erneut aus und dieses Mal war die Ohrfeige so stark, dass ich tatsächlich das Bewusstsein verlor.

Als ich wieder zu mir kam, war er weg und ich hatte wieder das Klebeband über dem Mund. Mein Intimbereich pochte bei der

Erinnerung, dass er dort seine Hand gehabt hatte, aber alles, was ich denken konnte war, dass hoffentlich Krümelchen nichts passiert war. Die Aids-Lüge hatte mich definitiv vor Schlimmerem bewahrt – ich hatte Jordans Vater komplett damit überrumpelt. Ich traute ihm zu, dass er mir in den Bauch geboxt hätte, hätte ich ihm gesagt, dass ich ein Kind erwarte – erst recht, wenn er vermutet hätte, dass das Kind von seinem Sohn stammte.

Doch wie lange er Abstand von mir nehmen würde, wusste ich nicht … hoffentlich lange genug, bis mich jemand rettete.

Mein Gesicht brannte dort, wo er mich geschlagen hatte. Dieselbe Hand, die Jordan die Narben zufügte … dieser Mann war gefährlich, er schreckte vor nichts zurück. Er war wahnsinnig. Und entsprechend musste ich auf der Hut sein.

Ich musste herausfinden, ob er alleine oder mit Komplizen arbeitete. Bisher hatte ich niemand anderen gesehen, aber das musste ja nichts bedeuten.

Was genau wollte er von mir? Wollte er Jordan erpressen? Er hatte gesagt, dass sein Sohn ihm das geben sollte, was ihm zustand. Was meinte er damit? Geld? Oder etwas anderes?

So viele Fragen und ich hatte keine Chance, auch nur eine beantwortet zu bekommen …

Ich versuchte, nach meinen Fesseln zu tasten, die meine Hände nach oben banden, scheiterte jedoch, denn sie waren viel zu fest, als dass ich mich hätte richtig bewegen können. Dann probierte ich, meine Füße zu bewegen und wenigstens einen der Pflöcke aus der Erde zu reißen. Ebenfalls erfolglos.

Eine Weile beschäftigte ich mich mit den Stricken, dann gab ich auf und lehnte den Kopf gegen die Holzwand.

Ich musste versuchen, einen kühlen Kopf zu bewahren. Panik machte alles nur noch schlimmer.

Also. Ich wusste, dass er wahrscheinlich alleine agierte. Und dass er etwas von Jordan wollte. Zudem hatte er mich in eine Hütte oder ähnliches gebracht. Wahrscheinlich auf einem Weingut oder in einem Wald. Zumindest konnte ich Vögel zwitschern hören.

Aber wenn er Jordan erpressen wollte, bedeutete das ja auch, dass er ihn kontaktierte. Also hätte ich vielleicht eine Chance, befreit zu werden, wenn Jordan ebenfalls einen kühlen Kopf bewahrte.

30

Jordan

»Ich werde jeden Stein umdrehen, bis ich sie gefunden habe!«, donnerte ich und tigerte in Álvaros Büro herum.

Kevin starrte mich an, während mein Stiefvater sich mit den Händen über das Gesicht fuhr und meine Stiefschwester Selena mit schreckensgeweiteten Augen neben ihrem Freund Nick stand, der ebenfalls schockiert wirkte.

Ich hatte alle zusammengetrommelt und es ihnen erzählt. Ihnen allen. Denn die Nachricht, die mich erreichte, kurz nachdem ich Kates Auto und ihre Tasche fand, hatte mich bis ins Mark erschüttert. Ich wusste, dass ich nun auf Hilfe angewiesen war – auch wenn es mir gegen den Strich ging.

Mein Herz zog sich zusammen, als ich wieder auf das Handy starrte, das in meinen Händen zitterte. Mein Erzeuger hatte ein Bild von Kate geschickt, das sie bewusstlos und gefesselt in irgendeinem Schuppen zeigte.

Dazu die Worte:

Bis morgen Abend hast du das
Weingut verlassen, oder du
siehst sie nie wieder!
Keine Polizei! Sonst stirbt sie!

»Wir müssen die Polizei informieren«, sagte Selena mit rauer Stimme.

»Nein!«, rief ich und sie zuckte unvermittelt zusammen. »Keine Polizei!«

»Jordan«, meinte Nick mit derart beruhigender Therapeuten-Stimme, dass mir das Kotzen zuvorderst war. »Das ist doch nur eine leere Drohung deines Vaters. Er wird schon nicht …«

»Ich traue ihm alles zu«, murmelte Kevin, der den Blick nun gesenkt hatte. »Er war schon einmal im Gefängnis wegen Beihilfe zum Totschlag.«

»Aber das wäre Entführung UND Mord!«, rief Selena und ihre Stimme überschlug sich vor Entsetzen. »Das … was für ein Mensch tut sowas?!«

»Wir müssen sie suchen«, beharrte ich. »Jede Sekunde, die verstreicht, könnte er … er könnte …« Meine Stimme brach und ich stemmte meine Fäuste auf dem Pult ab, während ich in einer Hand immer noch mein Handy hielt.

»Jor.« Kevin war zu mir getreten und legte mir eine Hand auf den Rücken. »Wir finden sie.«

Ich hob den Blick, sah meinen kleinen Bruder an und versuchte, die Angst in mir niederzuringen.

»Mein Junge«, murmelte Álvaro, der sich von seinem Stuhl erhob und um das Pult herum zu mir kam. Auch er war viel bleicher als sonst. Ihm tat die ganze Aufregung nicht gut, aber ich hatte ihn nicht ausschließen können. »Es tut mir unendlich leid. Es ist meine Schuld, ich hätte ihn damals nicht …«

»Nein!«, presste ich zwischen den Zähnen hervor. »Hör auf. Es ist nicht deine Schuld. Es ist ganz alleine die Schuld meines Vaters! ER hat Kate entführt. Nicht du, nicht ich – niemand von uns! Und ER wird die Verantwortung dafür tragen!«

Álvaro wollte etwas einwenden, da klopfte es an der Tür zum Arbeitszimmer. Nick, der am nächsten stand, öffnete sie und Sonja, die blonde Kellnerin, trat verunsichert herein.

»Entschuldigen Sie bitte. Störe ich?«, fragte sie verlegen.

»Was gibt's?« Álvaro klang gefasster als eben noch.

Sonja verlagerte unwohl ihr Gewicht von einem Bein aufs andere, während sie die Hände vor sich zu einem V faltete. »Da sind Herrschaften für Sie. Also … äh … ich kann sie auch wieder wegschicken, aber …«

»Wer ist es?«, wollte mein Stiefvater wissen.

»Señor Pérez, seine Freundin und ein Freund von ihm«, antwortete die Kellnerin.

»Sagen Sie ihnen …«

»Bringen Sie sie herein«, unterbrach ich Álvaro. Sonja nickte und verschwand augenblicklich wieder, während ich meinen Stiefvater ansah. »Jeder, der uns bei der Suche hilft, ist wichtig.«

Ein Ausdruck von Besorgnis strich über sein Gesicht. »Mein Junge, ich gebe Selena recht, wir sollten die Polizei verständigen.«

»Nein!«, knurrte ich und ließ meine Faust auf das Pult niedersausen. »Das dürfen wir nicht!«

»*Was* dürft ihr nicht?«, erklang eine tiefe Stimme und ließ mich herumfahren.

Der Wikinger, mit dem Kate auf dem Fest herumgeschäkert hatte, war ins Arbeitszimmer getreten. Er trug Jeans und eine Lederjacke, darunter ein Shirt mit irgendeinem Schriftzug. Ihm folgten Armando, der wie so häufig einen teuer wirkenden Anzug trug und Melinda, deren schlanker Körper in einem grün-weißen Kleid steckte.

»Wir haben nach dem Fitnesstraining beschlossen, herzufahren, um euren neuen Wein zu probieren, von dem Armando mir eine Stunde lang vorgeschwärmt hat«, erklärte der Wikinger, während er mit dem Daumen über die Schulter zu seinem Freund deutete. »Melinda hat uns abgeholt und …« Sein Blick fiel auf Selena und Nick und er verstummte. »Hey«, grinste er. »Ihr auch hier? Stören wir etwa gerade eine Familienversammlung?« Erst dann fiel ihm auf, dass alle angespannt wirkten. »Was ist geschehen?« Seine Augenbrauen schoben sich zusammen und sein Gesicht wurde mit einem Schlag ernst.

»Kate wurde von Jordans Vater entführt«, erklärte Selena mit knappen Worten. Ihre Stimme zitterte und Nick legte ihr einen Arm um die Schultern, zog sie fest an sich.

Der blonde Hüne starrte meine Stiefschwester einen Moment lang sprachlos an, dann entfuhr ihm ein ungläubiges Lachen. »Ihr verarscht uns gerade, oder?«

»Nein«, knurrte ich und lenkte damit seine Aufmerksamkeit auf mich, sodass ich ihn gebührend anfunkeln konnte. Ich mochte den Kerl nicht.

»Wann?«, fragte Armando, der neben dem Wikinger viel kleiner als sonst wirkte. Melinda presste sich an seine Seite und sah mich an wie ein verschrecktes Reh.

»Heute morgen, als sie in eine Bäckerei ging«, antwortete Kevin an meiner Stelle. Sein Gesicht war immer noch bleich und ich erkannte, dass seine Hände zitterten, als er sich am Kopf kratzte.

»Habt ihr schon die Polizei …«

»Keine Polizei!«, unterbrach ich Armando. »Mein Vater bringt sie sonst um.«

Nun lachte der Wikinger trocken auf. »Ja, das sagen sie alle in den Filmen – aber es passiert ja doch nie.«

»Das hier ist kein verdammter Film!«, bellte ich. »Und mein Vater ist kein verdammter Schauspieler! Er bringt sie um, das weiß ich!«

»Cley«, murmelte Selena und ergriff den Arm des blonden Riesen, zog ihn etwas zur Seite. »Er hat recht. Seinem Vater ist alles zuzutrauen.«

Der Wikinger, der nun endlich einen Namen besaß, sah mich mit schmalen Augen an, dann nickte er. »Okay, keine Polizei also …«

»*Vorerst* nicht«, korrigierte ihn Nick. »Wir müssen sie suchen. Jordan, zeig nochmals das Foto, jeder Hinweis ist wichtig.«

Ich atmete tief durch und entsperrte mein Handy. Als mein Blick auf Kate fiel, die ohnmächtig und in Fesseln gelegt mit leicht gespreizten Beinen in irgendeiner Hütte saß, stieg in mir die Galle hoch. Ehe ich das Handy gegen die Wand donnern konnte, gab ich es Cley, der scharf die Luft einsog und es dann an Armando weiterreichte.

Melinda stieß einen leisen Schrei aus, als sie es sah und starrte mich dann an. »Wie … wie geht es dem Kind?«, stotterte sie.

Ich runzelte die Stirn. »Welchem Kind?«

»Dem … ich … oh …« Sie blinzelte mich mit großen Augen an, dann kaute sie auf ihrer Unterlippe und senkte den Blick.

»Welchem Kind?!« Ich trat auf sie zu, aber Armando stellte sich mir in den Weg.

»Keinen Schritt weiter.« Seine smaragdfarbenen Augen fixierten mich.

»Welches Kind verdammt?!«, knurrte ich.

»Ich dachte, sie hätte es dir gesagt«, piepste es hinter Armandos breiten Schultern hervor. Dann erschien Melindas Gesicht neben ihm. »Sie … ist wahrscheinlich schwanger.«

Alle um mich herum stießen erstaunte Laute aus, nur ich erstarrte, während sich alles in mir zusammenzog.

›*Du sorgst dich um mich? Um …* uns?‹

Kates Stimme erklang in meinem Kopf und mir wurde schlecht.

Verdammt noch mal! Sie war hier gewesen, weil sie … sie wollte mir sagen, dass …

Meine Umgebung begann sich um mich zu drehen, als mit einem Mal ihre Worte eine ganz andere Bedeutung ergaben, und ich stützte mich erneut auf dem Pult ab.

Mir war hundeelend zumute.

»Jordan?« Álvaros Stimme klang wie von weit her. Ich spürte seine Hand auf meiner Schulter. »Alles in Ordnung?«

Ich nickte wie betäubt.

Nein. Nichts war in Ordnung. Mein Vater hatte Kate entführt – und Kate erwartete vielleicht ein Kind von mir …

Ein Kind verdammt!

Wenn ich diesen Dreckskerl in die Finger kriegen würde!

Ehe ich es mich versah, riss ich Armando mein Handy aus der Hand und stürmte los, raus aus dem Zimmer. Ich hörte, wie Kevin mir etwas zurief, die anderen durcheinander sprachen. Aber ich hielt nicht an, sondern lief weiter, rannte regelrecht die Treppe hinunter, durch die Eingangshalle, an Gästen vorbei und nach draußen.

Als ich von hinten gepackt wurde, wollte ich mich wehren, aber der Griff blieb eisern um meinen Arm. Ich wandte den Kopf herum und erkannte diesen Cley, der mich mit schmalen Augen ansah.

»Ruhig, Mann«, brummte er. »Wir holen die Kleine zurück. Aber wir brauchen einen Plan. Selena ruft gerade Emilia an, um ihr Bescheid zu geben. Schließlich ist sie Kates beste Freundin. Selena und Melinda werden bei Álvaro bleiben, während wir dir helfen, Kate zu suchen.«

Neben ihm erschienen Kevin, Armando und Nick, die mir ebenfalls gefolgt waren. Sie atmeten etwas heftiger als Cley, der anscheinend nicht nur trainiert aussah, sondern auch war.

»Los geht's«, rief Armando, als sie zu uns aufgeschlossen hatten. »Suchen wir Kate.«

31

KATHLEEN

Ich hatte keine Ahnung, wie viel Zeit vergangen war. Meine Kehle und mein Kopf schmerzten, da ich seit Stunden nichts getrunken hatte und ich versuchte, meinen knurrenden Magen zu ignorieren. Draußen war es inzwischen dunkel geworden, wie ich an dem immer spärlicheren Licht erkannte. Wahrscheinlich brach bald die Nacht herein. Das bedeutete, dass ich mich seit mindestens zehn Stunden in der Gewalt von Jordans Vater befand … wie lange würde es noch so bleiben?

Längst hatte ich kein Gefühl mehr in meinen Fingern. Alles Blut war nach unten gelaufen und meine Arme schmerzten ebenso wie meine Beine. Wenn ich mich bewegte, hatte ich Angst, einen Krampf zu bekommen, also verhielt ich mich so ruhig wie möglich.

Jordans Vater war nicht wieder aufgetaucht, seit er mich geschlagen hatte. Keine Ahnung, wo er sich herumtrieb oder ob er überhaupt wieder auftauchen würde. Vielleicht ließ er mich hier einfach elend verdursten? Zuzutrauen wär's ihm auf jeden Fall … dieser Mann kannte kein Erbarmen. Ich hatte gesehen, wozu Jordans Vater fähig war – er hatte sein eigenes Kind derart geschlagen, dass die Striemen heute noch sichtbar waren. Da würde er bei einer ihm fremden Frau wohl kaum Skrupel bekommen.

Ich fühlte mich so elend wie noch nie in meinem Leben. Nicht einmal in der Zeit, in welcher ich auf der Straße war, hatte ich mich so verloren gefühlt. So einsam und hilflos.

Suchten sie schon nach mir? Und falls ja, wieso fanden sie mich nicht? Wie lange würde ich hier noch ausharren müssen? Würde ich die Hütte überhaupt lebend verlassen?

Der letzte Gedanke ließ mich erschaudern und Tränen rannen ungehindert über meine Wangen. Was, wenn das hier das Letzte war, was ich in meinem Leben sah? Wenn ich in wenigen Stunden tot wäre? Und Krümelchen ebenfalls …

Als die Tür zur Hütte sich öffnete, erzitterte ich unwillkürlich. Dieses Mal konnte ich ihn problemlos erkennen, denn draußen war es ebenso dunkel wie hier drin.

»Na, hast du dich ausgeruht?«, fragte er in hämischem Tonfall.

Ich starrte ihn wütend an, während er auf mich zutrat und mir kurze Zeit später ein Messer an den Hals hielt.

»Keinen Mucks, oder ich sorge dafür, dass es dein letzter ist«, raunte er. Sein Zigarettenatem schlug mir entgegen, was in mir Übelkeit hervorrief.

Ich nickte knapp, um ihm zu Verstehen zu geben, dass ich ruhig sein würde. Selbst wenn ich geschrien hätte, bezweifelte ich, dass mich jemand hören würde. Jordans Vater hielt mich bestimmt nicht in der Nähe irgendwelcher Menschen fest und ich wollte ihn zudem nicht unnötig provozieren.

Mit einem Ruck riss er das Klebeband von meinem Mund und ich holte erleichtert Luft.

»Hier.« Er presste mir eine Wasserflasche gegen die Lippen, ohne jedoch das Messer von meinem Hals zu nehmen. »Trink.«

Gierig schluckte ich das warme Wasser. Es war eine Wohltat, die ausgetrockneten Schleimhäute zu benetzen, besser als jedes andere Getränk, das ich in meinem Leben getrunken hatte. So mussten sich Verdurstende fühlen, wenn sie in der Sahara eine Oase entdeckten …

»Das muss reichen.« Er zog die noch halb volle Flasche von meinem Mund weg und warf sie in die Ecke. Dann musterte er mich mit schmalen Augen. »Mein Sohn hat sich noch nicht bei mir gemeldet«, murmelte er. »Ich glaube, es ist an der Zeit, ihm etwas … Druck zu machen.«

Alles in mir gefror, als ich seinen eiskalten Blick auf mir ruhen sah.

Was hatte dieses Schwein vor?

Grob packte er meine Haare und zog meinen Kopf nach hinten. Ich keuchte auf, versuchte mich zu wehren – und starrte direkt in eine Handykamera, die auf mich gerichtet war.

»Na, soll ich dich töten?«, fragte Jordans Vater höhnisch. »Er würde sich die Augen ausheulen, dieses Weichei. Aber ich glaube, das wäre zu einfach. Ich genieße lieber noch etwas unsere gemeinsame Zeit.«

Ich wimmerte, während meine gesamte Kopfhaut kribbelte, da er immer noch meine Haare nach hinten zerrte. Die Augen hatte ich weit aufgerissen und als der Blitz der Kamera mich blendete, konnte ich für einige Sekunden lang nichts anderes mehr erkennen.

Schon fühlte ich wieder das Klebeband auf meinem Gesicht, das meinen Mund verschloss und ließ den Kopf zur Seite sinken. Endlich hörte er auf, meine Haare festzuhalten. Für einen Moment hatte ich geglaubt, er würde mich bei lebendigem Leib skalpieren.

Ein Schluchzen entfuhr meiner Kehle, als ich sein gehässiges Lachen hörte.

»Wir schicken ihm mal liebe Grüße von meinem Laptop aus«, meinte er amüsiert. »Und wünschen ihm eine gute Nacht. Dieses Mal wird er sicherlich von dir träumen, Täubchen. Und es werden wundervolle Träume sein.«

Mein Knurren konnte er nicht mehr hören, denn er verließ immer noch lachend die Hütte, während er das Foto an Jordan schickte.

Wie krank war dieser Mann nur?!

32

Jordan

Den ganzen Tag hatten wir sie gesucht, waren mit zwei Autos und Cleys Motorrad unterwegs gewesen. Wir hatten bei der Bäckerei gestartet und immer größere Kreise gezogen, Passanten befragt, an Haustüren geklingelt. Doch wie suchte man eine Frau, die irgendwo in einer Hütte gefangen gehalten wurde? Wir waren Weinberge abgefahren, hatten Wälder durchforstet – aber keinerlei Anhaltspunkte finden können.

Schließlich, als die Nacht hereinbrach, hatten wir uns darauf geeinigt, zum Weingut zurückzukehren und zu beraten, wie wir weiter vorgehen wollten. Es war aussichtslos, sie selbst finden zu wollen und selbst ich musste inzwischen einsehen, dass wir an unsere Grenzen stießen.

Wir mussten die Polizei verständigen … es blieb uns nichts anderes übrig, denn uns rannte die Zeit davon.

Álvaro, Selena und Melinda kamen uns entgegen, als wir zurückkehrten. Natürlich hatten wir sie immer wieder auf dem Laufenden gehalten, somit wussten sie schon, dass unsere Suche erfolglos geblieben war. Inzwischen waren auch Emilia und Alejandro dazugestoßen. Auch sie hatten nach Kate gesucht, allerdings ebenso vergebens.

Jetzt saßen wir zusammen im großen Speisesaal des Weingutes und ich versuchte, die Sorgen um Kate irgendwie auszuhalten, während ich zur Beruhigung einen Schluck Wein trank. Mein Stiefvater hatte für alle Pizza bestellt, da er dem Personal für heute kurzerhand frei gegeben hatte. Aber ich hatte keinen Hunger. In mir rumorte die Unruhe – jede Sekunde, die wir hier vertrödelten, konnte mein Vater ihr etwas Schreckliches antun … am liebsten wäre ich gleich wieder raus gerannt und hätte mich in meinen Pick-up gesetzt. Aber wo sollte ich die Suche fortsetzen?

»Wir müssen die Polizei verständigen«, sagte Nick mit einem besorgten Blick zu mir.

Selena, die neben ihm saß und lustlos auf der Pizza kaute, nickte stumm. Ebenso Cley, Melinda, Armando …

Gerade wollte ich etwas sagen, da vibrierte mein Handy in der Hosentasche. Ich zuckte so stark zusammen, dass ich beinahe das Glas umstieß, das ich in der Hand gehalten hatte.

Alle Blicke richteten sich auf mich, als ich das Telefon hervorzog und auf das Display starrte.

Mein Herz überschlug sich, als ich nach einigen Lidschlägen das Bild vor mir sah, das mein Vater mir geschickt hatte. Wieder von einem PC oder Laptop aus, sodass sich sein Handy nicht würde orten lassen.

Ich starrte auf das Bild. Kate war darauf verschwommen zu erkennen, blickte aber mit schreckensgeweiteten Augen in die Kamera.

Mir wurde schlecht.

»Hey, was ist?«, fragte Armando, der neben mir saß.

Wortlos hielt ich ihm mein Handy entgegen und er stieß leise die Luft aus, als er das neue Bild sah.

»Er versucht mich mürbe zu machen«, presste ich zwischen den Zähnen hervor.

»Zeig her.« Cley nahm mir das Telefon aus der Hand und knurrte, als er Kate erkannte.

»Was ist denn?«, wollte Emilia wissen, die uns gegenüber saß und ihre Pizza noch nicht angerührt hatte. Ihr Gesicht war angespannt und kreideweiß.

»Er hat ein weiteres Bild geschickt«, schnaubte Cley.

»Was für ein Bild?« Emilia sah mich panisch an.

Cley reichte ihr wortlos mein Handy.

Emilia nahm es entgegen und presste sich augenblicklich eine Hand auf den Mund. Tränen sammelten sich in ihren Augen, während Alejandro den Arm um sie legte und sie an sich zog. Auch wenn sein Gesicht ausdruckslos blieb, so konnte ich in seinem Blick erkennen, wie erschüttert er war, als er ebenfalls das Foto betrachtete.

»Hat er dir das geschickt?«, wollte er wissen. Seine Stimme klang heiser.

Ich kannte Alejandro kaum, war ihm erst ein paar Mal auf Winzerfesten begegnet. Aber er schien sich ernsthaft um Kate zu sorgen.

Ich nickte knapp.

»Yo puedo?« Der dunkelhaarige Weingutsbesitzer nahm seiner Frau das Handy aus der Hand und runzelte die Stirn. »Ich habe eine Idee«, meinte er und begann auf dem Telefon herumzutippen.

»Was tust du da?«, wollte Cley wissen, der sich erhoben hatte und hinter ihn getreten war, um ihm über die Schulter zu blicken.

»Paciencia. Ich probier was aus«, murmelte Alejandro, die dunklen Augenbrauen konzentriert zusammengezogen.

Cleys Gesicht erhellte sich und er schlug sich mit der flachen Hand gegen die Stirn. »Verdammt, wieso ist mir das nicht in den Sinn gekommen?!«

Ich sah ihn verständnislos an. »Wovon sprecht ihr?«

»Espera un momento ...« Alejandro tippte nochmals etwas, dann erschien ein Schmunzeln auf seinem Gesicht. »Sí! Wir haben sie.«

»Was?!« Ich war aufgesprungen und griff über den Tisch, um ihm das Telefon aus der Hand zu reißen. Als ich das Display betrachtete, erkannte ich Google Maps, wo ein roter Punkt eingetragen war. Ich zoomte mit den Fingern und bemerkte, dass sich der Ort nur etwa eine halbe Stunde von hier entfernt befand. »Wie ...«

»Geo-Koordinaten«, erklärte Cley an Alejandros Stelle. »Dieser Kerl ist ein verdammtes Genie!« Er klopfte dem Latino so stark auf die Schulter, dass diesem die Luft aus den Lungen getrieben wurde und er sein Gesicht für einen Moment schmerzerfüllt verzerrte.

Dann hob Alejandro den Blick und das Schmunzeln kehrte auf seine Lippen zurück. »Jedes Foto wird auf dem Handy mit Geo-Koordinaten abgespeichert«, erklärte er in ruhigem Tonfall. »Zumindest, wenn man die Funktion nicht explizit ausschaltet. Anscheinend hat Kates Entführer sich gerade ins eigene Fleisch geschnitten, denn sein Bedürfnis, dich einzuschüchtern, hat ihm mehr geschadet als dir. Consecuentemente … hat er damit seine Position verraten.«

»Aber wie hast du das herausgefunden?«, fragte Emilia neben ihm entgeistert.

»Es gibt Homepages, wo man die Bilder einfach hochladen kann«, erklärte Cley. »Verdammt, wir hätten Kate schon lange gefunden, hätten wir diesen brillanten Kerl dabei gehabt!«

»Worauf warten wir dann noch?«, fragte Armando und sprang ebenfalls auf. »Gehen wir sie befreien.«

»Wir sollten die Polizei dazu holen«, warf Selena ein, die nach ihrem Handy griff. »Wir wissen nicht, ob er bewaffnet ist, oder …«

»Ihr könnt gern die Polizei rufen«, knurrte ich und ging auf die Tür des Speisesaals zu. »Ich knöpfe ihn mir in der Zwischenzeit vor.«

»Wir kommen mit«, nickte Cley und auch Kevin, Nick und Armando sahen mich entschlossen an.

»Ich bleibe mit den Señoras und Álvaro hier und halte die Stellung«, erklärte Alejandro und erntete dafür einen dankbaren Blick von Emilia.

Mein Stiefvater hatte die ganze Zeit geschwiegen, aber als ich ihn ansah, konnte ich die Erleichterung in seinen Zügen erkennen. Das alles war nicht gut für ihn und sein Herz … aber der Albtraum würde bald ein Ende haben. Hoffentlich.

»Also los!« Ich riss die Tür auf, während ich hörte, wie Selena bereits mit der Polizei telefonierte.

Armando setzte sich auf meinen Beifahrersitz, während Nick und Kevin mit Nicks Wagen losfuhren. Cleys Harley heulte auf, als er uns folgte.

Wir würden sie befreien – in wenigen Minuten wäre ich wieder bei ihr …

Diese Gedanken ratterten durch meinen Kopf, während ich Gas gab.

33

KATHLEEN

Ich musste eingeschlafen sein, denn als ich die Augen aufschlug war alles um mich herum schwarz. Es war jetzt definitiv Nacht geworden …

Meine Arme schmerzten inzwischen so sehr, dass ich ein Stöhnen ausstieß, als ich mich bewegen wollte. Von Jordans Vater war weit und breit nichts zu sehen – soweit ich überhaupt etwas sah. Von draußen drangen die typischen Geräusche der Nacht zu mir und es war eiskalt geworden, sodass ich heftig zitterte.

Ein Käuzchen schrie, was mich zusammenzucken ließ. Es schien direkt bei der Hütte zu sitzen.

Dann, mit einem Mal, hörte ich den Motor eines Autos aufheulen – und ein Motorrad.

Waren das meine Retter?

Mein Herz begann zu rasen. Was, wenn Jordans Vater doch Komplizen hatte? Ein Licht fiel durch die Lücken des Schuppens.

Das Licht eines Autos?

Mit einem Mal erklangen von draußen mehrere Männerstimmen. Jemand schrie, ich vernahm ein Keuchen, dann ein Fluchen und schließlich knallte etwas Schweres gegen die Tür. Ich zuckte zusammen, was einen schmerzvollen Protest meiner Muskeln zur Folge hatte. Wieder knallte etwas gegen die Tür und schließlich sprang sie auf.

Ich starrte in die Dunkelheit und verengte die Augen, als ich plötzlich von einer Lampe geblendet wurde.

»Wir haben sie!«

Diese Stimme kannte ich irgendwoher …

Schon tasteten Hände über meinen Körper, jedoch nicht so wie Jordans Vater es getan hatte, sondern behutsam. Ich spürte, wie jemand sich an meinen Fesseln zu schaffen machte, doch in meinem Kopf gab es nur einen Gedanken.

Jemand war hier. Jemand befreite mich gerade … es war vorbei.

Und dann hörte ich eine Stimme, die mich hätte aufjuchzen lassen, wenn ich denn noch die Kraft dazu gehabt hätte.

»Kate.«

Ich sah auf und schaute in Jordans dunkle Augen, die mich besorgt musterten. Sein Blick glitt an mir herunter und Wut flammte darin auf, als er zwischen meinen immer noch gespreizten Beinen hängen blieb.

»Hat er …«

Ich schüttelte schwach den Kopf und presste die Lippen zusammen, während Armando – das war also seine Stimme gewesen – mir sorgfältig das Klebeband vom Gesicht löste.

»Geht es dir gut?«, fragte der dunkelblonde Weinhändler leise und ich blickte in seine Smaragdaugen, die ebenfalls voller Sorge auf mir ruhten.

Ich nickte halbherzig, viel zu überrumpelt davon, mit einem Mal Gesichter zu sehen, die ich mir in den vergangenen Stunden so sehr herbeigesehnt hatte. Meine Arme fielen schlaff herunter, nachdem meine Fesseln gelöst waren und ich stöhnte vor Schmerz auf, als das Blut zurück in meine Finger schoss.

»Ich trage sie«, sagte Jordan und schon spürte ich seine starken Arme, die mich vom Boden hochhoben.

Wann genau hatten sie die Fesseln an meinen Füßen entfernt?

Ich lehnte meinen Kopf gegen seine Schulter, atmete seinen Geruch ein und schloss die Augen.

Ich war in Sicherheit. Bei ihm.

Wie in Trance fühlte ich, wie er mich nach draußen trug, spürte die kühle Nachtluft über meinen Körper streichen.

»Hier, eine Decke«, murmelte Armando und kurz darauf wurde mir warm.

»Wie geht es ihr?«, wollte eine weitere Stimme wissen.

Ich blinzelte und entdeckte Nick, der neben uns trat und mich ansah. In seinen hellen Augen blitzte der Zorn, aber er galt nicht mir.

»Ist sie verletzt?«, wollte er wissen.

»Schwer zu sagen«, murmelte Armando.

Nick schob seine Hände unter die Decke, tastete mich kurz ab, hob meine Augenlider an und leuchtete mir mit seinem Handy in die Pupillen. Ich ließ alles über mich ergehen, da er Arzt war und wusste, was er tat.

Nachdem er sich vergewissert hatte, dass mir zumindest auf den ersten Blick nichts fehlte, nickte er und klopfte Jordan auf die Schulter. »Bring sie ins nächste Krankenhaus.«

Als sich Jordan etwas abdrehte, erkannte ich, dass im Scheinwerferlicht eines Wagens der Mann kniete, der mich entführt hatte. Cley stand breitbeinig über ihm und hielt seine Arme fest, während Kevin sich gerade die Fäuste rieb.

Jordans Vater war kaum mehr bei Bewusstsein und sein Kopf hing zwischen seinen Schultern schlaff herunter. Cley und Kevin mussten ihn ordentlich vermöbelt haben. Aus dem Augenwinkel nahm ich ein Zelt wahr – dort hatte er also gesteckt, während ich im Schuppen gefangen gewesen war …

»Fesselt ihn. Die Polizei wird jeden Augenblick hier sein«, wies Armando Cley, Nick und Kevin an. »Wartet, bis sie da sind, wir fahren schon mal voraus. Kate muss ins Krankenhaus. Und jemand sollte die anderen informieren.«

Ich hörte, wie die drei Männer ihm zustimmten, dann wurde ich von Jordan weggetragen.

Den Rest nahm ich nur am Rande wahr. Ich hörte Jordans Stimme, die beruhigend auf mich einsprach, spürte den Pick-up, der sich in Bewegung setzte, während ich auf dem Rücksitz lag. Jordan wich nicht von meiner Seite – wahrscheinlich fuhr Armando.

Immer wieder fühlte ich Jordans Hand, die mir über die Stirn strich, mich an der Wange berührte.

Ich verlor mehrmals das Bewusstsein, denn die Fahrt erschien mir viel kürzer, als sie eigentlich sein konnte.

»Vorsichtig«, murmelte Armando, als Jordan mich wieder auf die Arme hob.

Helle Lichter blendeten mich und ließen meine Augen sich zusammenpressen. Ich nahm den Geruch von Desinfektionsmittel wahr.

Wir waren im Krankenhaus.

Was dann geschah, vernahm ich wie durch einen Nebelschleier. Menschen sprachen über mich, analysierten meine Verletzungen an Händen und Füßen, wo die Stricke in die Haut geschnitten hatten. Jemand untersuchte meinen Unterleib, ich bekam Spritzen und eine Infusion. Aber ich war viel zu schwach, um meine Sinne anzustrengen. Also ließ ich alles über mich ergehen, spürte, wie ich immer schläfriger wurde.

Irgendwann schlief ich dann tatsächlich ein und träumte von Jordan, der meine Hand hielt.

»Kate«, hörte ich ihn murmeln. »Bleib bei mir.«

So ein dummer Junge. Natürlich blieb ich bei ihm. Wir bekamen schließlich ein Kind … wir wären eine Familie …

Als ich erwachte, bemerkte ich als erstes die Sonnenstrahlen, die auf die weiße Bettdecke schienen. Dann glitt mein Blick zu meiner linken Hand, die von einer anderen verborgen wurde. Ich angelte mich mit den Augen den Arm entlang und erkannte Jordans schwarze Haare. Er saß neben dem Krankenbett auf einem Stuhl, hatte den Kopf aber auf meine Decke gelegt.

Ich betrachtete ihn und spürte ein Lächeln, das an meinen Mundwinkeln zuckte. Sorgfältig zog ich meine Hand, in welcher eine Infusionsnadel steckte, unter seiner hervor und strich ihm über den Kopf.

Dabei fiel mein Blick auf zwei Männer, die rechts von mir auf Stühlen saßen und schliefen.

Armando und Cley.

Sie hatten zusammen mit Jordan an meinem Bett gewacht.

Mein Herz wurde so warm und leicht, dass ich seufzend die Augen schloss. Ein Geräusch, das Jordan aufweckte. Sein Kopf schoss in die Höhe und als ich blinzelte, blickte ich in seine Augen. Er sah müde und erschöpft aus, wahrscheinlich hatte er kaum geschlafen. Doch als sich unsere Blicke ineinander verfingen, erschien ein erleichtertes Lächeln auf seinem Gesicht.

Wieso lächelte er bloß so selten? Es stand ihm so gut …

»Kate«, murmelte er und im nächsten Moment spürte ich seine Hand an meiner Wange.

Ich wollte etwas erwidern, aber mein Hals war so trocken, dass nur ein Krächzen daraus entwich, das in einem Hustenanfall endete. Nun waren auch Armando und Cley wach und sprangen beinahe gleichzeitig auf.

»Wie geht es ihr?«, fragte Armando mit angespanntem Gesichtsausdruck, während er zu mir ans Bett trat. Ich hatte ihn noch nie so gesehen – unrasiert, mit verwuschelten Haaren und Augenringen. Dennoch sah er immer noch aus, als sei er einem Katalog entsprungen – einem Katalog für Bettwäsche oder so.

Cley strich sich durch seine Löwenmähne und reichte mir dann ein Glas Wasser, das er von irgendwoher gezaubert hatte.

Dankbar nahm ich es entgegen und trank es in einem Zug leer.

»Noch mehr?«, fragte er, während sich Armando zu meiner Rechten auf das Bett setzte und mich mit schmalen Augen musterte.

Ich nickte und hielt kurz darauf ein zweites Glas in der Hand.

»Wie fühlst du dich?«, fragte Armando erneut.

Mein Blick glitt zu Jordan, der mich immer noch stumm ansah. »Mit euch drei Musketieren schon viel besser.« Ich versuchte mich an einem Lächeln, das jedoch schwach ausfiel, da ich mich so matt und erschlagen fühlte wie noch nie.

Cley lachte leise, während er sich mit dem Unterarm über meinem Kopf abstützte. »Du hast uns einen ganz schönen Schrecken eingejagt, Prinzessin«, murmelte er und versenkte seine goldbraunen Augen in meinen. »Ich glaube, wir lassen euch beide jetzt mal alleine. Armando, lass uns herausfinden, ob der Krankenhauskaffee gleich beschissen schmeckt wie das Essen hier.«

Der dunkelblonde Weinhändler warf mir einen raschen Blick zu, dann nickte er und erhob sich. Mit dem Handrücken strich er mir kurz über die Wange. »Ich bin froh, dass du wieder da bist, Bonita.«

Ich lächelte ihn an und nickte, ehe ich Cleys Bart auf meinem Gesicht spürte. Er drückte mir einen Kuss auf die Stirn. »Bis gleich«, murmelte er.

Dann verließen beide Männer das Krankenzimmer und ich war mit Jordan alleine.

»Kate«, begann er zögernd. »Ich …«

»Danke«, hauchte ich. »Ich wusste, dass du mich befreien würdest.«

Sein Blick wurde dunkel. »Ich wusste nicht, dass du schwanger warst«, hauchte er.

Ich runzelte die Stirn, während sich meine Gedanken überschlugen. »Was? Aber … ich dachte, du …«

Er schüttelte den Kopf. »Ich habe gemeint, du sprichst von meinem Vater. Davon, dass er dich ebenfalls kontaktiert hat. Er hatte mir Bilder von dir geschickt und mich damit erpressen wollen. Er wollte das Weingut zurück, da er es als sein eigenes betrachtete, obwohl es meiner Mutter gehört hatte.«

So langsam begannen sich die Puzzleteile in meinem Hirn zusammenzusetzen.

»Dann …« Erst jetzt fiel mir auf, dass etwas in seinem ersten Satz nicht gestimmt hatte. »Was meinst du mit … schwanger *warst*?« Etwas krallte nach meinem Herz und presste es zusammen.

»Dein … unser Kind … es …« Er brach ab und Tränen sammelten sich in seinen Augen. »Es hat es nicht überlebt. Der Arzt sagte … die Aufregung war zu viel für dich, es … ist nicht mehr da …«

»Was? Nein … nein … NEIN!« Tränen schossen in meine Augen, während sich mein ganzer Körper vor Qualen schüttelte. Es fühlte sich an, als würde jemand mein Herz herausreißen.

Jordan legte einen Arm über mich, hielt mich fest und ich spürte, wie er an meiner Schulter ebenso weinte wie ich. Um unser Kind, das wir nie kennenlernen würden. Um Krümelchen …

34

KATHLEEN

Die nächsten Tage vergingen, ohne dass sich etwas an dem Schmerz in meiner Brust änderte. Meine Freunde besuchten mich, redeten mit mir – und ich starrte an die Decke. Ich bekam Blumen, Schokolade, andere Geschenke … und doch konnte nichts den Verlust aufwiegen, der unter meinem Herzen wie eine große Wunde klaffte.

Emilia saß stundenlang an meinem Bett und weinte mit mir. Ihre Tränen taten gut, aber auch sie brachten mir mein Kind nicht zurück. Das Kind, das ich nur so kurze Zeit in mir hatte tragen dürfen. Viel zu kurz, um es kennenzulernen, aber auch viel zu lange, um jetzt nicht diese Leere in mir zu fühlen.

Der Arzt hatte mir erklärt, dass es leider in vielen Fällen in den ersten paar Schwangerschaftswochen zu Komplikationen und damit Fehlgeburten kommen könnte. Ich war mit meinem Schicksal bei Weitem nicht alleine und nach allem, was ich mit der Entführung durchlebt hatte, wäre es der Meinung des Arztes zufolge ein Wunder gewesen, wenn Krümelchen überlebt hätte … dennoch war mir das kein Trost.

Jordan war jeden Tag bei mir – und wenn er mal nicht da sein konnte, ersetzten Cley oder Armando seinen Platz. Auch die anderen kamen immer wieder, doch sie schienen nicht genau zu wissen, was sie mir sagen sollten. Es gab ja auch nichts zu sagen. Nicht mehr …

Als ich das Krankenhaus endlich verlassen durfte, zog ich mich in Emilias Weingut zurück. Ich schloss mich tagelang ein und nur Miguel durfte zu mir, um mir was zu Essen oder zu Trinken zu bringen. Jordan versuchte mich anzurufen, war paar Mal da, um mich zu besuchen, aber ich ertrug seine Gesellschaft nicht länger, da ich nur in sein Gesicht blicken musste, um das zu sehen, was ich verloren hatte. Also ließ ich ihn ein ums andere Mal von Alejandro wegschicken.

Ich wusste nicht, was ich tun sollte. Hier erinnerte mich so viel an die schlimme Zeit. Alles in mir wollte zurück nach New York und dennoch schaffte ich es nicht einmal, mein Zimmer zu verlassen. So depressiv hatte ich mich noch nie gefühlt und das bereitete mir Angst. Normalerweise war ich stets gut gelaunt – jetzt konnte ich nicht einmal lächeln. Geschweige denn Sprüche klopfen und Witze reißen. Aber womöglich war das auch normal, wenn man das durchgemacht hatte, was ich durchmachen musste.

Thanksgiving kam und ging vorüber. Emilia und Alejandro feierten trotz allem mit ihren Arbeitern, was ich auch richtig fand. Ich hörte die Musik, die ausgelassene Stimmung … aber ich verließ mein Zimmer nicht, aß kaum etwas von dem Truthahn, den mir Miguel brachte. Mir war nicht einfach nicht nach Feiern zumute.

Es war ein Samstagmorgen, als es an meiner Tür klopfte. Ich öffnete, da ich glaubte, Selenas Stimme draußen gehört zu haben. Sie stand tatsächlich neben Emilia und musterte mich besorgt, als ich durch den Türspalt blickte. Ich musste schrecklich aussehen, hatte seit Tagen kaum geduscht und trug ein Shirt und Jogginghose.

»Hallo Kate«, begrüßte mich Selena dennoch mit einem herzlichen Lächeln.

Ich versuchte es zu erwidern, scheiterte jedoch. »Hey.«

»Darf ich reinkommen?« Sie strich sich ein paar ihrer feuerroten Haare zur Seite, sodass ich den großen Ohrring sehen konnte, den sie trug.

»Mir ist nicht nach Gesellschaft«, murmelte ich.

»Ja, das habe ich gehört.« Sie tauschte einen Blick mit Emilia. »Aber vielleicht … also wenn ich nicht mit dir reden kann, vielleicht sprichst du mit Nick? Er ist auch hier und … er kennt sich mit solchen Dingen aus.«

Ich runzelte die Stirn und brauchte ein paar Sekunden, bis ich mich daran erinnerte, dass Nick ja nicht nur Arzt, sondern Psychiater war. Dennoch hatte ich keine Lust mit irgendjemandem – auch nicht mit ihm – zu sprechen.

»Bitte.« Selenas Blick wurde eindringlicher. »Tu's auch für meinen Stiefbruder, er ist … noch launischer als sonst.«

Ich schüttelte bedauernd den Kopf. »Ich möchte nicht. Tut mir leid.«

»Kate.« Die tiefe Stimme, die hinter ihr ertönte, ließ mich den Blick heben. Im nächsten Moment schob sich Cley vor Selena und verdeckte die beiden Mädchen mit seiner hünenhaften Gestalt. »Lasst mich mit ihr reden«, sagte er über die Schulter.

Ehe jemand reagieren konnte, trat Cley in mein Zimmer und schloss kurzerhand die Tür hinter sich.

Ich wich zurück und starrte ihn an. Einerseits wollte ich ihn rausschmeißen, andererseits hielt mich der warme Funke in seinem Blick davon ab.

»Hör zu, ich mag Jordan nicht«, murmelte er und kratzte sich am Hinterkopf, wobei seine lange Mähne mitwippte. »Aber das, was du gerade tust, ist nicht fair ihm gegenüber. Es geht ihm dreckig und er lässt es an Selena aus – was wiederum dazu führt, dass Nick das reinste Nervenfrack ist, weil er seit Wochen keinen Sex mehr hatte. Und das wiederum nervt mich als Mitbewohner gewaltig. Du hast keine Ahnung, wie es ist, wenn man mitten in einem Film plötzlich von hysterischen Anrufen der Freundin seines Freundes belästigt wird. Echt jetzt, das hat mir den neuen Film von Dwayne Johnson total vermiest.«

»Tut mir leid, dass du keine Filme mehr schauen kannst, weil ich entführt wurde und mein Kind verloren habe«, schnaubte ich und verschränkte die Arme vor der Brust.

Cley verdrehte die Augen, dann trat er einen Schritt auf mich zu und packte mich an den Schultern. Sein Griff war so fest, dass ich befürchtete, am nächsten Tag blaue Flecken davon zu haben.

»Ich mag dich wirklich, Prinzessin«, raunte er. »Und das, was passiert ist, war schrecklich. Das wünsche ich niemandem – okay, fast niemandem. Aber es ist keine Lösung, wenn du dich hier verkriechst und dich und dein Leben bemitleidest.«

»Ach, und was wäre denn deiner Meinung nach eine Lösung?«, fragte ich, während ich versuchte, seinen blitzenden Augen standzuhalten.

Er holte leise Luft. »Geh duschen, zieh dir was an, das nicht wie eine weibliche Form von Rocky Balboa wirkt, und komm mit.« Ehe ich fragen konnte, was er meinte, hatte er sich zur Tür gewandt und sie geöffnet. »Ich gebe dir zehn Minuten, dann hole ich dich. Und wenn ich dich nackt aus der Dusche tragen muss – dann sitzt du eben so auf meiner Harley. Ich warte unten.«

Dann fiel die Tür ins Schloss und ich starrte mit offenem Mund auf die Stelle, wo er soeben noch gestanden hatte.

Das schlimme war: Ich traute es ihm tatsächlich zu, dass er mich splitternackt auf seine Harley setzen würde. Also atmete ich tief durch und ging unter die Dusche.

Ich war froh, dass Cley mir einen kleinen Toleranzspielraum von fünf Minuten ließ, denn erst nach einer Viertelstunde verließ ich mein Zimmer und ging die Treppe runter.

Er wartete tatsächlich unten im Kaminzimmer und grinste mich an, als er mich sah. Selena und Nick schienen wieder weggefahren zu sein – oder bei Emilia, die ich ebenfalls nicht entdeckte.

»Na also, geht doch«, meinte Cley und erhob sich von einem der gepolsterten Sessel. »Dann fahren wir mal los.«

»Halt.« Ich hob eine Hand in die Luft. »Wir fahren nicht zu Jordan, oder?«

Cley schüttelte den Kopf. »Ich bin doch nicht lebensmüde. Ich möchte dich nur mit einer Spritztour etwas aufmuntern.«

»Als … Freund?« Ich musste sichergehen, dass er jetzt nicht irgendwelche Hintergedanken hegte – darauf hatte ich absolut keine Lust.

Cley trat zu mir und legte mir eine seiner großen Hände in den Nacken. »Keine Sorge, Prinzessin. Ich werde dich weder verführen noch vergewaltigen. Zwar steht da noch was aus zwischen uns, aber ich glaube, Jordan würde mir an die Kehle springen, wenn ich dich anfasse.« Er zuckte mit den Schultern. »Schade zwar um unsere Affäre, die wir beide sicherlich genossen hätten, aber ich weiß auch, wann ich verloren habe. Und dass ich das habe, erkenne ich sowohl in deinen als auch in seinen Augen. Also …« Er deutete eine kleine Verbeugung an. »Lass mich dich wenigstens etwas aufmuntern – ganz ohne Sex. Auch wenn ich mit Sex um einiges schneller an mein Ziel käme, dich aus deinem Schneckenloch zu zerren, in das du dich verkrochen hast.« Er lachte leise und schaffte es, dass auch ich endlich schmunzelte.

»Die Frau, die dich irgendwann bekommt, sollte dich nie, nie wieder gehen lassen«, bemerkte ich, während ich meine Lederjacke von der Garderobe nahm, da es draußen regnete und ziemlich kühl war.

»Glaub mir, die Frau, die mich ›nie, nie wieder gehen lässt‹, ist definitiv nicht die richtige Frau für mich«, lachte er und öffnete mir die Tür. »Ich stehe nicht auf Kletten.«

»Ich dachte auch bis vor Kurzem, dass ich nicht auf griesgrämige Typen steh«, meinte ich ebenfalls lächelnd, während wir über die Einfahrt zu seiner Harley gingen.

Er blieb stehen und sah mich mit schmalen Augen an. »Du magst ihn wirklich, oder?«

Ich nickte. »Ja, das tu ich. Aber das ist egal, denn er und ich – das würde nicht funktionieren.«

»Sag niemals nie.« Er lächelte mich verschwörerisch an. »Komm, setz dich auf meine alte Lady und dann machen wir eine Spritztour durchs Valley.«

Obwohl es nieselte, war der Motorradausflug mit Cley großartig. Ich klammerte mich an ihm fest, drückte meinen Kopf, der in einem Zweithelm steckte, gegen seinen Rücken und spürte zum ersten Mal seit Tagen wieder einen Hauch des Gefühls, das ich geglaubt hatte, verloren zu haben: Unbekümmertheit.

Inzwischen war es Ende November und der Regen sorgte dafür, dass die Landschaft so grün geworden war, wie ich sie noch nie gesehen hatte. Das machte mir erst wirklich klar, was ich alles verpasst hatte, während ich mich in meinem Zimmer verkroch. Draußen ging das Leben weiter, ganz gleichgültig, ob es mir gut ging oder schlecht. Es war an mir selbst, zu entscheiden, ob ich lieber drinnen sitzen oder draußen am Leben teilnehmen wollte.

Das wurde mir durch die Spritztour so bewusst, dass ich mich fragte, wieso ich so lange gebraucht hatte, diese simple Erkenntnis zu erlangen. Es gab im Leben niemanden, der für einen Regie führte – das tat man nur selbst.

Als wir zurück zu Emilias Weingut fuhren, fühlte ich mich wie von einer Last befreit. Meine Wangen waren gerötet und mein Herz um so vieles leichter als zuvor. Es schien beinahe, als hätte der Nieselregen alles weggewischt, was der Fahrtwind nicht schon fortgeweht hatte.

Meine Trauer um mein verlorenes Kind war zwar noch da, aber sie wurde greifbar. So wie der Inhalt einer Schublade, die man öffnen konnte, um ihn bewusst zu betrachten – und schließen, damit man versuchen konnte, wieder nach vorne zu blicken. Sich auf das zu konzentrieren, was außerhalb der Schublade vor sich ging.

Nachdem Cley das Motorrad in der Einfahrt angehalten hatte und wir abgestiegen waren, zog er seinen Helm aus und schüttelte seine Mähne. »Na, zu viel versprochen?«, meinte er grinsend und beobachtete, wie ich meinerseits meinen Helm abnahm.

»Danke.« Ich lächelte ihn an und versuchte, meine ganze Dankbarkeit in dieses eine Wort zu legen. »Das hat wirklich gut getan.«

Er lehnte sich zu mir runter und drückte mir einen Kuss auf den Mund, der jedoch so unschuldig und kurz war, dass keinerlei Hintergedanken aufkommen konnten. »Jederzeit gerne, Prinzessin. Deine Augen leuchten wieder, das war alles, was ich heute erreichen wollte. Was du jetzt daraus machst, überlasse ich dir.«

Ich schlang meine Arme um seinen Hals und lehnte meinen Kopf gegen seinen Oberkörper. »Du bist ein toller Freund, echt.«

»Na endlich jemand, der das zu schätzen weiß.« Ich konnte sein Lachen in seiner Brust poltern hören. Er klopfte mir auf den Rücken. »Also dann, ich wünsche dir, dass du deinen Weg findest – ob mit oder ohne Jordan, das kannst nur du entscheiden.«

Ich nickte, als ich ihn losließ und den Kopf hob, um ihn anzusehen. »Ja, ich weiß.«

Mit einem letzten Zwinkern schwang sich Cley wieder auf seine Harley und stülpte sich den Helm über.

Ich blieb noch eine Weile stehen, ehe ich mich seufzend abwandte und meine inzwischen nassen Haare nach hinten strich.

Ich wusste jetzt, was ich zu tun hatte …

35

KATHLEEN

Cley hatte mir aufgezeigt, was ich wollte. Ich wollte frei sein, ungebunden und glücklich. Gefühle, die ich – trotz des anstrengenden Arbeitslebens – in New York immer gehabt hatte.

Ja, ich hatte sie auch bei Jordan verspürt. Für einen kurzen Moment, als ich glaubte, wir würden tatsächlich eine glückliche Familie werden. Aber sein Leben war so kompliziert und seine Seele so düster, dass mich das alles viel zu stark heruntergezogen hatte. Er würde sich nicht ändern – auch nicht für mich. Er würde immer der grummelige Kerl bleiben, der nicht aus den Puschen kam und den man schütteln musste, damit er einen Schritt nach vorne tat. Ich hatte diese Energie einfach nicht. Nicht mehr. Nicht für ihn.

Ich hätte sie aufgebracht, um das mit uns und unserer Familie funktionieren zu lassen. Deswegen war ich an diesem Abend vor paar Wochen auch zu ihm gefahren. Um es zu probieren. Aber jetzt … mich hielt nichts mehr hier und die Gefühle, die ich für Jordan empfand … sie würden nicht reichen. Nicht für uns beide, wenn er seine eigenen so stark vor mir verschloss.

Er hatte zwar zunächst versucht, um mich zu kämpfen, aber seit über zwei Wochen hatte ich nichts mehr von ihm gehört. Er hatte aufgegeben, fraß wieder alles in sich hinein und ließ seine Wut an Selena und Nick aus, wie Cley mir klargemacht hatte. Aber das konnte ich nicht ändern … ich konnte *ihn* nicht ändern. Das konnte nur er selbst tun.

Nein, es war besser, wenn ich jetzt einen Schlussstrich zog und zurück nach New York reiste. Aufhörte, mich in Selbstmitleid zu wälzen. Wieder unter Menschen kam und einen geregelten Tagesablauf in mein Leben ließ.

Ja, genau das sollte ich tun.

Also packte ich, direkt nachdem ich zurück in mein Zimmer gekehrt war, meine Sachen, buchte einen Flug nach New York und verabschiedete mich kurze Zeit darauf schweren Herzens von meiner Freundin, Alejandro und Miguel.

Etwas abrupt, ja, aber wenn ich das jetzt nicht durchzog, würde ich es vielleicht niemals tun.

»Bist du sicher, dass du wieder nach New York willst?«, fragte Emilia mit Tränen in den Augen. »Du kannst so lange bei uns bleiben, wie du möchtest.«

»Ich weiß«, nickte ich und senkte den Blick. »Aber ich muss nach vorne schauen und dazu gehört, dass ich zurück in das Leben kehre, das ich kenne. Es tut mir so leid, wie alles gekommen ist … ich habe euch mit meinem Besuch nur Kummer gebracht …«

»Nein«, unterbrach sie mich. »Sag so etwas nicht! Du kannst nichts dafür, wie es gekommen ist und zudem …«, sie versuchte sich an einem Lächeln, »hast du uns alle näher zusammengeschweißt.«

Ich nickte traurig. »Wenigstens etwas ...«

Alejandro zog mich in eine feste Umarmung und ich unterdrückte die Tränen, die sich in meinen Augen wieder bilden wollten. Ich hatte genug geweint.

»Und du willst dich ganz sicher nicht von Jordan verabschieden?«, murmelte Alejandro in mein Haar.

Ich schüttelte den Kopf und befreite mich aus seinen Armen. »Es ist besser so. Er und ich ... wir hatten eine Chance ... mehrere sogar. Aber das Schicksal wollte nicht, dass wir zusammen sind.«

Alejandros Augen waren dunkel vor Trauer. »Lo siento. Es tut mir so leid für dich.«

»Danke.« Ich wischte mir über das Gesicht und atmete tief durch. »Ich werde euch wieder besuchen kommen, aber dann gehen wir auf kein Weinfest mehr, okay?«

Emilia lachte unglücklich und drückte mich an sich. »Mach's gut, Kate. Ich liebe dich.«

»Ich dich auch.« Ich drückte ihr einen Kuss auf die Wange. »Und danke für alles.«

»Jederzeit.«

Auch Miguel standen die Tränen in den Augen, als er sich von mir verabschiedete. »Alles Gute, Señora Kate«, murmelte er. »Hasta luego.«

Mit einem leisen Seufzen wandte ich mich ab und stieg in das Taxi, das bereits vor dem Weingut wartete.

Die Zeit hier im Napa Valley war so anders gewesen, als ich sie mir erhofft hatte ... so ... unerwartet, überraschend, wild ... und am Ende so grausam ... und dennoch würde mir das alles hier fehlen. Die Menschen würden mir fehlen. Die Gespräche ... Jordan ... ja, auch er würde mir fehlen. Denn ich hatte ihn in mein Herz gelassen und wenn ich jemanden da rein ließ, war er schwer wieder zu entfernen. Genau so wie das Kind, das es niemals geben durfte und das dennoch mein Herz erobert hatte. Wenn auch nur für eine so kurze Zeit.

In New York holte mich rasend schnell der Alltag ein, was vielleicht auch daran lag, dass es Samstagnachmittag war. Nachdem ich landete, rief ich mir ein Taxi und brachte mein Gepäck in mein Loft. Nach einer erfrischenden Dusche sah ich die Dutzenden von Mails an meinem PC und beschloss, sie erstmal Mails sein zu lassen und in meinem kleinen Laden vorbeizuschauen, um dort nach dem Rechten zu sehen. Gerade in der Vorweihnachtszeit war die Bude meistens voll und Hannes, mein treuer Mitarbeiter, wäre sicherlich froh, wenn ich ihm zur Hand ging. Zumal mich die Arbeit von den Zweifeln ablenkte, ob ich tatsächlich die richtige Entscheidung getroffen hatte. Ich hatte es mir immer wieder eingeredet, aber den ganzen Flug über war ich mit meinen Gedanken bei Jordan gewesen.

Also schnappte ich mir meinen Wintermantel (es war ein krasser Klimaschock zwischen New York und Kalifornien) und ging los.

Wider Erwarten war mein Geschäft nicht so voll, als ich es betrat.

»Kate!«, rief Hannes mir vom Verkaufstresen aus zu und grinste mich an.

Er war eine Frohnatur und ich mochte ihn unheimlich gern. Hannes besaß deutsche Wurzeln, daher kam auch sein ungewöhnlicher Name ›Johannes Schmidt‹. Sein Aussehen wirkte etwas zu feminin mit den blonden halblangen Haaren und dem für sein Alter sehr jugendlichen Gesicht. Aber er war einfach die gute Seele meines Ladens.

»Na, alles gut?«, fragte ich ihn, als ich um den Tresen herum zu ihm ging und ihn umarmte.

»Alles bestens, jetzt wo die Chefin wieder im Haus ist«, meinte er grinsend. »Wie war deine Zeit im Napa Valley? Konntest du dich erholen?«

Ich wich seinen Knopfaugen aus, die mich neugierig musterten. »Ja, war toll«, murmelte ich. »Gibts hier was Neues?«

Hannes schüttelte den Kopf, dass seine blonden Haare flogen. »Nichts Ungewöhnliches. Hab alles im Griff.«

Ich lächelte ihn an und klopfte ihm auf die Schulter. »Nichts anderes hab ich erwartet. Danke, dass du hier die Stellung gehalten hast.« Ich blickte mich im Laden um und beobachtete ein älteres Pärchen, das eben in diesem Moment das Geschäft betrat und sich interessiert umblickte.

»Apropos Stellung halten«, meinte Hannes und wieder betrachteten mich diese dunklen Augen, die jedem Robbenbaby Konkurrenz gemacht hätten. »Es trifft sich super, dass du wieder hier bist. Denn ich habe übers Wochenende Besuch aus London. Wäre es okay, wenn ich heute etwas früher Schluss mache? Jetzt wo du da bist, dachte ich …«

»Ja, natürlich«, nickte ich. »Besuch aus London? Hast du dort Verwandte?«

»Nein, längere Geschichte«, meinte er mit einem schiefen Lächeln. »Mein ehemaliger Nachbar und seine Freundin fahren jedes

Weihnachten nach New York und wohnen dann ein paar Tage bei mir. Seit ich die größere Wohnung habe, ist das auch kein Problem mehr, früher bin ich zu meiner Mutter ausgewichen.«

Ich erinnerte mich, dass seine Mutter ebenfalls in New York in der Bronx lebte. Seit Hannes aber bei mir angefangen hatte zu arbeiten und ein gutes Einkommen besaß, da meine Geschäfte wirklich hervorragend liefen, war er näher an Manhattan gezogen und bewohnte jetzt zusammen mit seinem Verlobten – einem feurigen Puertoricaner, der an der Wallstreet gerade durchstartete – ein geräumiges Loft.

»Na, dann amüsiert euch«, meinte ich lächelnd.

»Wenn du möchtest, kannst du ja auch mitkommen, wenn der Laden geschlossen ist«, schlug er vor. »Wir gehen zum Rockefeller Center, dort ist ja heute die große Lichtzeremonie.«

Ich sah ihn verblüfft an. »Ah, stimmt, das Entzünden des großen Weihnachtsbaums«, rief ich.

Wie hatte ich das vergessen können? Irgendwie tickten im Napa Valley die Uhren anders als hier in New York.

Hannes nickte. »Genau. Sara liebt die Weihnachtszeit und das Rockefeller ist für sie daher Pflicht. Also, kommst du auch?«

Ich wollte eigentlich verneinen, aber dann zuckte ich mit den Schultern und nickte. Schließlich hatte ich mir vorgenommen, mich nicht weiter von den schlimmen Ereignissen runterziehen zu lassen. Und dazu gehörte auch, wieder unter Menschen zu gehen und neue Leute kennenzulernen.

»Ich werde nachkommen.« Ich zückte mein Handy, um mir eine Erinnerung zu notieren. Doch als ich das Display entsperren wollte, blieb es schwarz. »Mist, schon wieder kein Akku mehr …« Ich blickte Hannes hilfesuchend an. »Ich hab echt immer Pech mit Handys … du hast doch dasselbe Modell, könntest du mir dein Ladegerät leihen?«

Er schüttelte bedauernd den Kopf. »Mein Ladegerät ist leider zu Hause.«

»Mist«, wiederholte ich. »Dann werde ich wohl meine Hirnzellen anstrengen müssen.«

Hannes lachte. »So schwierig ist das nicht: In zwei Stunden schließen wir – also du – und dann kommst du einfach zum Rockefeller Center. Wirst uns sicher auch so finden, wir werden irgendwo bei der Eislaufbahn sein.«

»Na, dann geh schon mal, ich krieg das hier auch alleine hin«, lächelte ich. »Bis später.«

»Danke, Kate. Hast was gut bei mir!« Er drückte mich noch einmal und verschwand dann mit einem breiten Grinsen aus dem Lokal.

Ich widmete mich derweil dem älteren Pärchen, das sich anscheinend nicht darauf einigen konnte, was sie denn nun ihrer Tochter schenken wollten.

Oja, ich war wieder im New Yorker Alltag gelandet, wo Menschen sich tagelang Gedanken darüber machten, wofür sie ihr Geld ausgeben sollten und das dann auch noch ein ›Problem‹ nannten … (oje, diesen Zynismus sollte ich schnellstmöglich wieder los werden …).

Nachdem ich den letzten Kunden bedient hatte, zählte ich die Tageseinnahmen und verstaute sie im Tresor. Ein Blick auf eine alte Standuhr, die immer noch perfekt ihre Dienste tat, zeigte mir, dass es kurz nach sechs Uhr war. Gegen sieben würde die Lichtzeremonie beim Rockefeller Center starten. Ich hatte also noch massenhaft Zeit, um dorthin zu gehen.

Gerade beschloss ich, den Laden abzuschließen, da betrat eine dunkel gekleidete, hochgewachsene Gestalt das Lokal und ich zuckte unwillkürlich zusammen. In der Weihnachtszeit waren Überfälle keine Seltenheit – auch wenn ich bisher zum Glück verschont geblieben war und mein Laden sich eigentlich in einem gut situierten Quartier befand.

Dennoch klopfte mein Herz jetzt viel schneller und ich tastete unbewusst nach dem Knopf unter der Verkaufstheke, der den Polizeinotruf verständigte, sobald man ihn betätigte.

»Wir haben geschlossen!«, rief ich dem Kerl zu, der sich beim Eingang suchend umsah.

Er hob den Kopf und strich die Kapuze seines Pullis nach hinten, den er unter dem dunklen Mantel trug. Nun konnte ich erkennen, dass er ungefähr in meinem Alter war, vielleicht etwas älter. Und sein Hals war tätowiert. Er hätte wirklich ein Einbrecher sein können, hätten mich seine blauen Augen nicht so forschend gemustert, während seine Hände in den Hosentaschen vergraben waren.

»Hannes schickt mich«, brummte er. »Er meinte, du hättest kein Handy und ich soll dir ausrichten, dass er leider nach Hause musste. Hat sich beim Eislaufen den Knöchel verstaucht.«

Ich runzelte die Stirn und ging auf ihn zu. »Oje, der Arme … darf ich fragen, wer du bist?« Hannes Verlobter konnte es nicht sein, den kannte ich.

»Evan«, antwortete er kurzangebunden.

»Kate«, erwiderte ich und streckte ihm die Hand entgegen, die er schüttelte. »Bist du Hannes' ehemaliger Nachbar?«

Er sah mich mit schmalen Augen an, ließ meine Hand los und nickte. »Mein Ruf eilt mir voraus.«

»Nun ja, Hannes ist nicht gerade für seine Diskretion bekannt«, lächelte ich.

»Da sagst du was …« Evan legte den Kopf schief und schnaufte. »Also, ich muss dann mal wieder los, meine Freundin wartet.«

»Kein Thema, vielleicht sieht man sich ja noch irgendwann.«

»Vielleicht«, meinte Evan schulterzuckend. »Also bis dann.«

»Bye.« Ich sah ihm nach, bis er meinen Laden verlassen hatte.

Erst jetzt fiel mir auf, dass es draußen schneite. Das musste irgendwann in den letzten zwei Stunden begonnen haben. Denn als ich in New York gelandet war, war alles trocken gewesen.

»Willkommen zu Hause, Kate«, murmelte ich mir selbst zu und holte meinen Mantel.

Als ich meinen Laden verließ und das Gitter herunterzog, das ihn vor Einbrüchen bewahren sollte, fühlte ich mit einem Mal ein Kribbeln im Nacken. Ich sah aus dem Augenwinkel ein Taxi davonfahren und wandte den Kopf, um zu ergründen, wieso es angehalten hatte, da erstarrte ich mitten in der Bewegung.

Denn hinter mir stand ein Mann. Ein großer Mann mit schwarzem Mantel. Und es war nicht Evan …

36

Jordan

Das Glas fiel schmetternd gegen die Wand des Speisesaals und zersprang in tausend Scherben. Selena zuckte so sehr zusammen, dass sie einen spitzen Schrei ausstieß.

»Jordan!« Nick war zu mir getreten und packte mich am Arm, ehe ich ein zweites Glas an der Wand zerschmettern konnte. »Jetzt beruhig dich, verdammt!«

»Ich soll mich beruhigen?!«, fauchte ich und riss mich von ihm los. »Hast du noch mehr so tolle Sprüche auf Lager, Seelenklempner?! Die hättest du mal besser bei Kate ausprobiert, ehe sie Hals über Kopf abhaut!«

Alles in mir schrie und ich wollte der Wut Ausdruck verleihen. Irgendwie.

Gerade als ich zur Weinflasche, die neben den Gläsern stand, greifen wollte, packten mich zwei starke Arme von hinten und hielten mich im Schraubstock-Griff gefangen. Ich war zwar nicht schmächtig und auch nicht schwach, aber gegen Cley hatte ich leider keine Chance.

Dass Selena aber auch immer mit ihm und Nick abhängen musste! Reichte ihr ein Kerl nicht?!

»Reiß dich zusammen, Mann«, knurrte Cley mir ins Ohr.

»Lass mich los!«, bellte ich.

»Damit du weiter Gläser durch die Luft schleudern kannst?« Cleys Stimme war mindestens so ein tiefes Grollen wie meine es zustande brachte. »Sie ist weg und Scherben bringen sie auch nicht zurück. Kapier das!«

Selena trat wieder vor mich, während sie ihre Hände in die Luft hob, als sei ich irgendein Tier, das sie nicht erschrecken wollte. »Hör zu, wir haben es auch gerade erst von Emilia erfahren, Kate hat sich von uns ebenfalls nicht verabschiedet. Aber deshalb verhalten wir uns noch lange nicht wie ein Elefant im Porzellanladen.«

»Deine Metapher hinkt«, kommentierte Nick.

Selena warf ihm einen feurigen Blick zu. »Egal, er weiß, wie ich das meine.«

Ich schnaubte. »Und ihr dachtet, ihr kommt lieber zu dritt hierher, um zu verhindern, dass ich Amok laufe, wenn ich davon erfahre?!«

»So ähnlich«, brummte Cley und ließ mich endlich los, da ich aufgehört hatte, mich gegen ihn zu wehren.

Ich fuhr zu ihm herum und stieß ihm mit dem Finger gegen die Brust. (Au, verdammt, tat das weh! Hatte der Kerl etwa Eisen unter seine Muskeln gespritzt?!) »Fass mich nie wieder an, kapiert?!«

Cley verschränkte die Arme und sah auf meinen Finger runter, während er eine Augenbraue hob. »Solange du dich nicht wie ein

Kleinkind benimmst, das in einem Einkaufscenter keine Süßigkeiten bekommt: Kein Problem.«

Ich holte tief Luft und stieß sie mit einem zornigen Schnaufen wieder aus. »Wann ist sie weg?«

Die Frage war an niemand bestimmtes gerichtet, denn ich starrte auf den Boden, um mich daran zu hindern, einem von den dreien an die Kehle zu springen. Wenn ich diese Emilia in die Finger bekäme, würde ich sie so lange schütteln, bis sie mir verriet, wieso sie Kate einfach so gehen ließ!

»Heute Mittag«, erklärte Cley in ruhigem Tonfall.

Er wollte noch etwas hinzufügen, aber Selena schüttelte den Kopf, wie ich sehr wohl mitbekam, denn ich hatte meinen Blick wieder gehoben.

»Was?! Ihr verheimlicht mir was, oder?!« Ich konnte nichts dafür, dass ich wieder schrie, meine Stimme ließ sich gar nicht mehr auf eine normale Lautstärke drosseln.

»Tun wir nicht«, erwiderte Selena und sah Cley mahnend an. »Wir waren heute Morgen bei ihr und haben versucht, mit ihr zu sprechen, da hat sie noch keinerlei Anzeichen gezeigt, dass sie nach New York zurück wollte …«

»Ach und jetzt ist sie einfach so abgehauen?« Ich verengte die Augen und musterte jeden einzeln. »Wenn ich herauskriege, dass einer von euch damit zu tun hat, dass sie …«

»Dann wären wir wohl kaum so dämlich und würden es dir persönlich sagen, oder?«, meinte Selena mit zusammengezogenen Augenbrauen. Ihr schien langsam die Geduld auszugehen. »Also, wir sind hier, haben es dir gesagt und was du damit nun anstellst, ist deine Sache. Ich an deiner Stelle würde ihr ja hinterher reisen und sie zurückholen, aber hey, ich bin ja nur deine Stiefschwester und noch nicht mal richtig mit dir verwandt.«

Ich knurrte in mich hinein und wandte mich ab.

»Falls du Geld brauchst für den Flug, hier.«

Die Stimme, die erklang, ließ mich mitten in der Bewegung innehalten. Ich drehte mich herum und sah Álvaro, der ebenfalls in den Speisesaal getreten war, in welchen mich Selena, Nick und Cley geführt hatten, ehe sie mir die schlechte Nachricht verkündeten.

»Das … musst du nicht«, stieß ich hervor.

»Ich weiß«, lächelte Álvaro und fuhr sich mit der freien Hand über die Halbglatze. »Hier. Nimm. Es ist an der Zeit, dass auch du endlich den Weg zu deinem Glück antrittst. Hol dir das Mädchen und bring sie zurück. Glaub mir, keiner weiß so gut wie ich, wie wichtig es ist, um die Liebe zu kämpfen.«

»Liebe …« Ich schnaubte erneut, trat aber auf meinen Stiefvater zu und streckte die Hand nach dem Geld aus.

Álvaro hielt die Dollarscheine noch ein paar Sekunden fest, sodass ich ihm in die dunklen Augen blicken musste. »Auch du hast Liebe verdient, mein Sohn«, flüsterte er. »Mehr als jeder andere.«

Dann ließ er das Geld los und ich starrte auf meine Hand herunter, unfähig etwas anderes zu sagen als: »Danke.«

»Willst du hier wie angewurzelt stehenbleiben?« Cley klatschte mir so stark die Hand auf die Schulter, dass ich tatsächlich einen Ausfallschritt nach vorne machen musste, um nicht auf die Nase zu fallen. »Du hast deinen Vater gehört: Hol sie dir!«

»Viel Glück!«, rief mir Selena hinterher, als ich schon die Treppe hochrannte, um in aller Eile meinen Koffer zu packen.

Ich verreiste so gut wie nie und hatte keine Ahnung, was mich in New York erwartete. Wie lange ich bleiben würde, welches Wetter dort herrschte … letzteres verriet mir wenigstens mein Handy. Es würde heute Abend schneien. Verdammt, ich hatte gar keinen Mantel. Gerade als ich überlegte, ob ich einfach mehrere Shirts übereinander tragen könnte, klopfte es an meiner Tür und Kevin trat ein.

»Hey, hab gehört, du reist nach New York?«, grinste er.

Ich nickte abwesend, während ich meinen Koffer betrachtete. »Ja.«

»Finde ich gut«, meinte er und trat neben mich. »Hier, den könntest du gebrauchen.«

Ich hob den Blick und starrte den Mantel an, den er mir entgegenhielt.

Konnte mein Bruder Gedanken lesen?

»Ich hab ihn mir letztes Jahr für den Skiurlaub in den Rocky Mountains gekauft«, meinte er schulterzuckend. Ich erinnerte mich daran, dass er mit einigen Jungs aus seinem Schwimmteam dort gewesen war. »Ist mir zu groß und ehe du in New York erfrierst … nimm ihn.«

Zögernd streckte ich die Hand aus und nickte. »Danke.«

»Kein Thema«, meinte er lächelnd. »Na dann, grüß Kate von mir. Ich mag sie sehr und würde mich freuen, wenn das mit euch beiden funktioniert.«

Ich wandte den Blick ab, damit er meine Unsicherheit darin nicht erkannte. »Mal sehen …«, erwiderte ich gedehnt.

»Du machst das schon.« Er klopfte mir auf die Schulter (zum Glück bei Weitem weniger fest als Cley). »Schick mir ne Postkarte.«

Als ich ihn wieder anschaute, konnte ich das breite Grinsen sehen, das ihn so einzigartig machte. Ja, er war ein glücklicher Junge und ich wünschte ihm, dass er dieses Glück für immer behalten würde.

»Bis dann«, nickte ich.

»Bye.« Er verließ mein Zimmer und ich packte meinen Koffer zu Ende.

In aller Eile verabschiedete ich mich von Álvaro und den anderen, stieg in meinen Pick-up und fuhr zum Flughafen, der sich leider fast eine Autostunde entfernt befand.

Erst, als ich mein Ticket hatte und im Flugzeug saß, begann ich zu begreifen, was ich gerade tat.

Ich flog zum ersten Mal überhaupt nach New York. Einer Frau hinterher, die es nicht mal für nötig gehalten hatte, sich von mir zu verabschieden. Um ihr zu sagen, dass … ja, was eigentlich? Was sollte ich ihr sagen, wenn ich vor ihr stand?

Nun … wenigstens hatte ich jetzt ein paar Stunden Zeit, um mir das in Ruhe zu überlegen.

37

KATHLEEN

Ich starrte ihn an, als sei er ein Gespenst. Es dauerte gefühlt mehrere Minuten (in Wirklichkeit wohl nur paar Sekunden), bis ich mich aus meiner Lähmung lösen konnte, in die mich sein Erscheinen verfrachtet hatte.

»Jordan«, hauchte ich.

Sein Gesicht glich einer einzigen Gewitterwolke, was durch den schwarzen Mantel noch betont wurde. In seinem dunklen Haar hatten sich Dutzende von Schneeflocken verfangen, die langsam schmolzen, während er die Arme vor der Brust verschränkte. Ich konnte einen kleinen Koffer sehen, den er neben sich auf dem Gehsteig abgestellt hatte.

»Was soll das?«, fragte er. Seine Stimme klang wütend und dennoch weich – komische Kombination.

Ich sah ihn perplex an. »Was … meinst du?«

Er schnaubte. »Glaubst du, ich lasse mich einfach so abschütteln wie eine lästige Fliege?«

»Ich dachte ... du ... nun ja, da wir nicht mehr ... also ...«

Jetzt trat er einen Schritt auf mich zu, sodass er nun ganz dicht vor mir stand. Sein Atem bildete kleine Wolken vor seinem Mund, die Augen blitzten. »Denkst du, nur *du* hast etwas verloren?« Seine Stimme war heiser geworden.

»Ich ...« Meine Lippen begannen zu zittern, als ich ihm in die wütend funkelnden Augen sah.

»Hör zu«, knurrte er. »Ich kann mir nicht vorstellen, wie es ist, als Mutter ihr Kind zu verlieren, aber ich weiß, wie es sich anfühlt, wenn man machtlos danebenstehen muss und nichts tun kann! Und dann auch noch die Frau verliert, die man bereits einmal verloren glaubte. Weißt du, wie sich das anfühlt? Beschissen!«

Ich schauderte, als ich erkannte, wie sehr ich ihn mit meinem Rückzug verletzt haben musste. Er war die ganze Zeit im Krankenhaus an meiner Seite gewesen – und seit ich zurück bei Emilia gewesen war, hatte ich sie gebeten, niemanden mehr zu mir zu lassen. Auch nicht Jordan. Es musste sich für ihn wie ein Schlag ins Gesicht angefühlt haben, als sie ihm das mitteilte.

»Es tut mir leid«, hauchte ich. Tränen traten in meine Augen, während ich seinem Blick standhielt. »Ich wusste nicht, dass ...«

»Ich mir Sorgen mache?!« Er schnaubte erneut. »Für wie herzlos hältst du mich eigentlich?!«

»Tut mir leid ...« Mein Blick war inzwischen so verschwommen, dass ich ihn kaum mehr richtig sehen konnte. »Ich weiß, du bist nicht herzlos ... ich habe dein Herz gespürt. Ich ...«

Im nächsten Moment wurde ich an seine Brust gepresst, denn er hatte die letzte Distanz zwischen uns überwunden und seine Arme um mich gelegt.

»Verdammt, Kate …«, murmelte er in meine Haare, die nun ebenfalls Schneeflocken auffingen. »Du musst das nicht alleine durchstehen. Du hast mir selbst gesagt, dass man Hilfe annehmen muss. Jetzt nimm *du* sie an.«

Ich hob den Kopf etwas, um ihn anschauen zu können. »Dein Vater …«

»Er ist dort, wo er hingehört. Im Gefängnis, wo er hoffentlich eine lange Zeit bleiben wird«, antwortete er, während er über meinen Kopf hinweg blickte.

Ich konnte den Zorn in seinen malenden Kiefermuskeln sehen. In seinem Blick. Spürte seine Anspannung in seinen Muskeln.

Wieso war ich bloß so egoistisch gewesen in den vergangenen Wochen? Ich hatte geglaubt, mein Leben sei zerstört – dabei war es nicht nur meines … auch Jordan hatte so viel verloren.

»Lass uns nochmals von vorne beginnen«, bat ich ihn.

»Deswegen bin ich hier«, nickte er mit rauer Stimme.

»Du bist extra hierhergereist, um …« Die Worte erstickten in meinem Mund.

»Ich bin *deinetwegen* hier«, nickte er und senkte den Kopf zu mir herunter. »Verflucht noch mal. Du kannst nicht mein Leben auf den Kopf stellen und dann einfach abhauen, hörst du?«

Seine Arme packten mich fester, als befürchte er, dass ich mich losreißen und davonrennen wollte. Wollte ich aber nicht. Ich fühlte mich viel zu geborgen in seiner Umarmung, an seinen Körper gedrückt.

»Es tut mir so leid, was alles passiert ist«, flüsterte ich mit tränenerstickter Stimme.

»Mir nicht«, entgegnete er. »Ich bin froh, dass du uns im Keller eingesperrt hast. Das ist mir in den vergangenen Wochen klar geworden.«

Ich lachte verhalten. »Soll das etwa eine Liebeserklärung werden?«

»Liebe.« Er knurrte das Wort. »Ich mag diesen Begriff nicht. Werde ich nie mögen. Aber wenn du so willst …«

Nun sah ich ihn an und als seine dunklen Augen rastlos über mein Gesicht glitten, konnte ich nicht anders. Ich stellte mich auf die Zehenspitzen und er kam mir das letzte Stück entgegen, presste seine Lippen auf meine.

Es war ein kurzer, harter Kuss. »Kate«, murmelte er. »Wie hältst du es hier bloß aus? Es ist eiskalt.«

Ich lachte erneut, dieses Mal gelöster. »Das nennt man Winter. Komm, ich zeige dir etwas. Hoffentlich kommen wir noch rechtzeitig.«

Widerwillig gab er mich frei und ergriff seinen Koffer, ehe er mir durch die inzwischen verschneiten Straßen von New York folgte.

Ich konnte es noch gar nicht richtig fassen: Jordan war hier. Er war mir hinterhergereist. Weil er mich … liebte?

Wieso bloß hatte ich ihn nur so falsch eingeschätzt? Er hatte nicht aufgegeben, er hatte sich nur zurückstoßen lassen. Von mir höchstpersönlich, weil ich in meiner eigenen Trauer gefangen gewesen war.

38

Jordan

Es war vollkommen absurd. Da vor mir lief die Frau, die mein Herz schneller schlagen ließ, hielt meine Hand, zog mich durch die überfüllten Straßen. Ich hatte mir so viele Szenarien vorgestellt, während ich im Flugzeug saß. So viele Worte überlegt, die ich ihr sagen wollte. Und dann stand ich vor ihr und spürte nur unbändige Wut. Wut auf mich selbst, weil ich es überhaupt so weit hatte kommen lassen, dass sie abreiste. Und Wut auf meinen leiblichen Vater, der das zerstört hatte, was Kate und mich für viel zu kurze Zeit verband.

Aber wir würden ein neues Band finden. Ein stärkeres. Und ich würde noch heute Abend damit beginnen. Das hatte ich mir fest vorgenommen.

Dennoch spürte ich Anspannung in mir. Was, wenn sie das nicht wollte? Wenn es ihr zu schnell ging? Wenn sie …

Genug! Ich sollte endlich aufhören, alles zu hinterfragen und einfach handeln!

Aber zuerst war ich gespannt darauf, wohin mich Kate führte.

»Wie hast du meinen Laden überhaupt gefunden?«, fragte sie über die Schulter hinweg. »Ich habe dir nie davon erzählt.«

»Emilia«, antwortete ich.

Ich hatte mit ihr telefoniert, während ich auf dem Weg zum Flughafen gewesen war.

»Ah, klar.« Sie drehte ihren Kopf in meine Richtung und lächelte.

»Ich hab versucht, dich anzurufen, allerdings kam nur die Mailbox. Zuerst war ich bei deiner Wohnung, aber als du nicht aufgemacht hast, bin ich hierher gefahren«, erklärte ich.

»Oh … das tut mir leid«, murmelte sie. »Mein Handyakku ist wieder mal alle.«

»Sowas habe ich mir schon gedacht«, erwiderte ich und verkniff mir die Bemerkung, dass ich eigentlich drauf und dran gewesen war, umzukehren, weil ich befürchtete, dass sie meine Handynummer gesperrt hatte.

Zum Glück hatte ich es nicht getan …

»Noch drei Blocks, dann sind wir da.« Ihre Augen glänzten wieder wie dunkle Saphire, während sie mich weiter durch die Straßen New Yorks zog. »Komm, wir müssen uns beeilen.«

Ich runzelte die Stirn, da ich keine Ahnung hatte, wohin sie mich eigentlich führte – und ich war komplett überfordert von den Eindrücken in dieser Stadt. Die vielen Menschen, die Lautstärke, der Schnee … es war einfach alles zu viel, wenn man schon Mühe damit hatte, sich auf den Menschen zu konzentrieren, der einem so viel bedeutete.

»Was genau willst du mir zeigen?«, fragte ich, während ich hinter Kate fast schon her rannte.

»Siehst du gleich, noch einen Block!«, rief sie. »Hörst du die Menschen?«

Ich hörte viele Menschenstimmen, ja. Keine Ahnung, welche sie exakt meinte.

»Komm«, rief sie. »Wir sind gleich da!«

Wir bogen um eine Ecke und kamen zu einer abgesperrten Straße, welche von vielen Polizisten bewacht wurde. Aber das wirklich beeindruckende war die Menschenmenge, die sich hier versammelt hatte. Es wirkte fast, als würden ACDC und Queen ein Konzert veranstalten – und zwar gleichzeitig. Noch nie hatte ich so viele Leute auf einmal am selben Ort stehen sehen.

»Da willst du rein?«, fragte ich entsetzt.

»Es lohnt sich!« Ihr Lachen wirkte wie das eines kleinen Mädchens und ich konnte nicht anders, als ihr an den Polizisten vorbei zu folgen, tiefer in die Menschenmenge hinein. »Komm!«, rief sie und zog stärker an meinem Arm.

Ich wurde geschubst und trat anderen Menschen auf die Füße, aber das war irgendwie allen egal. Sie schauten wie gebannt zu der riesigen grünen Tanne, die vor einem der Gebäude platziert worden war. Die Luft war erfüllt von Weihnachtsmusik und dem Lachen der Menschen … noch nie hatte ich den Beginn der Weihnachtszeit so stark gespürt wie hier an diesem Ort.

»Was ist das?«, rief ich Kate ins Ohr, als sie kurz anhalten musste, um sich zwischen einer Gruppe Teenies durchzuquetschen.

»Das Rockefeller Center«, war die hilfreiche Antwort. »Warte es nur ab, gleich beginnt die Show und sie entzünden den Weihnachtsbaum. Siehst du den da drüben? Den grünen Baum? Der wird gleich in allen Farben funkeln!«

Irgendwann kamen wir nicht mehr weiter und mussten stehen bleiben.

»Wie spät ist es?«, fragte Kate außer Atem.

Ich zog mein Handy hervor und aktivierte das Display. »Viertel vor sieben«, antwortete ich.

»Ach Mist, dann hätten wir gar nicht so rennen brauchen.« Sie wandte sich mir zu. »Dann haben wir noch Zeit, einen Glühwein zu holen.«

»Wir?«

»Na, *du*.« Sie lächelte.

Ich sah in die Richtung, in die sie mit dem Finger deutete und stöhnte.

Echt jetzt? Ich sollte durch die ganze Menschenmenge zum Stand auf die andere Straßenseite?

Aber ein Blick in ihre glänzenden Augen genügte, um meinen Widerstand zum Ersterben zu bringen. Ich nickte und erntete ein dankbares Lächeln von ihr. Sie nahm mir meinen Koffer ab.

»Ich warte hier auf dich!«, rief sie mir hinterher, als ich schon in die Menge untergetaucht war.

Leise fluchend bahnte ich mir einen Weg, versuchte so wenige Menschen wie möglich anzurempeln, was gar nicht so einfach war bei der Zuschauermenge.

Endlich kam ich beim Glühweinstand an und holte tief Luft. Die Schlange war überschaubar, da anscheinend die wenigsten jetzt noch das Risiko eingehen wollten, einen Glühwein zu holen und damit die Show zu verpassen. Vor mir standen nur vier Männer an, derjenige, der sich direkt vor mir befand, suchte gerade in seinen Taschen nach etwas.

Ich holte mein Portemonnaie hervor, um zu prüfen, ob ich genug Kleingeld hatte. Da fiel mir auf, wie sich der Mann vor mir bückte und etwas aufhob. Ich sah nicht richtig hin, erst, als ich ein kleines schwarzes Kästchen in seinen Fingern entdeckte, wurde mein Körper unter Strom gesetzt.

»Hey!«, rief ich. »Das ist meines!«

Der Mann drehte sich zu mir um und sah mich mit schmalen Augen an. Er war groß gewachsen, schlank und wahrscheinlich ungefähr im selben Alter wie ich. Sein Kopf wurde von der Kapuze eines Pullis bedeckt, den er unter seinem Wintermantel trug.

Verdammt, der Kerl wirkte wie ein Dieb – er war tätowiert und sein Blick so düster wie ich ihn nicht einmal bei mir gesehen hatte.

»Her damit!«, knurrte ich und packte seinen Unterarm.

Er zog ihn zurück, begann, sich gegen mich zu wehren. Im nächsten Augenblick hatte ich seine Faust im Magen und keuchte.

Himmel Herrgott, der Kerl hatte vielleicht einen harten Schlag drauf.

»Das ist meins!«, schnaubte er, ohne den kleinen Gegenstand loszulassen.

»Von wegen!«

Inzwischen hatten wir ein paar Zuschauer, die uns neugierig musterten.

»Gib her!«

»Gib *du* her, verdammt!«, fluchte der Typ.

In dem Moment trat ich auf etwas und warf einen Blick nach unten. Da lag ein in schwarzen Samt gehülltes kleines Kästchen.

Augenblicklich ließ ich das des Fremden los und bückte mich, um mein eigenes aufzuheben.

»Entschuldigung, das hier ist mir wohl herausgefallen, als ich mein Portemonnaie prüfen wollte«, murmelte ich, als ich es einsteckte.

»Du hast auch so ein Ding?« Die Augen des anderen wurden groß und ich bemerkte, dass sie von einem strahlenden Blau waren.

»Anscheinend haben wir heute Abend dasselbe vor«, nickte ich, froh darüber, dass sich der vermeintliche Diebstahl als Missverständnis herausgestellt hatte.

»Anscheinend«, nickte der Kerl. »Wie lange kennst du sie schon?«

»Ein paar Wochen.«

Ja, ich hörte selbst, wie schräg sich das anhörte … entsprechend verzog der andere sein Gesicht zu einem schiefen Grinsen.

»Ziemlich gewagt – ich wohne mit meiner Freundin seit ein paar Jahren zusammen.«

»Schön für dich«, brummte ich und sah an ihm vorbei. »Du bist dran.«

Der Typ schnallte zunächst nicht, worauf ich hinaus wollte, dann begriff er aber, dass ich die Glühweinschlange gemeint hatte. Er bestellte einen Punsch und einen Glühwein mit Schuss, aus dem er direkt einen Schluck trank.

»Schwanger, deine Freundin?«, fragte ich, als ich den alkoholfreien Becher musterte.

»Geht dich das was an?«, erwiderte er genervt.

Ich zuckte mit den Schultern. »Nein.«

»Bye.« Er zog seinen Kapuzenpulli und seinen Mantel enger um sich und tauchte in der Menschenmenge unter, um zu einer jungen Frau zu gehen, die ihm bereits entgegen winkte. Ich konnte nur ihre Hand und eine Mütze sehen, doch sie übertönte das Stimmengewirr um mich herum.

»Evan!«, rief sie. »Komm, du verpasst sonst noch alles!«

Was dieser Evan erwiderte, konnte ich nicht mehr hören, denn nun war ich mit meiner Bestellung dran.

»Passt so.« Ich legte zwei Fünfdollar-Scheine hin und nahm die überteuerten Glühweine an mich, um mich wieder zu Kate durchzuquetschen.

»Wie spät ist es?«, begrüßte sie mich, ehe sie mir einen der Becher abnahm. »Danke.«

»Noch drei Minuten«, antwortete ich. »Komm, lass uns einen weniger überfüllten Platz suchen, ich muss dir was sagen.« Ich hob meinen Koffer vom Boden auf, wo Kate ihn hingestellt hatte.

Sie folgte mir, während sie an ihrem Glühwein nippte, der nicht nur stark, sondern vor allem heiß war. Wie ich die Sonne Kaliforniens vermisste …

39

Jordan

»Was musst du mir sagen?«, fragte Kate, während wir beobachteten, wie der Bürgermeister von New York und ein paar andere Frackträger auf die Bühne vor dem Baum traten und eine Frau den Countdown startete.

Die Hintergrundmusik und das begeisterte Jubeln der Menschenmenge dröhnten in meinen Ohren.

»Gibt es hier nirgendwo einen Ort, wo man sich in Ruhe unterhalten kann?«, brummte ich.

Kate wandte sich zu mir um. »Ich kenne da was, aber lass uns den … oh wow! Siehst du das?!« Sie hatte sich wieder umgedreht, weil die Jubelschreie jetzt so laut wurden, dass selbst *ich* den Blick auf die Tanne richtete.

Sie war nun mit Abertausenden kleinen Lichtern erleuchtet und strahlte regelrecht.

»Wow«, entfuhr es mir.

»Das ist der Wahnsinn! Und ich kann kein Foto schießen!« Kate stupste mich an. »Schieß ein Foto!«

Ich verdrehte die Augen, tat ihr aber den Gefallen und knipste ein Bild. Dann richtete ich die Kamera auf sie und drückte nochmals ab. »Das hast du mir noch geschuldet«, meinte ich schmunzelnd, als ich mir das Foto ansah, das sie mit offenem Mund und leuchtenden Augen zeigte, da ich sie mit dem Blitz geblendet hatte.

»Hey, lösch das!«, rief Kate gespielt beleidigt, als sie einen Blick darauf warf.

»Nein, das behalte ich«, erwiderte ich und steckte das Handy wieder ein. »Also, können wir dann mal an diesen ruhigeren Ort gehen?«

Kate warf nochmals einen Blick zu der riesigen Tanne, dann nickte sie. »Komm mit, wir brauchen ein Taxi.«

Ich schnappte mir den Koffer, den ich zwischen meine Beine gestellt hatte und wir bahnten uns erneut einen Weg durch die Zuschauer.

Himmel, war ich froh, wenn ich hier endlich weg kam …

Erst, als wir ein Taxi angehalten hatten und darin saßen, konnte ich aufatmen. Nein, New York war bis jetzt nicht mein Ding – auch wenn mir der Weihnachtsbaum zugegebenermaßen imponiert hatte.

»Zum Central Park«, sagte Kate zum Taxifahrer.

Dieser nickte und fuhr los. Durch den Schnee hatte sich allerdings ein ziemliches Chaos auf den Straßen gebildet, sodass wir eine gefühlte Ewigkeit brauchten, um an unserem Ziel anzukommen.

Der Taxifahrer gehörte leider zu der Sorte, die ihre Fahrgäste mit Fragen löcherten und sich für die besten Anekdotenerzähler der Welt hielten.

So war ich regelrecht erleichtert, als wir endlich aussteigen konnten. Der Glühwein war inzwischen ausgetrunken und wir schlenderten zu dem Park, dessen Bäume bereits mit Schnee bedeckt waren. Ein toller Anblick, wäre es nicht so arschkalt gewesen …

»Es gibt Kutschen hier«, erklärte Kate. »Sollen wir mit einer fahren?«

Ich schüttelte den Kopf. »Ich mag keine Pferde.«

Inzwischen waren wir ein gutes Stück in den Park gegangen und standen vor einem kleinen Pavillon. Keine Menschenseele war hier, es schien beinahe, als gehörte dieser Ort zu einer anderen Welt.

»Okay, komm, wir setzen uns auf die Bank dort drin«, schlug Kate vor und ging zu der kleinen Laube.

Ich folgte ihr und spürte, wie ich mit jedem Schritt angespannter wurde. Meine Hand krallte sich um den Griff meines Koffers.

Kate setzte sich hin und klopfte neben sich. »Willst du Wurzeln schlagen?«, lächelte sie.

Ihre Wangen leuchteten fast genau so wie ihre Augen. Mir fiel erst jetzt auf, dass ihr wohl der Glühwein etwas zu Kopf gestiegen war.

Mit einem leisen Seufzen ließ ich den Koffer los und setzte mich neben sie.

»Also?«, fragte sie und sah mich erwartungsvoll an. »Was ist ach so wichtig, dass du es mir nicht beim Rockefeller Center sagen konntest?«

Ich räusperte mich und senkte den Blick. »Ich …« (Verdammt, wie begann man sowas?) »Also …«

Kates schmunzelte. »Der grimmige Jordan ist verlegen«, bemerkte sie belustigt.

»Würdest du bitte einfach mal kurz die Klappe halten?«, knurrte ich, was sie leise lachen ließ.

Doch als sie meinen Gesichtsausdruck sah, wurde sie schlagartig ernst. »Warte mal …«, sagte sie gedehnt. »Wird das etwa das, was ich denke, dass es wird?« Ihre Augen waren kugelrund.

»Verdammt, keine Ahnung, was du denkst, dass das wird, aber wenn du mich ständig unterbrichst, wird es ohnehin nie was.« Ich holte tief Luft.

»Entschuldige«, meinte sie grinsend. »Meine Lippen sind versiegelt ab jetzt. Kannst loslegen.« Ihre Augen blitzten mich vergnügt an.

Ich holte erneut Luft. »Also, ich bin dir nicht nur hinterhergereist, weil ich dich sehen wollte, sondern … ich … weil ich … ich mag dich.«

»Nur mögen?« Sie erntete von mir einen flammenden Blick und ihr Grinsen wurde breiter. »Tschuldige.«

»Ich mag dich sehr«, knurrte ich. »Und daher wollte ich dich bitten …« Ich spürte, wie meine Hände tatsächlich zitterten, als ich in meinen Mantel griff und nach dem schwarzen Samtkästchen tastete. »Ich wollte dich bitten, mich zu heiraten.«

Kates Augen wurden noch größer, als sie sah, was ich da gerade hervorzauberte und ihr Mund klappte auf, dann wieder zu und wieder auf.

Ich öffnete das Kästchen, hielt es ihr entgegen. »Jetzt wäre ein guter Zeitpunkt, etwas zu sagen«, murmelte ich, während ich ihr Gesicht musterte.

Mein Herz klopfte wie wild. Wenn sie ablehnen würde, hatte ich alles auf eine Karte gesetzt und verloren. Ich wusste nicht, was ich tun sollte, wenn sie …

»Ein Goldfisch?«

Ich runzelte die Stirn. »Was?«

»Das ist ein kleiner goldener Fisch statt einem Diamanten auf dem Ring.« Sie deutete auf das Kästchen.

Ich schob die Augenbrauen zusammen und betrachtete den Inhalt des Schmuckkästchens. »Tatsächlich …«, murmelte ich. »Verdammt …«

»Was genau willst du mir damit sagen?«, fragte Kate grinsend. »Dass dein Herz kalt wie ein Fisch ist und ich es haben darf, um es aufzuwärmen?« Sie stieß ein belustigtes Lachen aus.

Anscheinend hatte ich das Kästchen mit dem Kerl vertauscht, der vor mir in der Glühwein-Schlange gestanden hatte. Mist!

Obwohl … bei näherer Betrachtung erwies sich der vergoldete Fisch als äußerst kostbar. In seine Flossen waren Diamanten eingelassen und er musste ein kleines Vermögen gekostet haben. Jetzt bekam ich ein schlechtes Gewissen, dass der Typ nun einen Heiratsantrag mit einem zweitklassigen Ring von irgendeinem Flughafenshop machen musste. Da hatte ich definitiv den besseren gezogen … vielleicht würde es mir gelingen, ihn zu finden und ihm das Kästchen zurückzugeben. Bei solch einem ungewöhnlichen Verlobungsring musste es jemandem viel bedeuten.

»Also?«, fragte Kate mit schief gelegtem Kopf.

»Das ist nicht dein Ring«, murmelte ich. »Ich hatte einen anderen. Aber beim Glühweinholen hab ich ihn wohl mit dem eines anderen Typen vertauscht.«

»Ach, das passiert mir auch immer«, prustete sie. »Diese Glühweinstände sind echt der reinste Flohmarkt. Da verliere ich immer meine Verlobungsringe. Kein Ding, ich hab Verständnis dafür.« Sie kringelte sich gerade vor Lachen und konnte sich gar nicht mehr einholen.

Ich verzog den Mund und steckte das Kästchen wieder ein. »Na super, das war wohl der dämlichste Heiratsantrag aller Zeiten.«

Sie lachte noch lauter. »Ich glaube, da schlägt dich der Kerl, dessen Ring du vertauscht hast, um Längen! Ich stelle mir gerade sein Gesicht vor, herrlich!«

Ich schnaubte. »Wenigstens *du* kannst lachen.«

»Entschuldige.« Sie wischte sich die Tränen aus den Augen. »Aber … das ist einfach zu witzig!« Sie lachte immer noch. »Ich mein, wer schenkt einer Frau bitte sehr einen Goldfisch. Einen GOLDFISCH!«

»Wahnsinnig witzig. Ich schütte dir mein Herz aus und du …« Ich verschränkte beleidigt die Arme vor der Brust.

Kate brüllte jetzt vor Lachen und bog sich vornüber. »Sorry, ich … kann … nicht … aufhören!«, stieß sie zwischen ihrem Gelächter hervor.

Es dauerte geschlagene fünf Minuten, bis sie sich von ihrem Lachflash erholt hatte. Ich hatte mich in der Zwischenzeit auf der Bank zurückgelehnt und strich mir mit beiden Händen übers Gesicht.

»Lass uns in meine Wohnung gehen«, schlug Kate vor, als sie wieder zu Atem gekommen war. »Dort ist es wärmer und wir können in Ruhe reden.«

Ich nickte und erhob mich. Mein New York Besuch verlief absolut nicht so, wie ich es mir erhofft hatte – verdammt …

40

KATHLEEN

Ich wusste nicht, was ich lustiger finden sollte: Dass Jordan wie ein beleidigtes kleines Kind hinter mir her stapfte oder die Tatsache, dass ich soeben einen Goldfisch als Verlobungsring erhalten hatte. Nun ja, ›erhalten‹ war nicht korrekt – er hatte ihn wieder eingesteckt, aber hätte ich ›Ja‹ gesagt, hätte ich ihn bekommen. Vielleicht. Aber wie sollte ich ›Ja‹ sagen, wenn er noch nicht mal seine Gefühle für mich laut aussprechen konnte? Wenn er so Angst vor der Liebe hatte – wie stellte er es sich denn vor, sich in einer Ehe zu bewähren?

Nein, ich wollte keinen Typen, der mir nicht einmal sagen konnte, dass er mich liebte. Ich war schon immer ein Gefühlsmensch gewesen und ich brauchte diese Art von Zuneigung einfach. Noch war ich nicht bereit, darauf zu verzichten – auch nicht für Jordan.

Aber auf jeden Fall hatte er es geschafft, meine Stimmung, die seit Tagen im Keller gewesen war, wieder aufzuheitern. So gelacht wie vorhin hatte ich schon lange nicht mehr. Danke Jordan – und danke Rockefeller Weihnachtsbaum, der die Ringe vertauscht hatte.

Immer noch schmunzelnd rief ich uns ein Taxi und wir fuhren zu meinem Loft.

»Willkommen in meinem kleinen Paradies!« Ich breitete die Arme aus, als wir den Lift, der direkt in meine Wohnung führte, verließen und uns im Eingangsbereich befanden.

Mein Loft lag in einer ehemaligen Fabrik und entsprechend hoch waren die Decken. Alles war äußerst modern eingerichtet und in Schwarz-Weiß-Grau-Braun-Tönen gehalten, die mit den rötlichen Backsteinen der Wände eine herrliche Harmonie bildeten. Ich hatte schon manche Besucher mit meinem exquisiten Geschmack beeindruckt und nun auch Jordan. Er blieb wie angewurzelt stehen und sah sich erstaunt in meiner stylischen Wohnung um.

»Na, wie gefällt es dir?«, fragte ich und sah ihn erwartungsvoll an.

»Hier wohnst du?«, stieß er entgeistert hervor. »Das ist keine Wohnung, sondern ein Wohnkatalog.«

Ich zuckte mit den Schultern und legte meinen Mantel ab, den ich an einem Haken neben der Tür aufhängte. »Ich nehme das jetzt einfach mal als Kompliment. Möchtest du einen Wein? Ich habe irgendwo noch einen aus Südafrika. Warte, ich hole ihn.«

Während ich Jordan Zeit ließ, sich an meine Wohnung zu gewöhnen, ging ich zum kleinen Weinschrank, den ich mir vor einem halben Jahr zugelegt hatte. Darin verwahrte ich die teuren Weine, die mir meine Kunden ab und an als Dankeschön zukommen ließen.

Nachdem ich denjenigen aus Südafrika gefunden hatte, hob ich den Blick und sah, dass Jordan inzwischen ebenfalls seinen Mantel abgelegt und den Koffer neben der Tür hingestellt hatte. Er trug dunkelgraue Jeans und ein schwarzes Shirt – kein Wunder hatte er da draußen gefroren.

»Bringst du mir mal bitte zwei Gläser?«, fragte ich, während ich den Wein entkorkte. »Dort drüben, in der Küche. Erster Schrank oben links.«

Jordan sah sich um und trat in die offene Wohnküche, die über eine Kochinsel aus Granit verfügte. Alles maßgeschneidert nach meinen Wünschen.

Als er mit zwei Gläsern auf mich zukam, bemerkte ich, dass sein Gesichtsausdruck viel distanzierter war als vorhin noch. Irgendwie … fremd?

»Was ist?«, fragte ich und schenkte von dem Wein ein, dessen Aroma sich direkt ausbreitete.

»Ich habe das Gefühl, dich überhaupt nicht zu kennen«, murmelte er, während er an seinem Glas roch.

Ich lachte leise auf. »Nun … ich würde sagen, du kennst mich sogar ziemlich gut. Sehr gut, um genau zu sein.« Ich prostete ihm zu und ließ unsere Gläser leise klingen. »Cheers.«

Jordan schüttelte den Kopf und nippte an seinem Wein. »Etwas zu viel Tannine und Säure«, murmelte er. »Sie haben versucht, das mit mehr Alkohol zu vertuschen – eine wirkungsvolle Strategie, wenn man sie denn beherrscht … sie hätten die Trauben besser einfach länger reifen lassen sollen.«

Ich lachte erneut. »Du kannst gar nicht anders, als den Weingutbesitzer heraushängen zu lassen, oder?«

»Berufskrankheit.« Jetzt glitt doch noch ein Lächeln über sein Gesicht. »Entschuldige.«

»Komm, lass uns aufs Sofa setzen.« Ich deutete zu der schwarzen Couchgarnitur, die gegenüber eines Flatscreens stand.

Dahinter befand sich eine breite Fensterfront, die den Blick auf die Lichter Manhattans freigab. Ich liebte es, hier zu sitzen, mir einen Film reinzuziehen und ab und an in die Ferne zu schauen. In die Welt, der ich durch den Film zu entfliehen versuchte.

Nachdem wir nebeneinander Platz genommen hatten, wandte ich mich ihm zu und winkelte das rechte Knie an, sodass ich nur noch mit der rechten Pobacke auf dem Sofa saß. »Ich finde es sehr schön, dass du mir nachgereist bist«, murmelte ich. »Ich weiß nicht, was es bedeutet, aber ich finde es schön.«

Er nickte. »Ich hätte es mir nicht verziehen, wenn ich dich kampflos hätte gehen lassen.«

»Jordan?«

Er sah mich fragend an.

»Wir hatten einen echt beschissenen Start, oder?« Ich grinste und nahm nochmals einen Schluck Rotwein. »Aber vielleicht können wir hier in New York nochmals neu beginnen.« Er wollte etwas einwenden, doch ich hob die Hand, um ihn daran zu hindern. »Ich weiß, dein Herz gehört nach Kalifornien. Das ist mir bewusst, keine Sorge, ich würde dich niemals von deinen geliebten Weinbergen trennen wollen. Ich habe gemerkt, wie du New York ansiehst. Wie ein Vegetarier einen Topf voller Fleisch. Du magst es nicht und das ist okay. Solange du diese Antipathie nicht auf mich ausweitest.«

Jordan schüttelte den Kopf. »Hör zu, Kate, ich … ich bin wirklich hier, weil ich …«

Ich hob die Augenbraue und wartete, doch sein Satz blieb unvollendet. »Solange du es nicht aussprechen kannst, werde ich auch keinen Heiratsantrag von dir annehmen«, meinte ich schulterzuckend. »Das bedeutet nicht, dass ich dich nicht hier haben will. Aber es ist zu wenig, damit ich mein ganzes Leben hier aufgebe. Ich hoffe, du verstehst das.«

Er nickte langsam. »Ich glaube, das tu ich.« Dann sah er sich erneut in meinem Loft um. »Du hast es hier wirklich zu was gebracht, Kate.«

Irgendetwas in seinen Augen wirkte traurig, beinahe resigniert. Ich stellte meinen Wein auf den Beistelltisch vor uns und legte meinen Unterarm auf die Sofalehne, sodass meine Hand seinen Oberarm berühren konnte.

»Hey«, murmelte ich. »Was passiert hier gerade?«

Er wich meinem Blick aus und nippte erneut an seinem Wein. »Weißt du, dass man Tannine vielmehr ertastet als dass man sie schmeckt?«, murmelte er.

Ich schüttelte den Kopf, verwirrt über den Themenwechsel.

Er hielt die Augen auf sein Glas gerichtet, während er es leicht schwenkte. »Die Moleküle des Tannins lassen in unserem Speichel das Eiweiß gerinnen, was wiederum dazu führt, dass der Speichel seine Gleitfähigkeit verliert und man Zunge und Gaumen als ungewohnt rau wahrnimmt.« Er stellte sein Glas ebenfalls hin und wandte sich mir zu. Sein Blick wirkte rastlos, während er über mein Gesicht glitt. »Du kamst in mein Leben wie das Tannin in einen Wein, hast alles verändert … mit dir fühlt es sich komisch an. Ungewohnt. Und dennoch macht das Tannin einen Wein erst wirklich rund – man muss sich nur daran gewöhnen. Aber dann … dann spürt man die Vollkommenheit. Ohne Tannin ist in meinen Augen ein Wein nicht wertvoll.« Er schüttelte den Kopf und schmunzelte betrübt. »Entschuldige, Kate, ich …«

Ehe er zurückrudern konnte, lehnte ich mich vor, schlang die Arme um seinen Nacken und zog ihn zu mir. Jordan war so überrascht, dass er kurz das Gleichgewicht verlor, sich dann aber wieder fing und an der Sofalehne abstützte.

»Das war die schönste Liebeserklärung, die ich je gehört habe«, flüsterte ich.

Er runzelte die Stirn, doch da hatte ich mich schon zu ihm gebeugt und legte meine Lippen auf seine. Ganz sanft, ohne Druck und ohne den Kuss vertiefen zu wollen. Ich wollte ihm einfach nur nahe sein und ihn festhalten.

»Kate«, murmelte er an meinen Lippen. Seine Stimme klang wieder rauer und irgendwie auch warnender.

»Lass uns morgen weiterreden.« Ich löste mich von ihm und sah ihm in die Augen. »Heute möchte ich einfach nur noch den Abend mit dir genießen. Bitte.«

In seinem Blick lag etwas unsicheres, aber nur kurz, dann nickte er und legte seinerseits die Arme um mich, zog mich auf seinen Schoß.

Der zweite Kuss war wieder so leidenschaftlich, wie ich ihn in Erinnerung hatte. Er presste seine Lippen auf meine, öffnete sie und einen Lidschlag später fühlte ich seine Zunge, die hungrig in mich drang, meinen Mund für sich eroberte.

Ein leises Stöhnen entfuhr mir, während ich die Hände in seine Haare krallte und mich auf ihm positionierte. Meine Beine waren rechts und links von ihm angewinkelt, sodass meine Mitte sich gegen seine presste. Für einen kurzen Moment erinnerte ich mich daran, wie ich in einer dieser sehr ähnlichen Position auf ihm gekommen war. Dann überschatteten die Erinnerungen an Krümelchen die Bilder und ich fühlte wieder dieses Loch in meinem Herzen … diese Panik, als ich in dem Schuppen gefangen gehalten worden war. Den Ekel vor Jordans Vater …

Keuchend löste ich mich von ihm und brachte Abstand zwischen uns.

»Alles in Ordnung?«, fragte Jordan. Sein Atem ging schneller als normal und seine Augen brannten förmlich vor Leidenschaft.

»Ja, ich … entschuldige, ich muss nur kurz … aufs Klo.«

Ehe er weiter fragen konnte, schwang ich mich von seinem Schoß und lief in Richtung Badezimmer. Erst, als die Tür hinter mir geschlossen war, ließ ich meinen Tränen freien Lauf, presste die Hand vor den Mund, um nicht zu schluchzen.

Würde dieser Schmerz jemals schwächer werden? Die Erinnerung an die Entführung verblassen? Die Wut auf den Mann, der mir das nahm, was ich gerade erst zu lieben gelernt hatte?

»Kate?« Jordan klopfte gegen die Tür. »Kate, alles okay?«

Ich nickte stumm und trat vor das Waschbecken. Mein Bad war riesig, ganz in Weiß gehalten, mit viel Glas und etwas Silber. Es war eine Wohlfühloase, die über eine Regendusche und sogar über einen Whirlpool sowie eine Sauna verfügte. Aber all das bedeutete mir im Moment nichts. Es war reines Prestige – kein Glück, keine Freude, keine Liebe.

»Kate!« Seine Stimme klang besorgter. »Bitte öffne die Tür oder ich trete sie ein.«

Ich starrte mein verheultes Spiegelbild an, schniefte und wischte mir die Tränen weg. Mein Make-up war etwas verschmiert, jedoch konnte ich es mit ein paar Handgriffen retten.

»Ich bin gleich wieder bei dir«, rief ich. Leider verriet meine zittrige Stimme, dass es mir nicht so gut ging, wie ich ihm weismachen wollte.

Im nächsten Moment wurde die Tür geöffnet (zum Glück trat er sie dann doch nicht ein, denn er hatte gemerkt, dass sie offen war) und Jordan kam herein. Wieder sah er sich erstaunt im Raum um, ehe er den Blick auf mich richtete.

»Was ist los?«, fragte er stirnrunzelnd. »Red mit mir.«

Ich schloss kurz die Augen und atmete tief durch.

»Hat es etwas mit mir zu tun?« Jetzt klang seine Stimme angespannt.

Rasch wandte ich mich ihm zu und schüttelte den Kopf. »Nein. Nein, auf keinen Fall. Ich … es ist nur … ich hatte mich an Krümelchen erst gerade gewöhnt und dann …« Meine Stimme brach.

Jordans Stirn legte sich noch mehr in Falten. »Krümelchen?«

Jetzt lachte ich freudlos auf. »Ich wusste doch nicht, ob es ein Mädchen oder ein Junge ist, daher …« Wieder rannen mir Tränen über die Wangen und ich wischte sie weg. »Entschuldige. Ich … ruiniere gerade den Abend.«

Mit zwei großen Schritten war Jordan bei mir und eine Sekunde später fühlte ich mich an seine breite Brust gedrückt. Seine Umarmung war so fest und warm, dass ich nicht anders konnte, als ebenfalls meine Arme um ihn zu schlingen. Mein Körper schüttelte sich, als ich meinen Tränen freien Lauf ließ.

Jordan hielt mich einfach nur fest, war für mich da. So wie er an meinem Krankenbett für mich dagewesen war. So wie er auf Emilias Weingut für mich da gewesen wäre … und dieses Mal ließ ich es zu.

Es fühlte sich so gut an, jemanden zu haben, der genau wusste, was ich verloren hatte. Was *wir* verloren hatten. Der keine Fragen stellte, nicht versuchte, mir mit Worten wieder Hoffnung zu geben – der einfach nur da war und mich hielt, während ich mich fallen lassen konnte.

41

Jordan

Ihre Stimmung war so schnell gekippt, dass ich zugegebenermaßen überfordert war und nicht genau wusste, was ich tun oder sagen sollte. Wie lange wir in der Umarmung in ihrem Bad standen … ich wusste es nicht. Vielleicht nur fünf Minuten, vielleicht eine halbe Stunde.

Irgendwann hörte ihr Körper auf zu zittern, wurde ihr Atem wieder gleichmäßiger. Sie hob den Kopf und sah mich aus verweinten Augen an, doch auf ihrem Gesicht lag ein Lächeln.

»Jordan«, hauchte sie. »Ich glaube, ich liebe dich wirklich.«

Ihre Worte verpassten mir einen Stich in der Brust. So viele Jahre hatte ich das Wort ›Liebe‹ gehasst. Hatte es verachtet. Und jetzt sagte es diese Frau zu mir, die für mich so viel bedeutete … es war vollkommen absurd.

Konnte man nach so kurzer Zeit überhaupt schon Liebe empfinden? Und falls ja, war das jetzt eine Schwäche oder eine Stärke?

Kate verwirrte mich so sehr … alles, was ich je geglaubt hatte zu wissen und zu kennen wurde durch sie infrage gestellt. Und dennoch fühlte es sich gut an. Erschreckend gut.

Ich merkte, dass ich sie anstarrte, als ihr Lächeln langsam erstarb und räusperte mich. »Entschuldige, ich …« Ich holte leise Luft.

»Du kannst es nicht sagen, oder?«, murmelte sie traurig.

»Es würde sich nicht richtig anfühlen«, erwiderte ich.

»Oh.«

Ihr Körper versteifte sich in meinen Armen und ich fühlte, wie sie versuchte, sich von mir loszulösen. Doch das ließ ich nicht zu. Ich hielt sie umso fester.

»Hör zu, ich … so meinte ich das nicht. Ich wollte damit sagen, dass ich …« Ich atmete tief durch. »Ich habe ›Liebe‹ nie mit etwas Schönem verbunden. Nie mit dem, was ich dir gegenüber … Himmel noch eins, ich möchte dich heiraten«, knurrte ich und konnte nicht verhindern, dass meine Stimme lauter wurde. »Ich möchte, dass du mit mir zurück nach Kalifornien kommst. Ich möchte den Rest meines Lebens mit dir verbringen! Ich möchte ein ganzes Football-Team an Krümelchen mit dir! Ist es dir da wirklich so wichtig, dass ich dir sage, dass ich dich verdammt noch mal liebe?!«

Jetzt kehrte das Lächeln auf Kates Gesicht zurück. »Jetzt nicht mehr«, flüsterte sie.

Ehe ich mich nochmals in Rage reden konnte, senkte ich meinen Kopf zu ihr herunter und küsste sie. Sie seufzte gegen meine Lippen, schlang ihre Hände um meinen Nacken und drängte ihren Körper an mich. Ich spürte ihre Brüste, ihren Bauch, der sich gegen mein Becken drückte. Mit einem Ruck hob ich sie hoch und sie schlang ihre Beine um meine Mitte, ließ sich von mir aus dem Bad tragen, ohne dass wir den Kuss unterbrachen.

»Links den Gang runter«, kam sie mir zu Hilfe, als ich ratlos stehen blieb. Dann lagen ihre Lippen wieder auf meinen, kämpfte ihre Zunge wieder mit meiner.

Ich wollte nicht mehr warten, wollte sie hier und jetzt, da ich Angst hatte, dass dieser Moment wieder verflog, ehe ich ihr zeigen konnte, wie sehr ich sie begehrte. Also ließ ich sie meinen Körper entlang nach unten gleiten und griff dann zu ihrem Hosenbund. Kate sah mich mit blitzenden Augen an, als sie verstand und zwei Sekunden später stand sie unten rum nackt vor mir, nestelte an meinem Reißverschluss und befreite meinen Ständer, der in ihren zärtlichen Händen noch härter wurde.

Erneut hob ich sie hoch und fühlte, wie feucht sie schon war, als sich ihre Mitte gegen meine Erektion drängte. Auch *sie* wollte es. Brauchte es, um aus ihrem Gedankenkreisen ausbrechen zu können. Es war, als würden wir uns gegenseitig einen Rettungsring zuwerfen, um die tosenden Wellen um uns zu besiegen – um zusammen zu überleben.

Sie zog sich an mir etwas nach oben und ich hielt ihren Po fest, während ich meinen Schwanz so richtete, dass sie ihn in sich aufnehmen konnte. Er stieß gegen ihre feuchte Mitte und sie seufzte in meinen Mund, rieb sich etwas an meiner Erektion. Dann senkte sie ihr Becken noch weiter.

Als ich in sie eindrang, entwich uns beiden ein lustvolles Stöhnen. Es war einfach nur geil, sie wieder um mich zu fühlen, ihre Erregung, ihren warmen Atem über mein Gesicht streifen zu spüren.

Wieder verschlang sie meinen Mund mit ihrem, während sie sich an meinem Nacken festhielt und mich ihr Becken bewegen ließ. Ich hob es etwas an, spürte, wie ich wieder aus ihr hinaus glitt, nur um sie im nächsten Moment erneut gegen mich zu pressen, was ihr an meinen Lippen ein Keuchen entlockte.

»Mein Gott, ist das geil«, stöhnte sie und krallte ihre Finger in meine Haare.

Meine Antwort war ein Knurren, dann trug ich sie weiter.

»Das Schlafzimmer ist dort drüben«, protestierte sie, als ich sie kurzerhand in die Küche verfrachtete.

»Ich weiß, aber ich will dich jetzt und hier«, erwiderte ich und setzte sie auf der Arbeitsplatte ihrer Kochinsel ab.

Mit fahrigen Händen schob ich ihren Pullover nach oben und bemerkte, dass sie ausnahmsweise einen BH trug.

»Zieh dich aus«, befahl ich, während ich mein Becken vor und zurück bewegte.

Mein Schwanz in ihr wurde immer härter, was sie unwillkürlich spüren musste.

Ihr Blick verdunkelte sich, als sie meiner Aufforderung nachkam, erst den Pullover, dann ihren BH auszog.

Himmel noch eins, sie war einfach nur schön. Und sie gehörte mir. Kate gehörte mir – und ich würde sie nie wieder gehen lassen.

Ich beugte mich über sie, verteilte Küsse über ihren Oberkörper.

»Jordan«, seufzte sie und vergrub ihre Hände in meinen Haaren.

Ich umkreiste mit der Zunge ihre Brustwarzen, bis sie so hart waren, dass sie aufstöhnte. Sanft saugte ich an ihnen, während ich mit den Händen ihre Brüste knetete.

»Leg dich hin und spreiz deine Beine«, murmelte ich und zog mich aus ihr zurück.

Sie tat mir den Gefallen, legte sich nackt auf die Arbeitsfläche, die Beine etwas angewinkelt und so weit gespreizt, wie es ihr möglich war. Wie sie so da lag, war ein unheimlich erregender Anblick. Sie spielte mit ihren Brüsten, lächelte mich herausfordernd an.

Mein Schwanz bettelte mich an, sie wieder zu ficken, aber erst wollte ich von ihrer Feuchtigkeit kosten. Ich legte beide Hände an ihre Unterschenkel, spreizte sie noch ein wenig mehr. Dann senkte ich den Kopf und umschloss ihre pochende Mitte mit meinen Lippen. Ich hörte, wie sie aufkeuchte, sah, wie sie ihren Oberkörper etwas anhob, um mir zusehen zu können, was mich noch weiter anstachelte.

Mit der Zunge neckte ich ihren Kitzler, saugte daran, strich mit den Zähnen darüber, was sie zusammenzucken ließ. Ich erzeugte einen Unterdruck mit dem Mund und sie bäumte mir ihr Becken entgegen, schrie auf.

Verdammt, sie war so unglaublich sexy … ich schmeckte ihre Erregung und konnte kaum genug davon bekommen.

Ich löste die Lippen von ihr, leckte mit der Zunge ein paar Mal von unten nach oben durch ihre Spalte, was ihr ein »Verdammt, ja!«, entlockte. Dann drang ich mit zwei Fingern in sie ein, während ich meine Zunge fest gegen ihre Klitoris presste und die Spitze leicht bewegte. Vor und zurück. Immer und immer wieder.

Kates Stöhnen wurde lauter, sie griff erneut in meine Haare, presste meinen Kopf zwischen ihre Beine. Schließlich spürte ich, wie sich alles in ihr zusammenzog und im nächsten Augenblick schrie sie ihren Orgasmus heraus. Ihr Becken zuckte unkontrolliert und ich hielt sie fest, während ich noch einmal so stark an ihr saugte, dass sich ihr Höhepunkt verlängerte.

»Oh mein Gott«, keuchte sie, als sie wieder zu Atem kam. »Mein Gott …«

Ich hatte lange genug gewartet. Mit einem raschen Ruck zog ich sie zur Kante der Kochinsel und drang im nächsten Moment in sie ein, was sie erneut aufstöhnen ließ. Die Muskeln in ihrer Vagina waren noch vollkommen überreizt, sodass sie unter meiner Bewegung zu zucken begannen.

Jetzt war es an mir zu stöhnen. Ich stütze mich mit beiden Armen auf der Unterlage ab, während ich mein Becken wiederholt gegen ihres schnellen ließ.

»Jordan«, keuchte Kate, während sie ihre Fingernägel in mein Shirt grub. »Das ist so … verdammt, ist das … geil.«

Meine Antwort war ein gestöhntes Knurren. Sie fühlte sich so eng an, so feucht …

Ich hob ihre Beine an, sodass ihre Unterschenkel an meinen Schultern zu liegen kamen. Jetzt konnte ich noch tiefer in sie eindringen.

Kate stieß einen erstaunten Laut aus, als sie mich so intensiv fühlte und begann wieder, ihre Brustwarzen zu zwirbeln. Sie schloss die Augen, stöhnte voller Lust.

Mein Unterkörper bewegte sich nun so schnell, dass ich zu schwitzen begann. Immer heftiger drang ich in sie ein, bis mich der Orgasmus mit aller Macht überschwemmte. Ich presste mein Becken gegen sie, ergoss mich mit einem erstickten Brüllen in ihr, während sie ihre Beine von meinen Schultern nahm und sie wieder rechts und links auf der Kochinsel anwinkelte.

Nach Luft ringend stand ich da, über sie gebeugt und fühlte, wie mein Höhepunkt langsam verebbte.

Kate rappelte sich auf, stützte sich auf die Unterarme und lächelte mich an. »Fünfmal ja«, murmelte sie mit schief gelegtem Kopf und schlang ihre Beine um mein Becken, sodass ich mich nicht aus ihr zurückziehen konnte.

Mein Kopf war noch ganz beim Sex mit ihr, sodass ich zunächst nicht verstand und eine Augenbraue hob.

»Ja, ich will dich heiraten.« Ihr Lächeln wurde breiter. »Ja, ich komme mit dir zurück ins Sonoma Valley. Ja, ich möchte den Rest meines Lebens mit dir verbringen. Ja, ich möchte ein Football-Team mit dir zeugen. Und ja, ich weiß, dass du mich liebst.«

Sprachlos starrte ich sie an. War das Liebe? Das, was ich in ihren Augen sah? Das, was ich in meinem Herzen spürte?

Womöglich. Wahrscheinlich. Ziemlich sicher.

Und wenn das der Weg war, den Kate mir gerade aufzeigte, dann war ich zum ersten Mal im Leben bereit, ihn zu beschreiten. An ihrer Seite. Mit ihr zusammen.

Ich atmete tief durch.

Es war an der Zeit, dass ich aufhörte, mich von den Erinnerungen an meine Kindheit bestimmen zu lassen. Es war an der Zeit, meine Scheu vor diesem beschissenen Wort zu überwinden. Es war nur ein Wort, verdammt. Das, was dahinter verborgen lag, war so viel größer. So viel wichtiger, stärker, echter.

Also nahm ich meinen ganzen Mut zusammen und beugte mich über sie, bis ich ihrem Gesicht ganz nahe war. »Ich liebe dich, Kate.«

Was sie darauf sagen wollte, würde ich wohl nie erfahren, denn im nächsten Augenblick presste ich meine Lippen auf ihre.

Schlusswort

Da viele das Schlusswort nicht lesen und ich seit ›Selena‹ so oft danach gefragt wurde, hier das wichtigste – und zwar in fett und groß, damit es nicht übersehen werden kann, hihi:

Ja, Cley wird seine eigene Geschichte erhalten. :-D

Und zwar sehr, sehr bald, denn er ist als nächster an der Reihe. Ich freue mich schon riesig darauf, mit ihm zu schreiben, er ist mir in ›Selena‹ und ›Kathleen‹ ebenso wie euch ans Herz gewachsen. :-)

Zudem plane ich bereits eine weitere ›Napa Valley‹-Geschichte und zwar zu seiner Schwester, die nur in ›Selena‹ kurz erwähnt wurde. Aber die hat es faustdick hinter den Ohren und es ist an der Zeit, dass ich euch zu ihr nach San Francisco bringe. <3

Sooo, aber nun zum Wesentlichen: Ich möchte mich wieder einmal bei euch dafür bedanken, dass ihr mit mir zusammen im Napa Valley gewesen seid. Kates Geschichte liegt mir unheimlich am Herzen, sie wird immer einen besonderen Platz dort einnehmen.

Nicht nur, weil sie mir als Protagonistin wahnsinnig gut gefallen hat (auch wenn sie es mir echt schwer machte, ihre Geschichte in die richtigen Bahnen zu lenken XD), sondern auch, weil ich hiermit erstmals alle meine Liebesromane miteinander verbinden konnte. Ja, sogar mein ungewöhnlicher Weihnachtsroman (der eigentlich kein Weihnachtsroman ist) ›Unlike: Von Goldfischen und anderen Weihnachtskeksen‹ hat einen kleinen Auftritt darin gefunden. Habt ihr Sara, Evan und Hannes wiedererkannt? :-)

Für alle, die wissen möchten, ob und wie sich das mit den vertauschten Verlobungsringen noch auflöst, habe ich eine kleine Überraschung in Form einer Kurzgeschichte zu ›Unlike‹, die exklusiv in der Weihnachtszeit als E-Book erscheinen wird.

Es hat mir besonders viel Freude bereitet, in diesem Buch alle meine Mädchen zusammenzuführen und zu sehen, wie sie miteinander harmonieren und nach und nach zu einer coolen Clique zusammenwachsen. Emilia, Melinda und Selena sind ebenso wie Kate äußerst vielschichtige und unterschiedliche Charaktere. Das macht für mich diese Reihe so besonders. Emilia, die viel zu schnell erwachsen werden musste, Melinda, die aus ihrem Mauerblümchen-Dasein geküsst wurde und Selena, die wilde Partyqueen, die lernen muss, dass man zu zweit mehr erreicht als alleine. Nun ist auch noch Kate dazugekommen, der bunte Kolibri, der sein Nest gefunden hat. Welche Protagonistin den nächsten Roman bestreiten wird? Nun, ihr kennt sie bereits … :-) Mehr verrate ich erstmal noch nicht. ;-)

Jetzt bleibt mir nur noch, meinen drei ›J‹'s zu danken: Meinen Testleserinnen, den beiden Jasmins, sowie Jenny, meiner Korrektorin. Und natürlich auch Andi, dem Mann, den ich in keinem Buch der Welt so wundervoll beschreiben könnte, wie er in Wirklichkeit ist. Danke für deine Liebe. Danke für deine Unterstützung. <3

Bis bald wieder im Napa Valley – oder in einem meiner Fantasy-Romane. :-)

Eure Corinne

ÜBER DIE AUTORIN

C. M. Spoerri wurde 1983 geboren und lebt in der Schweiz. Ursprünglich aus der Klinischen Psychologie kommend, schreibt sie seit Frühling 2014 erfolgreich Fantasy-Jugendromane (›Alia-Saga‹, ›Greifen-Saga‹) und hat im Herbst 2015 zusammen mit ihrem Mann den Sternensand Verlag gegründet. Weitere Fantasy- und New-Adult-Projekte sind dabei, Gestalt anzunehmen.

Kontakt:

Homepage: www.cmspoerri.ch

E-Mail: info@cmspoerri.ch

Facebook: www.facebook.com/c.m.spoerri

Instagram: www.instagram.com/c.m.spoerri

Zur Reihe dazugehörend:

C. M. Spoerri

Emilia: Dein Weg zu mir

1. Mai 2016, Sternensand Verlag

328 Seiten, broschiert

€12,95 [D]

New Adult Liebesroman

Als Taschenbuch und e-Book

Klappentext:

Partys. Reisen. Flirten. Das bestimmt den Alltag von Emilia dos Santos – bis sie vom plötzlichen Tod ihrer Eltern erfährt. Mit einem Mal ist ihr sorgloses Leben vorbei. Sie soll nach alter Familientradition das Weingut im Napa Valley weiterführen und sieht sich damit einer Verantwortung gegenüber, der sie sich nicht gewachsen fühlt. Ganz und gar nicht. Da hilft es auch wenig, dass ihr Jugendfreund Alejandro wieder auftaucht und sie unterstützen will. Denn seine Nähe verwirrt und verunsichert Emilia nicht nur, sondern stellt sie zusätzlich vor die unangenehme Aufgabe, ihren bisherigen Lebensstil zu hinterfragen ...

C. M. Spoerri

Melinda: Dein Weg zu mir

13. März 2017, Sternensand Verlag

360 Seiten, broschiert

€12,95 [D]

New Adult Liebesroman

Als Taschenbuch und e-Book

Klappentext:
Nur ein Kuss. Kein Licht. Keine Namen. Seit sechs Jahren hat Melinda keinen Mann mehr geküsst. Als die Studentin auf der Hochzeit einer Bekannten in einem dunklen Zimmer einem Fremden gegenübersteht, fasst sie den Entschluss, den Schritt aus ihrer Männer-Abstinenz zu wagen. Schließlich ist sie bereits einundzwanzig, die drei Regeln, auf die sie sich einigen, klingen harmlos und sie würde dem Unbekannten nie wieder begegnen. Leider scheint das Glück nicht auf Melindas Seite zu sein. Ein paar Tage später stellt sich der Mann, den sie im Dunkeln geküsst hat, als ihr neuer Chef heraus und obendrein als DER Playboy des Napa Valleys: Armando Pérez.

C. M. Spoerri

Selena: Dein Weg zu mir

14. September 2018, Sternensand Verlag

332 Seiten, broschiert

€12,95 [D]

New Adult Liebesroman

Als Taschenbuch und e-Book

Klappentext:
Ein One-Night-Stand mit einem gutaussehenden Arzt? Genau das Richtige für einen Freitagabend – zumindest, wenn es nach Selena geht. Unverbindlicher Spaß, eine heiße Nacht und Ablenkung von dem Grund, der sie überhaupt ins Napa Valley geführt hat.
Allerdings entpuppt sich der selbstbewusste Nick als Herausforderung, denn er kommt Selena emotional viel näher, als sie zulassen will. Also tut sie, was sie immer tut: Sie lässt ihn abblitzen.
Doch statt sich endlich den Geistern ihrer Vergangenheit zu stellen, begegnet sie jemandem, der sie in die Knie zwingt … und muss sich eingestehen, dass sie nicht alles alleine schaffen kann. Schon gar nicht, sich ihrem größten Feind zu stellen: ihren Gefühlen.

Außerdem im Buch vorkommend:

C. M. Spoerri

Unlike: Von Goldfischen und anderen Weihnachtskeksen

12. Dezember 2016, Sternensand Verlag

348 Seiten, broschiert

€12,95 [D]

New Adult Liebesroman

Als Taschenbuch und e-Book

Klappentext:
Evan hat in seinem Leben schon viel Mist gebaut, doch seit fünf Jahren ist es ihm gelungen, nicht mehr auf die schiefe Bahn zu geraten. Er wohnt in New York, hat einen Job, eine Wohnung, keine nervigen Freunde … alles wäre eigentlich so weit in Ordnung – abgesehen von der bescheuerten Weihnachtszeit, die gerade in vollem Gange ist. Und ausgerechnet jetzt mischt sich auch noch der schwule Nachbar in sein Leben ein. Dieser kann nicht mehr mit ansehen, wie Evan sich abkapselt, und plant deswegen über eine Single-Plattform ein Date für ihn. Sara, eine Londoner Studentin, wird für eine ganze Woche anreisen. Allerdings in der falschen Annahme, dass sie mit Evan gechattet hat und er sich auf ihren Besuch ebenso freut wie sie. Als wäre das nicht schon verheerend genug, ist Sara auch noch das komplette Gegenteil von ihm. Sie LIEBT Weihnachten und kommt einzig und allein nach New York, um hier den romantischsten Urlaub ihres Lebens zu verbringen – zusammen mit Evan.

STERNENSAND
VERLAG

Besucht uns im Netz:

www.sternensand-verlag.ch

www.facebook.com/sternensandverlag